이레몽거 3부작 1권

힙 하우스

글·그림 | 에드워드 캐리
옮긴이 | 이지안

Heaphouse: The Iremonger Trilogy 1 by Edward Carey

Copyright © 2013 by Edward Carey
All rights reserved.
This Korean edition was published by Marco Polo in 2025 by arrangement with Edward Carey c|o Blake Friedmann Literary Agency Ltd through KCC(Korea Copyright Center Inc.), Seoul.

이 책은 (주)한국저작권센터(KCC)를 통한 저작권자와의 독점계약으로 마르코폴로에서 출간되었습니다. 저작권법에 의해 한국 내에서 보호를 받는 저작물이므로 무단전재와 복제를 금합니다.

에드워드 캐리 힙하우스

IREMONGER
No. 1

글·그림 에드워드 캐리
옮긴이 이지안

차례

제1장 | 범용 욕조 마개 ················· 9
제2장 | 가죽 모자 ····················· 19
제3장 | 무공 메달 ····················· 29
제4장 | 밀봉된 성냥 상자 ············· 41
제5장 | 1과 5/8인치 막대 열쇠 ······· 51
제6장 | 피아노 열쇠와 칠판 지우개 ··· 55
제7장 | 거북 등껍질로 만든 구둣주걱 ··· 69
제8장 | 레이스 손뜨개 ················ 87
제9장 | 겸자 ························· 101
제10장 | 놋쇠 문고리 ················ 105
제11장 | 코털 집게 ·················· 115
제12장 | 주석으로 만든 젤리 틀과 슈가 커터 ········ 137

제13장 | 콧수염 찻잔 ·············· **141**
제14장 | 얼음 양동이 ·············· **165**
제15장 | 코르셋과 선박 랜턴 ·············· **181**
제16장 | 은제 타구 ·············· **195**
제17장 | 양철 물뿌리개 ·············· **209**
제18장 | 'H'가 새겨진 수도꼭지 ·············· **213**
제19장 | 대리석 벽난로 ·············· **225**
제20장 | 무어커스의 수호물 ·············· **251**
제21장 | 돼지코 호루라기 ·············· **271**
제22장 | 나무 이쑤시개 ·············· **291**
제23장 | 점토 단추 ·············· **299**
제24장 | 하프 소버린 금화 ·············· **303**

나의 형 제임스(1966~2012)를 위해

병약한 소년, 클로드 이레몽거

제1장

범용 욕조 마개

런던 포를리침엄 파크에서
클로드 이레몽거의 이야기가 시작된다

사건은 어떻게 시작되었는가

로사무드 이모가 특별히 아끼는 문고리가 없어진 날, 그때부터 이 모든 끔찍한 사건들이 일어났다. 이모는 요전날 불평거리를 찾아 돌아다녔던 동선을 따라 저택 구석구석을 뒤져봤지만, 아무리 눈 씻고 봐도 문고리가 보이지 않았다. 누가 그걸 훔친 게 분명하다며 이모는 비명을 질러댔다.

 피터 작은할아버지가 옷핀을 잃어버린 이후로 이런 야단법석은 처음이었다. 그때도 저택을 샅샅이 뒤졌는데, 결국 그 옷핀은 재킷 주머니의 찢어진 안감 사이에 들어 있었다. 그걸 찾아낸 사람이 바로 나였다. 이후로 친척들은 나를 아주 이상한 녀석으로 취급했다. 나로 말하자면 무한한 신뢰를 받기는커녕 이리저리 발에 채이고 트집 잡히는 소년에 지나지 않았기 때문에, 내가 옷핀을 찾게 된 경위를 해명하려고 할수록 더욱 난처한 상황에 빠졌다. 옷핀을 찾고 나서 친척들은 되려 나에 대한 선입견을 굳힌 듯했고, 몇몇은 아예 내게 말도 걸지 않았다. 게다가 사촌형 무어커스는 내가 옷핀을 숨긴 장본인라며 자꾸 괴롭혔다. 컴컴한 복도에서 내 머리를 (내 나이만큼) 열두 번 벽에 박고 나서 나를 옷걸이에 대롱대롱 매달아 놓았다. 하인이 발견할 때까지 난 꼼짝없이 그렇게 두 시간을 매달려 있어야 했다. 하지만 정작 촌극의 장본인은 피터 작은할아버지가 아닐까? 이듬해 봄 그분이 심장마비로 돌아가실 때까지, 옷핀은 그분의 주머니에 계속 꽂혀 있었다.

"그런데 클로드, 옷핀이 어디 있는지는 어떻게 알았니?"

"전 들었어요. 옷핀이 말하는 소리를."

사물들의 소리를 듣다

나는 항상 남들이 듣지 못하는 사물들의 소리를 들었다. 내 측두엽[1]이 항상 파닥대서 귀가 피곤할 지경이었다. 이런 사정을 이해하기까지 오랜 시간이 걸렸다. 요람에 있는 아기 때부터 나는 몇 올 없는 머리카락을 누가 잡아채기라도 한 듯 느닷없이 울거나 괴성을 질렀다고 한다. 처음에는 만성 배앓이 탓으로 여겼다가, 곧 사람들은 나를 괴상하고 까다롭고 성가신 아이로 취급했다. 유모들도 자주 바뀌곤 했다. "쟤는 왜 저 모양이지? 왜 가만히 있지 못할까?"

나는 항상 들리는 소음 때문에 불안하고, 초조하고, 두렵고, 화가 났다. 처음엔 그 뜻을 알아들을 수 없었다. 그저 단순한 소음에

● 1 측두엽(側頭葉)은 대뇌의 양쪽 측면에 있는 부분으로 청각정보의 처리를 담당한다. 이하 각주는 옮긴이의 주이다.

지나지 않았다. 부스럭, 딸깍, 떨걱, 찰칵, 툭, 철썩, 덜컹, 우르르, 와르르, 때로는 높은 옥타브의 비명과 때로는 중저음의 신음. 그런데 언제부터인가 이 평범한 사물들이 사람의 목소리처럼 말하기 시작했다. 나는 끊임없이 중얼거렸다. "방금 말한 게 누구야?", "수건답게 조용히 좀 해줄래?", "입 좀 다물어, 이 주전자야!"

그런데 의사 선생님인 알리버 삼촌이 최근에 내 억울한 사정을 알아채면서부터 상황이 나아졌다. 나는 알리버 삼촌이 항상 갖고 다니는 겸자가[2] 내게 말을 걸었다고 말씀드렸다. 말하는 사물에 관한 얘기를 하면, 보통 사람들은 무시하거나, 한숨 쉬거나, 거짓말 말라며 호되게 야단쳤는데, 뜻밖에도 삼촌은 내게 질문을 했다.

"그래, 내 겸자가 뭐라든?"

"음, '퍼시 호치키스'라고 말했어요."

질문을 받은 나는 뛸 듯이 기뻤다.

"퍼시 호치키스? 다른 말은 없니?" 그가 흥미로워하며 물었다.

"네, 제가 들은 건 그게 전부에요."

"하지만 사물이 어떻게 말을 하겠니, 클로드? 사물은 생명도 없고, 입도 없단다."

"하지만 제겐 들려요. 맹세해요, 삼촌. 아주 음침하고 덫에 걸린 목소리로 '퍼시 호치키스'라고 말했어요."

그 후 알리버 삼촌은 종종 나를 찾아와 무슨 소리를 듣는지 알려 달라고 했다. 그것들은 그냥 이름들이었다. 사물들은 어떤 때

● 2 겸자(鉗子)는 날이 없는 가위의 일종으로 조직이나 기관을 고정시키는 데 쓰이는 외과용 수술 기구다.

는 소곤소곤 속삭이고, 어떤 때는 고래고래 고함쳤다. 가끔은 노래하고, 소리 지르고, 새침을 떨고, 자랑하며 뻐기거나 또 소심하게 굴 때도 있었다. 대부분은 저택에 있는 물건들과 모종의 관계가 있었다. 교실을 예로 들면, 자는 '윌리엄 스트래튼'이라고 외쳤고, 잉크병은 '헤일리 버지스'라고 속삭였고, 지구본은 '아놀드 퍼시벌 리스터'라고 으르렁거렸다. 그래서 난 좀처럼 수업에 집중할 수 없었다. 일곱 살 때 내가 알리버 삼촌에게 물어본 적이 있다.

"사물들은 참 이상한 이름이에요. 존스, 잭, 메리, 스미스, 머피… 우리의 이름과는 너무 달라요."

"글쎄, 확실히 우리 이름이 평범하지는 않지. 우리 이레몽거 가문은 남들과는 다른 만큼 이름도 독특해야겠지? 내 생각엔, 사물들의 이름은 쓰레기산 저 너머에 사는 사람들의 이름과 비슷하구나."

"런던 사람들 말인가요, 삼촌?"

"런던과 더 넓은 세상에 사는 사람들 말이다, 클로드."

"그런데 왜 제게 그런 소리가 들리는 거죠?"

"글쎄다, 아마 네가 매우 특별하다는 의미일 거야."

내가 가장 많이 듣는 이름은 '제임스 헨리 헤이워드'다. 내가 어디를 가든 늘 가지고 다니는 마개가 아주 유쾌하고 젊은 목소리로 '제임스 헨리 헤이워드'라고 외치니까. 제임스 헨리는 어떤 욕조 구멍에나 딱 맞는 범용 마개로 나의 수호물이다. 이레몽거 가문 사람들은 날 때부터 옴마발 할머니가 골라준 특별한 물건, 즉 자신만의 수호물을 받아서 소중히 간직해야 한다. 범용 욕조 마개, 나의 제임스 헨리는 태어나자마자 내가 처음 본 사물이자, 최초의 장난감이며 나의 동반자다. 2피트 길이의 체인 끝에 작은 고리를 달고 이 마개를 회중시계처럼 매일 달고 다닌다. 아주 보관하기 쉬운 수호물이라는 점에서 난 운이 정말 좋은 편이다. 온즐라 이모의 다이아몬드 넥타이핀(헨리에타 나이스미스)만큼 고가의 물건은 아니지만, 구스트리드 사촌의 프라이팬(거니)처럼 무겁지 않고, 할머니의 대리석 벽난로(오거스타 잉그리드 어니스타 호프만)처럼 평생 방에만 갇혀 지내게 하지 않는다.

이레몽거와 수호물과의 관계도 흥미롭다. 루사 이모는 재떨이(리틀 릴)를 수호물로 받지 않았다면 담배를 피웠을까? 그녀는 7살 때부터 흡연했다. 알리버 삼촌이 수술기구인 겸자(퍼시 호치키스)를 받지 않았더라도, 의사가 됐을까? 또 밧줄로 만든 올가미(심슨 소위)를 받은 불쌍한 포트릭 삼촌은? 그는 젊을 때부터 절뚝거리며 걸었다. 만약 우르굴라 고모가 발판(폴리)을 받지 않았으면 지금처럼 키가 작지 않았을까? 너무 복잡한 문제다. 난 마개를 보는 순간 나만의 수호물이라고 느꼈다. 뭐라 말할 수 없지만 제임스 헨리는 나에게 정말 딱 맞는 짝이다.

불쌍한 로사무드 이모

사실 로사무드 이모는 툭하면 소리 지르는 심술쟁이 중년 부인으로, 습관적으로 조카들을 꼬집거나 쿡쿡 찔러댔다. 우리들은 그녀가 억지로 먹이는 차콜 비스킷[3]에 진저리치곤 했다. 그녀는 종종

● 3 버드나무 숯(1개당 648mg)을 섞어 제조한 비스킷의 일종으로 영국에서 위장 장애 치료를 위해 민간요법으로 쓰인다.

우리를 계단에 세워둔 채로 가족사에 관한 문제를 냈고, 만약 삼촌들의 이름을 잘못 대답하면 놋쇠 문고리(앨리스 힉스)를 꺼내 우리 머리에 혹이 생길 정도로 탕탕 두들겨댔다. 나를 포함해 몇몇은 방에 들어가려고 문고리를 잡을 때마다 움찔할 정도였다. 그러니 문고리가 없어졌을 때, 소년들은 문고리를 영원히 찾지 못했으면 했다.

친척들의 호출을 받고 로사무드 이모의 방에 들어갔을 때, 그녀는 비탄에 젖어 소파에 누워 있었다. 그녀는 예전에도 소중한 사람을 잃었던 과거가 있었다. 폭풍우 치는 어느 날, 밀크럼이 결혼을 앞두고 저택을 둘러싸고 있는 쓰레기산에 나갔다가 실종됐기 때문이다. 밀크럼의 시신도, 그의 수호물인 화분도 결코 찾지 못했다. 그렇게 약혼자와 사별한 로사무드 이모는 평생을 독신으로 지내며 문고리로 세상 사람들을 두드리며 돌아다녔다. 어느 날 아침 문고리까지 종적이 묘연해지자, 로사무드 이모는 마치 반푼짜리 인생처럼 보였다. 삼촌들과 이모들은 방 안을 서성이며 요란을 떨고 있었다.

"오, 머디. 그 시간이 되기 전에 반드시 찾을 거야."

"용기를 잃지 마, 로사무드. 그건 작지도 않잖아. 꼭 찾을 수 있어."

"봐, 클로드가 왔어. 네 문고리의 소리를 들으려고 왔어."

이 소식이 딱히 기운을 되살리지는 못했지만, 로사무드 이모는 작은 희망을 느낀 듯 나를 쳐다봤다.

"클로드. 네가 듣는 동안 다들 잠깐 밖에 나가 있을까?"

"괜찮아요, 알리버 삼촌. 신경 쓰지 마세요." 내가 말했다.

"이런 건 완전히 시간 낭비야. 차라리 집안을 철저히 수색해야 해." 팀피 삼촌이 불편한 기색을 내비치며 말했다. 그는 이 저택의 관리자인데, 뭔가 못마땅한 일을 발견하면 수호물인 호루라기(알버트 폴링)를 불었다. 그는 어린아이보다 키가 작고 뱀처럼 비밀이 많은 우리 가족의 스파이였다. 줄곧 온 집안을 할금거리며 무질서와 규칙 위반 색출을 본업처럼 삼았다.

"팀피, 나쁠 게 전혀 없어. 피터 삼촌의 옷핀을 어떻게 찾았는지 생각해 봐." 알리버 삼촌이 말했다.

"그건 요행이었어. 공상과 거짓말 따위에 시간 쓸 필요 없어."

한편 나는 귀를 기울이며 방 안을 돌아다녔다.

'제임스 헨리 헤이워드.'

'퍼시 호치키스.'

'알버트 폴링.'

'애너벨 카루'

"여기에 문고리가 있니, 클로드?" 알리버 삼촌이 물었다.

"들리는 건 알리버 삼촌의 겹자, 팀피 삼촌의 호루라기, 포뮬러 이모의 다반(茶盤) 소리뿐이에요. 하지만 로사무드 이모의 문고리는 들리지 않아요."

"확실하니, 클로드?"

"네, 알리버 삼촌. 여기에 '앨리스 힉스'는 없어요."

"말도 안 되는 소리! 저 몹쓸 녀석은 당장 내보내!" 팀피 삼촌이 딱딱거렸다.

"클로드, 교실로 가렴. 아무튼 고맙다. 그럼 수호물의 분실 일시를 공식 기록해야겠구나. 1875년 11월 9일 9시 50분."

알리버 삼촌이 중얼거렸다.

"집안을 더 돌아볼까요?" 내가 물었다.

"아니, 됐다. 클로드. 지금부터 우리가 맡지."

알리버 삼촌은 말했다.

"하인들 방이나 창고들을 전부 뒤져야 해. 구석구석, 모조리, 하나도 빠짐없이!"

교실로 가는 나의 등 뒤로 팀피의 성난 목소리가 들렸다.

고아 소녀 루시 페넌트

제2장

가죽 모자

**런던 포를리칭엄 파크에서
고아 루시 페넌트의 이야기가 시작된다**

나는 억센 빨간 머리에 둥근 얼굴과 들창코를 가지고 있어. 초록빛 눈엔 점이 있는데, 눈뿐 아니라 온몸에 구두점이 찍혀 있어. 주근깨가 많고, 반점, 사마귀, 그리고 티눈도 두어 개 있어. 치아는 새하얗진 않고 덧니도 있어. 나는 아주 솔직해. 어떤 일이든 전부 말할 거고, 무엇보다 거짓말은 전혀 없이 오로지 진실에 충실할 거야. 그래, 나는 최선을 다할 생각이야. 내 이름은 루시 페넌트, 그리고 이 이야기는 내가 실제 겪었던 이야기야.

내 인생의 시작은 사실 기억이 잘 나지 않는다. 부지런하고 제법 다정하신 부모님 덕분에 나는 꽤 행복했었다. 아빠는 런던 필칭과 램버스 사이에 있는 하숙집에서 짐꾼으로 일했다. 우리는 필칭에 살지만, 볼일을 보러 램버스에 가거나 올드 켄트 로드를 따라 리젠트 운하로 나갈 때도 있었다. 그런데 램버스 주민들은 이따금 마을 경계까지 와서 우리에게 필칭을 벗어나지 말라며 통행증 없이 드나들 수 없다고 으름장을 놓았다.

옛날 옛적에는 '포를리칭엄'이 정식 명칭이었는데, 런던 쓰레기들이 몰리면서 이제는 그냥 '필칭'[4]이라고 부른다. 여기 사는 사람들은 쓰레기산과 그 주변에서 나고 자라며, 쓰레기를 치우고 분류하고 재활용하는 일로 생계를 꾸린다. 나의 엄마는 하숙집 세탁실에서 쓰레기 처리반의 가죽옷, 고무장갑과 앞치마를 세탁하는 일을 한다. 어느 날엔가 사람들이 와서 내 신체 치수를 재고 가죽옷을 입히면, 나에게도 더 이상 다른 인생은 없을 것이다. 내가 가죽옷을 입든, 혹은 가죽옷을 입은 남자와 결혼하든 간에, 아무튼 그날부터 내 인생은 쓰레기산에 매인 신세가 된다. 지금까지는 주로 객실 청소를 도왔는데, 그러다가 유달리 반짝이거나 주머니에 쏙 들어갈 만한 물건을 발견하면 몰래 훔칠 때도 있었다. 대부분 간식거리와 장신구들인데, 그중 시계판이 깨진 고장난 회중시계도 있었다. 내 소매치기 솜씨는 아주 뛰어나서 아빠한테 발각되어 회초리를 맞는 일은 좀처럼 없었다. 아주 작은 소품을 보닛 모자 아래에 맵씨 있게 숨기면, 아빠는 내 빨간 머리까지 뒤적일 생각을 하지 못했다.

나는 하숙집에 사는 아이들과 함께 놀고 학교도 같이 다녔다. 수업 시간에는 대영제국과 빅토리아 여왕, 지구의 크기 등에 관한 내용을 배웠고, 필칭의 역사와 위대하고 위험한 쓰레기산에 대해서도 알게 되었다. 무려 백어 년 전, 쓰레기산이 지금보다 훨씬 규모가 작고 관리가 수월했던 시대에 액토비암 이레몽거는 런던의 쓰레기를 필칭으로 들여왔다고 한다. 어느 날 술에 취한 그

● 4 필칭(filching)은 소소한 물건을 습관적으로 훔친다는 부정적인 뜻이 담겨 있다.

가 사흘 내리 잠들자, 런던 사람들이 버린 온갖 중고품들과 오물들이 계속 쏟아져 들어와 쓰레기산이 눈덩이처럼 거대해졌다. 그때부터 쓰레기 산은 불쾌한 야생동물처럼 우리의 영역에 슬금슬금 밀려서 우리 일상을 지배했다. 액토비암과 그가 마신 알코올 증류주가 한통속이 되어 벌어진 일이었다. 하지만 나는 그런 얘기를 곧이 곧대로 믿지는 않는다. 그 일화는 우리를 좀 더 근면하게 일하라고 지어낸 것 같다. 어쩌면 속뜻은 이런 게 아닐까? "게으른 자는 쓰레기산에 빠져 죽을 것이다." 어쨌든 난 결혼할 마음도 저 쓰레기산에서 일할 마음도 결단코 없다.

전반적으로 내 인생은 나쁘지 않은 삶이었다. 적어도 열병이 퍼지기 전까지는. 이상한 현상들은 먼저 사물들에서 시작되었다. 단단한 것은 매끄러워지고, 반짝이는 것에는 털이 수북하게 자랐다. 잠깐 딴청을 피우면 물건이 원래 있던 자리에서 사라졌다. 처음엔 이 장난 같은 일을 누구도 믿지 않았다. 하지만 상황은 점차 걷잡을 수 없이 커졌다. 몇몇 물건은 사시나무처럼 떨며 땀을 흘렸고, 종기, 발진과 끔찍한 갈색 반점이 생기기 시작했다. 사물들이 정말 병에 걸려 고통을 느끼는 듯했다.

시간이 조금 흐른 뒤로는, 사람들도 병에 걸렸다. 턱을 다물 수 없거나, 얼굴이 흉측하게 바뀌거나, 피부가 쩍쩍 갈라졌다. 그래서 다들 쓰레기산에 틀어박혀 일만 하려 했다. 그래, 그렇게 사건이 시작되었다. 사람들은 길을 걷다가도 돌연 멈추더니 다시는 움직이지 못했다.

어느 날 학교에서 집으로 돌아왔을 때, 낯선 사람들이 우리의 반지하방 앞에 서 있었다. 우리의 평상복에는 초록색 월계수 잎이 그려진 반면, 그들이 입은 셔츠에는 황금색 월계수 잎 문장이 수놓아져 있어서 확실히 신분이 다른 것 같았다. 그들은 장갑을 낀 손에 분무기를 들고 고글이 달린 방독용 마스크까지 착용해서 마치 외계인처럼 보였다. 그들은 내가 방에 들어가지 못하게 막았다. 나는 발로 걷어차고 비명과 욕설을 내질렀으나 아무 소용이 없었다. 그때 엄마와 아빠가 마치 붙박이 가구처럼 벽에 딱 붙어 있는 모습을 목격했다. 아빠는 귀가 너무 커져 마치 항아리 손잡이처럼 보였고, 엄마는 얼굴에 핏기가 전혀 없었다. 나는 엄마 아빠에게 다가가지도 못하고 강제적으로 끌려 나왔다. 그들은 나를 어떤 방에 넣어 가두고 자물쇠까지 채웠다. 가끔 그들은 방안을 들여다 보고 내가 병에 걸렸는지 확인하고, 이상 없는 경우엔 음식을 넣어 주었다. 또 한참을 기다리자, 간호사 몇 명이 들어와서 내 머리를 톡톡 두드려보고 내 가슴이 텅 비어 있는지 확인한다며 청진기를 갖다댔다. 그 외에는 내가 문을 아무리 두드려봐도, 누구도 오지 않았다. 그렇게 얼마나 갇혀 있었을까? 드디어 문이 다시 열렸다. 황금빛 월계수 잎 휘장을 단 관리들이 나를 아래위로 훑어보고 고개를 끄덕였다. 과거부터 간헐적으로 유행했다는 '쓰레기 열병'이 내가 태어난 후 처음으로 필칭 마을을 휩쓸고 지나간 것이다. 미을 사람들 사이에 행운과 불운이 우연히 엇갈렸고, 나는 무사했지만 부모를 잃고 말았다.

그렇게 해서 나는 고아원에 보내졌다. 고아원은 액토비암 시대 이후에 건설된 쓰레기 성벽의 한 귀퉁이에 세워져 있었고, 거센 폭풍우가 몰아치면 쓰레기산으로부터 온갖 물건들이 날아와 지붕에 쌓이곤 했다. 지저분한 방들에는 코웃음 치는 소리, 겁에 질린 흐느낌, 고함과 욕설이 난무했다. 우리 모두 어른이 되면 쓰레기산과 '결혼'할 게 뻔했고, 고아원에서 나간다 한들 쓰레기산 외엔 달리 갈 곳도 없었다. 어둠 속에서 쓰레기산이 무너지고 꿈틀대며 으르렁거리는 소리를 들으며, 나는 머지않아 그곳에서 일하게 될 운명을 예감했다. 고아원 아이들은 유니폼처럼 헤진 검정 드레스와 가죽 모자를 착용했는데, 특히 가죽 모자는 우리가 쓰레기산의 작업반이라는 표시였다. 유행병이 퍼지기 전, 나는 종종 가죽 모자를 쓴 고아들이 줄지어 지나가는 광경을 목격한 적이 있다. 고아들에게 말을 거는 것은 금기 사항이었고, 그 아이들은 들려오는 휘파람이나 놀려대는 소리에도 침묵을 지키며 험상궂은 어른의 호령에 열을 맞춰 지나갔었다. 그런데 이제 나도 그것과 똑같은 가죽 모자를 써야 했다.

고아원에는 빨간 머리의 소녀가 한 명 더 있었다. 메리 스태그스는 잔인하고 멍청했고, 마치 그 구역에 빨간 머리는 자기만 있어야 한다고 생각하는 것처럼 내게 종종 시비를 걸었다. 내가 이긴다 한들, 메리는 반격의 기회가 주어질 때면 늘 도전해 와서 싸움은 결코 끝나지 않았다. 그곳은 늘 그런 식이었다. 일단 고아원에 들어오면, 절대 그곳을 벗어날 수 없었다. 과거 삶의 궤적들과 너무 멀리 떨어져 있었고, 시간이 갈수록 좋았던 시절에 대한 기억은 점점 더 아득해졌다. 때로는 엄마아빠에 대한 기억조차 희미해졌다. 그곳에서 또 무슨 일이 있었을까? 그래, 아주 큰 사건이 있었다. 어느 날 한 남자가 고아원으로 나를 찾아와서는 자신이 '커스퍼 이레몽거'라고 소개했다.

"이레몽거? 정말 이레몽거?" 나는 놀라 되물었다.

그의 셔츠 깃에는 황금빛 월계수가 수놓아져 있었다. 그 휘장은 위풍당당한 대관[5]을 맡아 온 이레몽거 가문의 고유 문장이었다. 커스퍼는 내 어머니가 옛날 옛적 이레몽거 가문의 먼 친척뻘이라고 말했다.

"아, 그래요? 그럼 전 가문의 상속녀라도 되나요?" 나는 물었다.

커스퍼는 그런 행운은 아니지만, 내가 원한다면 저 훌륭한 저택, 힙 하우스[6]에 일자리를 얻을 수 있다고 말했다. 사실 필칭 주민이라면, 아니 런던 사람들도 이레몽거에 대해 꽤 많은 이야기를 들었다. 이레몽거 가족은 저 위대한 쓰레기산을 소유한 가문이었다. 아주 오래전부터 대관을 맡아 온 그들은 고리대금업으로 부자가 되었으며, 어딘가 기이한 구석이 있었다. 런던 시민들 상당수가 이레몽거들에게 필요한 돈을 빌려 썼고, 필칭 주민 사이에서는 '이레몽거를 절대 믿지 말라'는 격언이 있었다. 물론 자칫하면 일자리를 잃을 수도 있으니 그들 앞에서 내색할 말은 아니다. 필칭에서 꽤 멀리 떨어져 희미한 얼룩처럼 보이던 그 대저택을 내 눈으로 직접 볼 기회였다. 게다가 가죽모자를 벗어 던지고 앞날에 예상되는 쓰레기산의 노역에서 벗어날 유일한 기회이기

● 5 관할 지역의 행정과 조세를 책임지는 대관(bailiff)과 월계수잎(bay leaf)이 '베이리프'라는 동음이의어라는 점에 착안한 언어유희다.
● 6 Heap House. 쓰레기 더미로 조립된 집 또는 쓰레기산 속의 집이라는 뜻이 담겨 있다.

도 했다. 나는 기꺼이 따라나서기로 했다.

고아원에서 멀찍이 세워 둔 낡은 마차에는 바싹 마르고 쇠약한 조랑말 한 마리가 묶여 있었다. 그날따라 쓰레기산은 아주 고요했고, 옅은 안개가 낮게 드리웠지만 햇살은 따스했던 기억이 난다. 그리고 곧 이어 푸르른 하늘을 배경으로 베이리프 하우스가 환한 미소를 짓듯 모습을 드러냈다.

"저기가 베이리프 하우스야. 여기부터 시작이지."

"드디어 저길 들어간다니, 정말 대단하군요!"

우리 가족이 살던 하숙집은 베이리프 하우스에서 약 100미터 떨어진 곳에 있어서 친구들과 가 본 것처럼 떠벌였지만, 사실 이 레몽거 가문 외에는 아무도 출입이 허용되지 않는 곳이었다. 그런데 이제 베이리프 하우스의 정문을 내가 마차를 타고 통과한 것이다! 나는 이레몽거 사람이니까! 내 뒤로 성문이 닫혔고, 커스퍼가 계속 걸음을 재촉했다. 저택 안의 사무실들에는 서류를 들고 오가는 사람들이 많았고, 천장과 벽 곳곳에는 기묘한 모양의 파이프가 사방으로 뻗어 있었다.

"잠깐 둘러봐도 될까요?"

"건방지게 굴지 마. 아무것도 건드리지 말고, 나만 따라와."

커스퍼를 따라 나는 긴 복도를 내려갔다. 마침내 두 개의 문 앞에 도착했다. 각각의 문에는 '포를리칭엄 파크로 출발', '포를리칭엄 파크에서 도착'이라고 쓰인 작은 명패가 달려 있었다. 커스퍼가 포를리칭엄 파크로 가는 도어벨을 누르자, 삐 소리와 함께 문이 열렸고, 그 안에는 작은 찬장만한 공간이 있었다. 그는 내게 단단히 붙잡으라고 말한 후, 머리 위에 늘어진 줄을 잡아당겼다. 어디선가 벨 소리가 나더니, 방이 추락하듯 아래로, 아래로 계속 움직였다. 난 심장이 덜컥 내려앉고 세상이 뒤집히는 줄 알았다. 그 순간 불빛이 확 일어났다. 커스퍼가 황마포 램프를 켠 것이다. 그는 방 정중앙에 균형을 잘 잡고 서 있었는데, 나를 보고 걱정하지 말라며 웃었다. 쿵 하는 소리와 함께 방이 멈췄다.

"여기가 어디죠?"

"아주 깊은 땅속이야. 지하는 어디로든 통하지."

우리가 도착한 곳은 기차역 승강장이었다. '베이리프 하우스 역에 오신 것을 환영합니다!'라는 표지판 아래에 각각 '런던행', '포를리칭엄 파크행'이라고 적힌 화살표가 커다랗게 붙어 있었다. 선로에 정차 중인 기차는 증기를 모락모락 뿜어냈고, 그 뒤에는 광주리와 상자들, 온갖 물자가 가득 실린 화물 객차가 달려 있었다. 나는 주위를 둘러볼 여유도 없이 커스퍼에게 떠밀려 화물칸에 올랐다.

"저 광주리 위에 앉아 있어. 기차가 도착하면 누가 널 데리러 올 거야."

그리고 화물차의 문이 닫혔는데, 잠시 후 자물쇠까지 채우는 것 같았다. 30분 정도 흘렀을까? 철망 너머로(화물칸에는 아예 유리창이 없었다) 키가 아주 큰 노인이 보였다. 중절모를 쓰고 검은 모피 외투를 입은 노인이 기차 객실에 오르는 동안, 그의 뒤로 작은 체구의 사람들이 몰려들어 머리를 연신 조아렸다. 노인이 탑승하기를 기다렸던 것일까? 곧바로 깃발을 든 신호수가 호루라기를 불며 승강장을 달리자, 기차가 서서히 출발하기 시작했다. 철망 밖은 어두컴컴해서 아무것도 보이지 않았고, 밀폐되지 않은 화물칸 안으로 온갖 지독한 냄새와 습한 안개가 밀려들어 왔다. 한참을 달리던 기차가 속도를 줄이다가 귀가 먹먹한 요란한 기적소리를 내며 멈췄다. 얼마 후 화물칸 문이 스르륵 열리더니, 키가 크고 마른 여자가 들어와 내게 말했다. "이리 와. 서둘러야 해."

그것이 모든 사건의 시작이었다. 나는 이레몽거의 대저택에 도착했다.

완벽한 소년 무어커스 이레몽거
(조작된 사진)

제3장

무공 메달

클로드 이레몽거의 이야기가 계속된다

터미스와 무어커스

내가 교실에 들어가려 할 때, 어떤 소리가 점점 가깝게 들렸다.

'힐러리 에블린 워드-잭슨.'

그건 사촌 터미스의 수호물이 내는 소리였는데, 정말로 1초 후 터미스가 복도 모퉁이를 돌아 나타났다.

"클로드, 너를 따라잡아서 정말 다행이야."

그가 숨을 헐떡이며 말했다.

"잘 지내, 터미스? 얼굴이 좀 창백해 보이는데?"

"왜 그런지 말해 줄까? 로사무드 이모 때문에 온종일 학교가 난리였어. 선생님들은 놋쇠 문고리를 찾는다고 우리 옷, 가방, 사물함까지 수색했어. 그래도 그걸 찾지는 못 했지. 따로 공지가 있을 때까지, 모두 자기 방에 조용히 있으래. 그 골치거리를 찾으면 선생님한테 바로 신고해야 돼."

평소에 나는 터미스와 어울려 다녔다. 주로 게으름을 피우고,

가벼운 농담 따먹기를 하고, 심사숙고하고, 궁리하고, 사색하고, 웅얼거리고, 저택 곳곳을 공중제비를 넘고 오르락내리락하며 시간을 보냈다. 사촌 터미스는 키가 매우 크고 호리호리한 체격이고, 그의 수호물은 (정중앙에 온수를 뜻하는 H가 새겨진) 에나멜로 만든 둥글고 작고 정교한 수도꼭지였다. 그래서인지 터미스는 잔걱정이 많은 나입이었고, 코에서 콧물이 미를 날이 없었다. 그의 키가 커서 콧물 방울이 대롱대롱 매달려 있다가 땅에 떨어질 때까지 시간도 꽤 걸릴 것 같았다. 그의 머릿결은 배냇머리처럼 아주 가늘어서 멀리서 보면 금색 성운처럼 흐릿해 보였다.

  터미스는 벌써 열일곱 살인데 아직 성년식을 올리지 않았다. 이레몽거는 관습상 열여섯 살이 되면 코듀로이 반바지에서 회색 플란넬 긴바지로 바꿔 입는다. 그리고 가문에서 정해 준 배필과 결혼해야 하는데, 사촌까지는 아니더라도 친척 중에서 배우자가 정해졌다. 그렇게 성인이 되면, 이레몽거는 학교를 졸업하고 힙 하우스에서 일을 지정받아 근무를 시작한다. 특히 두각을 나타내는 우등생이라면 쓰레기산의 저 너머, 즉 런던 포를리칭엄 자치구의 베이리프 하우스의 부서로 배치받는다. 날씨가 좋을 때는 여기 높은 층의 창문에서도 저 멀리 그들이 일하는 모습을 볼 수 있다. 아주 어렸을 때부터 병약했던 나로서는 그곳에서 일할 가능성이 거의 없었다. 그리고 늘 자신감이 부족한 터미스 역시 자신이 좋아하는 오밀리와 결혼하고 플란넬 긴바지를 입을 엄두도 내지 못했다. 대신 동물 애호가인 그는 저택 주위의 동물들, 이를테면 바퀴벌레, 쥐, 박쥐, 고양이 등을 자기 방에 데려다 키우기 일쑤였다. 그런데 가끔 사촌 무어커스가 나타나 동물들을 내쫓거나 종종 두어 마리에서 때로는 열 마리 넘게 죽이는 만행을 벌이곤 했다. 터미스는 남들보다 일 년 더 코듀로이 반바지를 입고 있어서 만만해 보였고, 늘 삶은 곱창처럼 훤히 드러난 무릎을 큰 손으로 감추려 애썼다.

"그럼, 수업은 없겠네. 땡땡이구나!" 내가 환호했다.

"하지만 클로드, 내가 너라면, 네 방에는 안 갈 거야."

"터미스, 너에겐 너저분한 방으로 보이겠지만, 내겐 궁전인 걸. 그럼 네 방으로 동물 쇼를 보러 갈까?"

"그런 뜻이 아냐, 클로드. 무어커스가 널 찾아다니고 있거든."

"이런."

사촌 무어커스는 이레몽거 소년 가운데 가장 키가 크고 잘생긴 우등생이다. 게다가 '용맹한 소년에게'라고 새겨진 무공 메달을 항상 가슴에 달고 다녀서 어디서나 늘 눈에 띄었다. 그의 메달은 이레몽거 가족들의 수호물 중 작은 속삭임조차 내지 않는 유일한 물건이었다. 그런데 그 수호물이 말이 없어진 것은 비교적 최근의 일이었다. 6개월 전에만 해도, 무어커스의 방 안에서 '롤랜드 쿨리스'라는 신음 소리를 들었으니까 말이다. 그런데 언제부터인가 그는 방문에 자물쇠들을 주렁주렁 달아놓았고, 더 이상 '롤랜드 쿨리스'는 들리지 않았다.

"무어커스…. 그 녀석은 선생님들이 보든 말든 모자를 우그러뜨리고 어깨를 흔들고 다녀. 그래도 아무도 나무라지 않지."

터미스는 자기 주먹에 묻은 피를 보여 주며 중얼거렸다.

"그가 또 뭔 짓을 했구나? 선생님들은 그를 혼내기는커녕 오히려 두려워하니 어느 누가 말리겠어."

"클로드, 무어커스가 네가 피터 작은할아버지의 옷핀을 찾았을 때의 얘기를 또 들먹였어. 아주 불쾌한 말로 널 비난했어. 완전히 골탕 먹일 작정이라는 데 1페니를 걸어도 좋아. 무어커스가 네 방으로 찾아 가면, 너도 분명 참기 힘들 거야. 저녁기도 때까지만 조용히 피해 있어."

"터미스, 얘기해 줘서 정말 고마워." 나는 힘차게 악수했다.

"난 내 방에 있을 거야. 아무튼 내가 아끼는 곤충들, 모피 딱정벌레, 삼목 딱정벌레, 검은 딱정벌레, 불똥벌레, 쌀벌레, 바퀴벌레, 옷나방, 초파리, 나방, 쇠파리, 총채벌레, 쥐며느리, 공벌레, 날파리, 곡식벌레, 집게벌레, 말파리, 귀지벌레, 봇파리, 그리고 무엇보다 내 갈매기에게 네 안부를 전해 줄게."

나의 할아버지, 움비트 이레몽거

그래서 나는 내 방에 올라가는 대신 맨꼭대기 층에 있는 방으로 갔다. 그래도 그곳은 질병을 옮기는 박쥐들이 천장에 빽빽한 다락방만큼 높지는 않은 곳이다. 그 축축한 뒷방에서 나는 뽀얗게 드리운 거미줄과 먼지를 치우고, 쥐들이 돌아다니는 소리에 귀 기울이고, 달팽이를 밟지 않도록 조심하면서, 무엇보다 무어커스와 마주치지 않기만을 바랐다. 무어커스는 벌써 다섯 번이나 말썽을 피웠고, 그가 괴롭히는 대상이 된 사촌이 병동 신세를 지는 것도 드문 일은 아니었다. 더군다나 나는 열심히, 그것도 아주 열심히 그를 피해 다닐 필요가 있었다.

　허가 구역이든 금지 구역이든 가릴 것 없이, 나는 구불구불한 긴 계단을 들락날락하며 거대한 유령선 같은 저택을 쏘다녔다. 사실 사물의 말 소리에 귀를 기울이면, 내가 어디로 숨어야 할지 훤히 꿰뚫을 수 있었다. 힙 하우스는 본래 하나의 건물이 아니라, 오래된 건물들을 모아 재건축한 것이다. 할아버지는 넓은 공터를 사들인 뒤, 이곳에 옛 건물들을 해체해 옮겨온 뒤 다시 조립했다. 옛 주소를 새 주소로 바꾸고, 철골구조를 다시 세우고, 기둥을 보강하고, 자재를 추가하고, 자물쇠를 달았다. 그렇게 해서 쓰레기 산 곳곳에는 아직도 런던에서 공수해 온 지붕들과 포탑들, 무도회장과 부엌, 별채들과 계단들, 그리고 수없이 많은 굴뚝이 방치된 채 널려 있다.

　그래서 나는 종종 힙 하우스에 옮겨진 별관과 부속 건물들 사이를 돌아다니며 나름대로 런던을 탐험하는 기분을 맛보려 했다. 런던의 방과 복도를 걷고, 런던에서 가져 온 책들을 읽으며 진정한 런던인의 생활을 느끼려 했다. 벽과 가구에 적힌 멋진 이름들을 보며, 나는 자신의 존재에 대한 증거를 남기려 했던 사람들의 흔적을 느끼고, 저 넓은 세상에 관한 경이로운 실마리를 상상하려 했다. 만약 런던 사람이 의치를 잃어버린다면, 수많은 의치가 있는 런던보다는 여기서 찾는 게 더 쉽지 않을까? 힙 하우스는 런던의 조각들과 판자들, 고택과 부속설비들을 옮겨 와 하나의 대저택을 완성하여 우리 가족과 여러 세기를 함께했다. 우리 가문은 이레몽거 중의 이레몽거, 순수 혈통의 이레몽거이다. 다양한 연령대와 외모를 가진 이레몽거들은 하나의 혈족으로 연결되며, 모두들 냉담하고, 음침하고, 아무런 표정이 없다. 그리고 우리를 시중드는 하인들 역시 이레몽거이지만, 그들은 혼혈로서 선대에 이레몽거가 아닌 사람과 혼인을 했던 방계 친척에 해당한다. 하인들의 숫자는 정확히 알 수 없지만, 벌집 같은 지하에서 일하며 쓰레기산으로 나가지도, 위층으로 올라오지도 않는다.

틸버리의 용접소 부품들로 조립된 위층 복도를 둘러보고 있을 때, 느닷없이 저택이 좌우로 심하게 흔들렸다. 나는 벽에 딱 붙어서 진동이 멈추기를 기다렸다. 곧이어 끔찍하고 요란한 기적 소리가 들렸다. 그것은 할아버지의 증기 기관차가 런던의 베이리프 하우스에서 돌아오는 소리였다. 일단 기차가 역에 멈추면, 어둠 속에서 불쌍한 노새들이 끌어당기는 엘리베이터를 타고 할아버지는 저택으로 들어온다. 그러니까 힙 하우스의 지하에는 쓰레기산과 필칭을 잇는 지하터널이 뻗어 있다.

할아버지 움비트 이레몽거는 수호물인 은제 타구에 가래를 뱉으며 우리 가족을 지배해 왔다. 할아버지가 위대한 업무를 하러 런던으로 출근하고 난 다음에는 집 전체에 안도감이 감돌다가 저녁이 되면 가족들은 언제쯤 할아버지가 돌아올지 불안에 떨며 기차의 기적 소리를 기다렸다.

기적 소리가 가라앉고 나서, 나는 다시 탐험을 시작했다. 힙 하우스와 쓰레기산 외에는 아무데도 간 적이 없는 나로서는 런던 곳곳에서 가져온 다락방과 구석방을 돌아다니며 더 큰 세계에 대한 단서를 찾고 싶었다. 해크니의 담배가게 주인의 방이었던 다락방에 올라 갔을때, 나는 어디선가 속삭이는 소리를 들었다.

'토마스 크냅.'

갑자기 한 사람이 나타나 램프로 내 얼굴을 비췄다.

꼬리를 잡히다

"누구야? 거기서 뭐하는 거야? 앞으로 나와."

부집사 잉구스 브릭스는 꽤 먼 방계 친척으로, 그의 수호물은 거북껍데기로 만든 구둣주걱(토마스 크냅)이다. 브릭스는 매일 저녁 일을 끝낸 후 취미생활로 수백 개의 핀을 다양한 크기의 쿠션에 꽂으며 즐거워했는데, 그렇게 만든 핀 쿠션(그가 한때 짝사랑했던 소녀의 수호물이 핀 쿠션이었다고 한다)들을 응접실에 자랑스럽게 전시했다. 브릭스는 체구가 작고 반들반들 윤이 나는 사람이었다. 어린 시절부터 늙은 브릭스 부부가 밤낮으로 놋쇠 사포와 은빛 광택제로 그를 광낸 게 아닐까 싶을 정도였다.

"아, 클로드 주인님이셨군요. 여기서 뭐 하세요?"

"그냥 좀 둘러보는 중이야." 나는 마지못해 대답했다.

"어른들이 아시면 혼내실 거에요. 물론 그분들은 돌아다니지 않으니 걸릴 일도 없겠지만요."

"조심할게, 브릭스. 그런데 넌 내가 신경 쓰이지 않니?"

"제가 신경 쓰는 건, 촛불과 가스등, 카펫과 빗자루, 구두솔 따위들이죠. 사람이 아니라요. 물론, 제 아래에서 일하는 하인들은 빼고요. 하지만 윗분들이 무얼 하시든, 제가 관여할 바가 아닙니다."

"브릭스, 혹시 무어커스를 봤니?"

"아까 무어커스님은 클로드 주인님 방의 윗층 계단에 있더군요. 거기서 쭉 기다리고 있는 눈치에요."

"그래서 지금은 어디에 있어?"

"그건 제가 말씀드릴 수는 없어요. 하지만 마블 홀이나 식당 휴게실은 피하는 게 어떨까요? 모닝 룸과 아래층 응접실들도 말이죠. 그리고 누차 말씀드렸다시피, 주인님은 좀 더 조용히 걸어야 해요. 저도 발걸음 소리를 듣고 여기 올라왔으니까요. 다들 로사무드 마님의 문고리를 찾을 때도, 무어커스님은 벽장까지 열어보며 주인님을 찾더라니까요."

"고마워, 브릭스."

"전 아무 말씀도 안 드렸는 걸요." 브릭스가 자리를 떠나며 말했다.

창문에서 바라보는 풍경

나는 벽에 비누거품이 일거나, 벽지가 벗겨진 한적한 방만 계속 돌아다녔다. 그중 팩햄 라이의 이발소를 다시 조립한 방은 나조차도 몇 달 동안 찾지 않은 곳이라서 절대 무어커스에게 발각될 걱정이 없었다. 검댕이 두껍게 낀 창문 앞에서, 나는 잠깐 걸음을 멈추고 밖을 내다봤다. 시야가 확 트이진 않지만, 외풍이 스머드는 창문 틈새 사이로 힙 하우스 너머에 있는 쓰레기산의 장엄한 광경이 보였다. 그날은 쓰레기산이 유난히 고요하고 평온해서 정말 쓰레기 작업에 이상적인 날씨였다.

하지만 문고리 분실로 인해 오늘 쓰레기 작업은 중지된 상태였다. 이레몽거는 쓰레기산에 나갈 때 갖춰야 할 에티켓이 있었다. 옷깃은 풀을 먹여 빳빳이 세우고 잘 다린 셔츠에 단정히 맨 검은 나비 넥타이, 깨끗하게 세탁된 재킷을 걸친 다음, 우리는 하인들이 건네준 먼지 한 톨 없는 중절모와 하얀 트윌장갑을 챙긴다. 예법대로 옷을 차려 입는 이유는 현재의 우리를 있게 해 준 쓰레기산에 최대한 존경심을 표시하는 게 가문 대대로 내려온 전통이기 때문이다. 쓰레기산에서 우리가 찾은 물건들은 검수를 마친 후 잘 보관해 두었다가 도시로 가져가서 되팔았다. 그렇지 않은 물건은 납작하게 부수고, 불에 녹이고, 껍질을 벗겨 새로운 물건을 만드는 데 재활용했다. 날씨가 좋더라도 쓰레기산에 너무 깊숙이 들어가면 안 된다. 안전한 대오에서 이탈할 경우, 회오리바람에 휩쓸리거나 끔찍한 가스에 질식돼 제때 복귀하지 못할 수 있기 때문이다. 실제로 많은 사촌들이 쓰레기산 속에서 길을 잃었고, 리핏도 그들 중 하나였다. 할아버지의 총애를 한몸에 받던 리핏은 어느날 갑자기 쓰레기 산에서 실종되었다고 한다. 지리에 익숙한 하인들도 낙하하는 물건을 피하려다 길을 잃거나 쓰레기산에 너무 높이 올라갔다가 바닥으로 추락하는 사례가 잦았다. 또 하루 일과가 끝나면 우리는 복장 검사를 꼼꼼하게 받는다. 장갑은 되도록 더러워야 하고, 셔츠에는 오물이 묻어 있어야 하고, 중절모는 찌그러져야 한다. 우리의 무릎은 멍들고, 콧속은 흙과 먼지로 더러워져야 한다. 만약 우리가 지나치게 깨끗한 복장으로 돌아온다면, 회초리를 맞을 각오를 해야 한다.

쓰레기산이 잠잠한 날에는 야외 놀이 활동도 허락된다. 더운 여름날이든 안개가 짙은 날이든, 그럴 때면 나는 솜뭉치로 귀를 막고 스카프를 붕대처럼 칭칭 감아 완전무장한 후 밖으로 나간다. 문고리가 사라졌던 날에도 나는 이 창문에 얼굴을 바짝 대고 쓰레기산을 바라보고 있었다. 그리고 저 거대한 쓰레기산 너머에 사는 사람들의 삶을 상상했다. 어떻게 하면 저 너머의 런던에, 포를리칭엄에 내 말을 전할 수 있을까? 저 많은 이들 가운데 어느 누군가는 내 모습을 좋아해 줄까?

"거기 누구 있어요? 어떤 모습일까요?" 나는 조용히 속삭였다.

그때 갑자기 유리창에 이죽거리는 얼굴이 비쳤다.

"드디어 잡았군. 이 쥐새끼 같은 녀석!"

나의 사촌 무어커스였다.

힙 하우스의 하녀가 된 루시 페넌트

제4장
밀봉된 성냥 상자

루시 페넌트의 이야기는 계속된다

아, 쓰레기산에서 풍기는 악취는 너무 지독했다. 단단한 무엇, 만질 수 있지만 정체를 알 수 없는 무언가가 나를 향해 기어오르고, 떼를 지어 헐떡대며 몰려드는 것 같았다. 필칭에 살 때, 나는 외지 사람들이 쓰레기 냄새를 맡고 쿨럭대며 눈물을 흘리는 모습을 종종 봤었다. 토박이라서 아무렇지 않았던 나는 그런 그들을 예민한 울보라고 비웃곤 했다. 하지만 여기에 와 보니, 나도 얼굴을 찌푸리며 연신 기침했고, 내 앞에 있는 여자는 그런 내 모습을 보고 과거의 나와 똑같은 표정을 짓고 있었다.

"악취가 정말 지독하네요. 어떻게 이런 냄새를 참고 살죠?"

"입 다물고, 서둘러 움직여."

나는 그녀를 따라 철로 터널에서 나와 더 어두운 건물 내부로 들어갔다. 조금 더 들어가니 한 남자가 램프를 들고 있었고, 그 불빛에 적응되자 채찍을 맞으며 육중한 바퀴를 돌리고 있는 여섯 마리의 당나귀들이 보였다. 우리는 계단을 올라가 교회 예배당처럼 보이는 회랑으로 들어갔는데, 아마 저택의 맨 아래층 입구인 것 같았다. 사방에서 쨍그랑 소리와 고함이 들렸고, 사람들은 실제 흰 옷을 입고 있거나, 아니면 자욱한 증기 탓에 하얗게 보였다. 그곳은 저녁식사 준비가 한창인 부엌이었다. 우여곡절 많은 기묘한 여행과 귀가 멍멍한 호루라기 소리 때문에 나는 두통이 일기 시작했다. 머릿속으로는 드디어 목적지에 도착했다는 사실을 깨달았지만, 발걸음은 관성대로 움직이고 있었다. 한층을 더 올라가자, 응접실처럼 보이는 방이 나왔다. 꽃무늬 패턴의 안락의자에 앉아 있는 멋진 귀부인이 나를 보고 미소를 지었다.

"난 피그고트라고 한다. 이 저택의 가정부지." 귀부인이 내게 말했다. 피그고트 부인은 촘촘히 땋은 트레머리에 옷매무새는 아주 말끔했지만, 안타깝게도 치아만큼은 그렇지 못했다. 그녀의 치아는 거의 닳아 있었다.

"네가 어디 있는지 아니?"

"커스퍼 씨가 포를리칭엄 파크라고 말해줬어요."

"그래, 얘야. 우리는 이곳을 '힙 하우스'라고 불러. 몇 마일 주변에는 아무 것도 없지. 네가 마음대로 정문을 나서면 그 순간 길을 잃고 헤매게 될 거야. 악마라도 널 찾진 못할 테지. 우리는 쓰레기 산, 그러니까 어떤 지도에도 위치가 표시되어 있지 않은 쓰레기 산 속에 살고 있어."

"자리에 앉아도 될까요? 속이 울렁거려서요. 기차 멀미에 저 냄새까지…."

"토해도 좋아. 여기 것이 아니라면, 다 토해버려. 어린 아가씨,

그렇지만 앉는 건 안 돼. 계속 서 있어라."

"여기 창문은 없나요? 창밖이 궁금해요."

"여기 아래층에는 창문이 없고, 위층에만 있단다. 위층도 어두워서 낮에도 양초나 가스등을 켜야 해. 너도 곧 알게 될 거야."

그녀가 내 볼을 다정하게 쓰다듬었다. 라벤더 냄새가 풍겼다. 그때 하인들이 방에 들어왔는데, 그들은 모두 평범한 검은 제복을 입고 있었다.

"고마워, 이레몽거들." 피그고트 부인이 말했다.

"감사합니다. 피그고트 부인." 그들은 합창하듯 대답했다.

"이 집에선," 피그고트 부인이 내게 미소 지었는데, 어딘가 슬픈 눈빛이 어려 있었다. "넌 이제 이레몽거로 불릴 거야. 깊이 생각 할 것 없어. 그건 우리 관습이고, 관습을 정한 건 윗분이지 내가 아니니까. 아래층에서는 나와 스터리지 집사, 브릭스 부집사, 열쇠지기 스미스, 그리고 요리사 그룸 씨 부부만 이름을 갖게 돼. 왜냐하면 우리는 너희들보다 높은 지위에 있고, 윗분들이 호출하려면 우리도 이름이 필요하니까. 하지만 나머지 사람들은 그냥 이레몽거야. 이제 알겠니, 이레몽거?"

"제 이름은 루시 페넌트에요." 내가 대꾸했다.

"성급하게 굴면 안 돼. 물론 우린 한가족이니 너한테 친절하게 대해 줄 거야. 금세 익숙해질 거야. 오, 나의 이레몽거."

"루시 페넌트." 내가 한 번 더 강조했다.

"아니야!" 그녀는 미소를 잃지 않으려 애쓰면서 힘주어 말했다. "그 이름은 잊어버리고 지금의 너는 이레몽거라는 사실을 기억해. 나는 무척 점잖은 사람이지만, 불쾌한 상황이 계속되면 내 힘을 보여줄 수밖에. 그걸 원하지는 않겠지, 이레몽거?"

"물론 그래요. 하지만…."

"네, 피그고트 부인이라고 말해야지.".

"네, 피그고트 부인." 나는 그녀를 따라 말했다.

"훨씬 듣기 좋구나. 네가 할 일은 다른사람이 설명할 거야. 자, 넌 어떤 종류의 이레몽거일까? 하지만 별별일 다 겪어봤으니 난 놀라진 않을 거야. 가끔 어리석은 방법으로 관심을 끌려는 이레몽거들이 있더군. 일부러 걷지 않거나, 앞이 안 보인다거나, 아니면 귀신과 대화하거나 미래를 예언한다고 주장하는 사람도 있지. 키가 크거나 작거나, 웃거나 웃지 않거나, 침대에서 일어나지 않거나 굴뚝을 오르는 이레몽거도 있지. 이제 너도 우리 가족이야. 아주 멋진 일이야, 그렇지? 너는 가장 아래층에, 나는 더 높은 층에 있을 거야. 그렇다면 나는 어떤 이레몽거라고 생각하니? 나는 클라르 피그고트, 조상을 거슬러 올라가면 한때는 순수 혈통의 이레몽거였지. 지금도 내 핏줄에는 이레몽거의 참된 영혼이 흐르고 있단다. 그러니까 넌 나를 피그고트 부인이라고 정중하게 불러야 해. 자, 이제 네 주머니 속에 있는 걸 모두 꺼내라. 개인 물품은 금지된다. 여기 아래층을 네 물건들로 어지럽히면 안 돼."

내가 어안이 벙벙해서 잠자코 있는 동안, 하인들이 한마음 한뜻으로 몇 초 만에 내 주머니를 뒤졌다. 그들을 밀어내고 싶어도 숫자가 워낙 많았다.

"그게 전부니? 손수건, 연필, 빗. 별거 없군."

"고아원에서는 제 물건을 따로 가질 수 없었어요. 집에 돌아가지 못했고, 또 집의 가재도구는 전염병 예방을 위해 전부 소각했다고 했어요."

"이 물건들은 내가 맡겠다, 알겠니?"

"이건 제 거예요."

"잘 보관할 거야, 애야."

"하지만 그건 엄연히 도둑질이에요."

"요란 떨지 마. 이제 약 먹을 시간이야."

"네?"

"예방 접종을 해야 해. 너를 건강하게 지켜주기 위해서야. 너도 알다시피, 쓰레기산에서 온갖 질병이 창궐하거든." 피그고트 부인은 금속 튜브를 들고 온 하인을 돌아보며 말했다. "이레몽거, 네가 주사를 놓을래?"

"그게 뭔데요? 제게 뭘 하려는 거죠?"

"애야. 이건 근대적이고 진보된 사업이자 위대한 학문의 소산이야. 이것은 오일 분무기가 달린 황동 주사기란다. 물론 윗분들을 위해선 고급 원목 손잡이가 달린 백랍 주사기를 사용하지. 이걸로 네 팔에 약품을 조금 주입할 거야."

"주사기 생긴 것부터 마음에 안 들어요."

"주사기를 좋아하는 사람은 없어. 장담하건대, 네가 염증과 부종에 시달리면, 그 모습이 더 보기 싫을걸? 어서 소매를 걷어라."

"싫어요."

"저 아이를 잡아." 피그고트 부인이 침착하게 명령하자, 이레몽거 두 명이 내 팔을 붙잡았다.

"놔줘요! 어떤 병에 걸리든 상관 말아요. 전 엄마 아빠처럼 병에 걸리지 않았어요. 전 절대….”

그런데 내 말이 끝나기도 전에, 황동 주사기를 든 피그고트 부인이 덤벼들어 날카로운 바늘을 찔러넣었다.

"아야! 아프다고요!"

"정말 성가신 아이네." 피그고트 부인은 주사기를 하인에게 돌려 주고, 내 팔에 묻은 핏방울을 솜뭉치로 톡톡 닦았다.

"자, 이제 너의 수호물을 줄게."

"나의… 뭐요?"

"아무것도 모르는, 이 천방지축 풋내기야. 수호물은 너를 위해 특별히 선택된 물건을 뜻해. 일을 잘하면 잠시만 만질 수 있게 허락하마."

그녀는 책장에서 콩팥 모양의 접시를 꺼냈는데, 그 위에는 평범한 성냥 상자가 놓여 있었다. 그리고 <귀하의 편의를 위해 밀봉했음>이라는 글씨가 적힌 띠지가 둘러져 있었다. 성냥 상자 귀퉁이에는 가위로 자른 듯한 구멍이 있었지만, 성냥개비가 빠져나올 크기는 아니었다. 상자를 흔들자 달그락대는 소리가 났다. 갑자기 맥이 풀렸다. 서서히 의식이 희미해졌다.

"진짜로 아픈 것 같아요."

"괜찮아, 하루이틀은 기분이 이상할 거야. 팔에 통증이 있을 수도 있지만, 그건 약효가 있다는 증거야. 자, 이제 충분하지?"

"뭐가 충분하다는 거죠?"

"수호물을 이만큼 보여줬으면 당분간 충분하겠구나. 조만간 네 행동거지에 따라 이걸 다시 보여줄지 결정할 거야. 네가 잘하면 일주일에 한 번씩 볼 수도 있어."

"성냥 상자 말인가요? 왜 제가 그걸 보고 싶어할까요?"

"분명히 그럴 거야. 이 성냥 상자는 너를 위해 특별히 선택된 것이고, 너를 완벽하게 대표하는 물건이니까."

"그걸 누가 결정해요?"

"주인 마님이신 옴마발 올리프 이레몽거! 바로 그분이 우리 자신을 정확히 드러낼 수 있는 수호물을 일일이 골라 주신단다."

"말도 안 돼! 그분이 누구이든, 저를 본 적도 없을 텐데요."

"그분은 마치 성냥처럼 정곡을 꿰뚫으시는 분이야. 자, 이제 이 물건은 네 편의를 위해 밀봉된 상태로 아주 안전한 곳에 보관될 거야. 스미스 부인!" 피그고트 부인이 소리쳐 불렀다.

그러자 체구가 크고 뺨이 붉은 부인이 방에 들어왔다. 그녀의 허리 벨트에 달린 수많은 고리마다 열쇠들이 잔뜩 걸려 있어서, 얼핏 보면 짤랑거리는 금속 치마를 두른 것 같았다. 그녀는 허리 벨트 외에도 목걸이와 귀걸이까지 힙 하우스의 온갖 열쇠들을 보관하고 있었다.

"스미스 부인. 새 이레몽거가 수호물이 안전하게 보관되길 원하는군요." 피그고트 부인이 쨍그랑거리는 골렘을 향해 말했다.

스미스 부인은 꾸러미에서 곧장 열쇠 하나를 꺼내 사무실 뒤편으로 갔다. 그곳에는 서로 다른 크기의 서랍들에 자물쇠가 채워 있었고, 서랍의 손잡이에는 철사가 팽팽히 연결되어서 서랍을 열면 벨이 울리도록 설계되었다. 그리고 서랍장들 한가운데에는 죄수들을 감시하는 감옥 간수처럼 금속 금고가 천장 높이까지 닿아 있었다. 그녀는 서랍 하나를 열고 그 안에 있던 작은 기차 모형을 꺼내 냉담한 표정으로 피그고트 부인에게 건넸다.

"아, 그래, 이건 불쌍한 이레몽거의 것이었지. 불행한 일이지만 그녀에게 이젠 필요없겠지. 사, 여기 있어요, 스미스 부인."

스미스 부인이 성냥 상자를 건네받아 서랍에 넣고 자물쇠를 채우자, 시끄럽게 울리던 벨이 금세 잠잠해졌다.

"자, 이레몽거. 이제 일은 마무리 되었어. 앞으로 행운을 빈다. 힙 하우스에 온 걸 환영해."

힙 하우스의 열쇠지기, 솔리 스미스

제5장
1과 5/8인치 막대 열쇠

런던 포를리칭엄 파크의 열쇠지기인
솔리 스미스가 남긴 진술서
그녀의 사후,
지하실 금고에 자물쇠로 잠겨진 철제상자 안에서 발견되다

나 자신을 믿어라

나는 솔리. 열쇠지기 솔리.

너무 개인적인 것들이라서 전부 자물쇠를 채웠어. 난 아무 것도 말하지 않을 거야. 그냥 그 안에 넣고 자물쇠를 잠궜을 뿐. 누구한테도 말하면 안 돼. 누가 물어본다면, 너무 많아서 전부 잠궈놓았다고 할 거야. 단 한마디도 내뱉어선 안 돼. 이 모든 비밀들은 비밀로 간직해야 해. 난 몇 년 전부터 나 자신을 스스로 가둬버렸어. 딱 한 번 자물쇠를 풀고 마음을 열었어. 그래, 윌리엄 홉빈이라는 사랑스럽고 멋진 사람이었지. 하지만 얼마 안 돼서 그는 콜레라로 죽어서 영원히 이 금고에 갇히고 말았어.

그래, 아버지와 함께했지. 아버지가 자물쇠를 잠근 거야. 그런데 아버지는 결국 독약을 마셨고, 그의 혈액에 납이 섞여 나에게

서 멀어졌지. 그 후론 한 마디도 하지 않았어. 모두 입을 다물었고, 나도 아무 말도 하지 않을 거야. 그때 피그고트가 왔어. 내게 열쇠를 주고, 내게 아부하며 내 약점을 이용해 자기가 원하던 걸 얻었어. 내 얼굴을 빤히 바라보며 '황동 자물쇠에 광택을 내자'라고 제안하더군. 그리고 내게 열쇠를 줬어. 더 이상 금고는 잠겨지지 않아. 내가 모든 걸 열 수 있으니까.

위층. 병동. 수호물들. 전부 가릴 것 없이 자물쇠를 걸어 놓자.

그런데 내가 봤어! 그것들은 살아 있어, 그렇지? 그것들은 사실 살아 움직이는데, 산 채로 갇히게 된 거야. 난 그저 말없이 그것들을 안전하게 보관할 거야. 하지만 언젠가는 진실을 폭로할 거야. 사물들이 숨 쉬고 있다! 움직이고 있어! 하지만 지금은 아무한테도 말하지 않을래. 무어커스 주인님은 새 자물쇠를 다섯 개를 달라며, 누구한테도 발설하지 말라고 당부했지.

왜 그렇게 자물쇠가 많이 필요할까? 그는 모든 열쇠를, 심지어 내 열쇠도 달라고 요구했어. 하지만 만약을 대비해 난 예비 열쇠를 남겼어. 그리고 그가 학교에 갔을 때, 내가 몰래 살펴봤어. 그 방엔 뭔가 마음에 들지 않는 것이 있었어! 무어커스님의 방에서 나는 소리, 사물이 움직이는 소리! 누구한테도 말할 수 없지만 언젠가는 비밀을 터트리고 싶어. 그래서 이 종이에 글을 쓰고 잘 넣어 두기로 했어. 저기 피그고트 부인의 방, '채트우드의 이중특허, 볼튼'[7]이라고 새겨진, 저 거대한 금고에 넣어둘 거야. 금고는 비밀

● 7 사무엘 채트우드는 1861년 볼튼에서 금고회사를 설립한 이래 1878년 잠금장치와 관련된 특허를 부여받고 세계적인 금고 제작 회사로 성장시켰다.

을 알고 있어. 대형 금고. 볼트. 자물쇠.

나를 보고 있는 저 금고는 모든 것을 알고 있다.

잠근다. 잠궈야 해. 안전하게.

솔리.

고인이 된 아이리스와 푼티아스 이레몽거

제6장
피아노 열쇠와 칠판 지우개

클로드 이레몽거의 이야기는 계속된다

소리 없는 수호물

무어커스 사촌이 내 귀를 잡아당겼다.
 "난 아무 짓도 안 했어, 무어커스. 날 보내 줘."
 "날 무어커스 씨라고 불러라, 이 구더기야."
 "네가 무슨 권리로? 문고리는 내가 가져간 게 아니야."
 "클로드, 언제 네 짓이라고 했어? 똑바로 서, 이 거지야." 그는 주먹으로 내 배를 때리고 걷어찼다.
 "도대체 나한테 왜 그러는데?" 나는 숨을 헐떡이며 물었다.
 "네가 클로드라는 것 외에 또 다른 이유가 있니? 그것만으로도 맞을 이유는 차고 넘치지." 무어커스는 바닥에 쓰러진 내 조끼 주머니에서 재빨리 손을 넣어 뭔가를 꺼냈다.
 '제임스 헨리 헤이워드.'
 "안돼. 무어커스, 제발!"
 "이 잡종아. 일어나서 도망가 보라고!" 그는 체인을 잡아당겨

내 마개를 손에 넣었다.

"무어커스, 이건 가문의 규칙을 어기는 거야!"

"흥, 그런 설교는 집어쳐. 내가 곧 규칙이야. 어서 일어나!"

나는 불쌍한 마개를 지키려고 그의 곁을 종종걸음으로 따라가야 했다. 그는 계단 아래로 내려가, 성년식을 앞둔 소년들이 빈둥거리는 반장 휴게실로 들어갔다. 스턴리와 듀빗은 머리를 뒤로 넘기고 점토 파이프를 피우고 백포도주를 마시며 성년식 분위기를 미리 맛보고 있었다.

"내가 뭘 찾았는지 다들 보라고." 무어커스는 말을 마치자마자 느닷없이 혐오스러운 것마냥 마개를 바닥에 떨구었다. 나는 재빨리 제임스 헨리를 두 손으로 감싸 안고 황급히 주머니 속에 집어넣었다.

"세상에, 무어커스. 저 녀석을 여기까지 데려온 거야?" 스턴리가 한숨을 내쉬었다. 지루하고 나른한 평소 목소리 그대로였다.

"이 녀석이 코를 킁킁대며 사물의 소리를 듣는다고 설치면, 우리까지 그 헛소리를 들어야 하잖아." 듀빗이 내 귀를 잡아당겼다.

"클로드, 넌 도대체 무슨 쓸모가 있니? 그냥 쓰레기산을 헤매다 익사하는 게 어때? 우리 모두를 위한다면 그게 더 좋을 텐데."

"그 이상한 사건 때문에 내일 수호물 일제점검이 있어."

무어커스가 말했다.

"내일이라…, 누가 그래?" 스턴리가 물었다.

"난쟁이 팀피 삼촌이 조금 전에 발표했어. 로사무드의 빌어먹을 문고리 때문이겠지. 그런데 클로드가 우리를 위해 수호물을 반짝반짝 닦아 주지 않을까?"

"오, 안돼, 무어커스. 차라리 네 신발을 닦을래."

"무어커스 씨라고 부르랬지. 그만 떠들고 빨리 닦아, 클로드."

그렇게 해서 나는 그들의 수호물에 광택을 내야 했다. 다른 사람의 수호물을 만지는 것은 매우 거북스럽고 적절하지 않은 행위다. 듀빗의 문 버팀쇠(뮤리엘 빈튼)와 스턴리의 멋진 접이식 자(줄리어스 존 미들턴)를 닦는 내내, 그 수호물들은 쉰 목소리로 내게 말을 걸었다. 그런데 빨갛고 노란 줄무늬 리본에 달린 무어커스의 무공 메달은 끝내 침묵했다. 그래서 빛나고 멋들어진 메달이 매우 볼품없고 개성 없어 보였다. 마치 시체를 만지는 것처럼, 그 메달은 완전히 죽은 사물 같았다. 나는 할아버지의 기차가 기적을 내뿜으며 돌아올 때까지 묵묵히 일해야 했다.

"어쩌지? 이 재수 없는 녀석을 그냥 보내줄까?"

무어커스가 물었다.

듀빗은 문 버팀쇠를 돌려받아 재킷 안주머니에 잘 집어 넣었다. 스턴리는 자를 몇 번이고 접었다 폈다하면서 만족해했다.

"고마워, 클로드. 아주 잘했군." 그들은 다시 책을 읽기 시작했다.

"내 마음이 바뀌기 전에 그만 가 봐. 그전에 고맙다는 인사는 해야지?"

"고마워." 나는 중얼거렸다.

"고맙습니다, 무어커스 씨." 무어커스가 신경질을 냈다.

"오, 제발 좀 쉬자. 저 괴짜는 그만 보내고 우리도 좀 평화롭게 있자고." 중간에 껴든 스턴리에게 나는 내심 고마움을 느꼈다.

"잠깐, 클로드! 난쟁이 삼촌이 하나 더 말해 준 게 있어. 사실 얘깃거리도 아니지. 내일 네가 맞선을 본다고 하던데?"

무어커스가 히죽거렸다.

"맞선이라니! 확실해? 날 괴롭히려고 괜한 말 지어낸 거 아냐?"

"이미 발표됐어. 어서 나가, 클로드. 피날리피를 생각해."

스턴리가 한숨을 쉬었다.

"안 돼!" 나는 뜻밖의 소식에 놀라서, 또 방금 전 무어커스가 내 엉덩이를 세게 걷어찼기 때문에 비명을 질렀다.

"언젠가 널 죽여버릴 테다, 클로드. 그럴 수만 있다면, 난 정말 기쁠 거야."

여자 사촌들

나는 최대한 빨리 휴게실을 뛰쳐나와 그 침묵의 메달과 멀찍이 떨어졌다. 침을 뱉고, 저주했고, 벽지에다 손을 닦았고, 그러고도 성이 차지 않아 물 한 대야를 받아 손이 아플 때까지 닦고 또 닦았다. 그렇지만 아까의 꺼림칙한 기억은 지워지지 않았고, 게다가 나의 맞선과 피날리피 사촌에 관한 상상은 더 최악이었다. 피날리피는 나보다 키가 크고 언청이 입술에 짙은 흑발 머리였다. 그녀에게서 종종 '글로리아 엠마 어팅'이라는 목소리가 들리지만, 난 글로리아 엠마가 어떻게 생겼는지는 알지 못했다. 피날리피는 어린 소년한테 곧잘 머리를 쥐어박거나 가슴을 꼬집는 악취미가 있었다. 다시 말해 남자아이를 희롱하는 왈가닥 소녀가 바로 나의 결혼 상대인 것이다. 내가 코듀로이 반바지에서 회색 긴바지로 갈아입는 날, 즉 생일 다음날에 그녀와 맞선을 봐야 한다. 가문의 전통에 따르면, 이레몽거 소년은 16살 되는 날, 결혼식을 몇 달 앞두고 약혼자와 각자의 수호물을 지니고 한 방에 있어야 한다. 나와 제임스 헨리, 피날리피와 그녀의 글로리아 엠마.

사실 난 피날리피의 수호물에 대해서 아는 바가 없다. 왜냐하면 이레몽거 소년 소녀들은 수업과 식사 시간, 기숙사 등 모든 면에서 엄격히 분리되어 생활했기 때문이다. 어쩌다 쓰레기산 주위에서 마주치는 게 고작이었다. 그런데 각자의 수호물에 관해 알 수 있다면 상대가 어떤 사람인지도 대충 짐작할 수 있다. 가엾은 포이 사촌은 태어날 때부터 10파운드짜리 아령(살)를 받았고, 항상 그 무게를 달고 다니는 바람에 느릿느릿 움직여야 했다. 병약한 사촌 테비는 자신의 수호물인 보온병(에이미 아이켄)의 덮개를 보노비가 벗긴 바람에, 심한 정신적 고통과 수치심에 시달려야 했다. 그 후 사촌 풀(그의 수호물은 '마크 시들리'라는 펌프)이 테비와 결혼했지만, 심각하게 훼손된 그녀의 평판은 풀의 인생까지 돌이킬 수 없게 망쳐 놓았다.

맞선을 보는 날, 약혼자들은 각자의 수호물을 상대에게 보여줘야 한다. 글로리아 엠마 어팅을 본다는 생각만으로도 난 두려워졌다. 그래서 위로를 받을 겸 터미스를 찾아갔는데, 막상 그곳에 가 보니 정작 위로를 받을 사람은 내가 아니라 터미스였다. 한발 먼저 방에 찾아 온 무어커스 때문에 터미스가 아끼던 동물들이 모두 사라진 것이다. 그의 무릎에는 잉어 린텔이 놓여 있었다. 잉어 한 마리만 빼고 다른 동물들은 모두 도망쳤거나 죽고 말았다.

뭔가 비밀의 흔적인 듯, 방바닥에는 핏방울이 점점이 떨어져 있었다. 특히 터미스의 소중한 갈매기(정확히는 세가락갈매기) 워터링캔은 방을 탈출해 집안 어딘가를 헤매고 있을 것이다.

"오, 나의 워터링캔!" 터미스는 신음했다.

그는 이레몽거보다 동물들과 함께 있는 걸 더 좋아했고, 쥐나 바퀴벌레한테도 이름을 붙여주고 제2의 가족이나 친구처럼 여겼다. 몇 년 전, 터미스는 그간 모은 용돈을 탈탈 털어 런던 근교의 펫샵으로부터 타조알을 배달받았다. 그는 타조알을 보물처럼 소중히 관리하며 따뜻하고 안전하게 부화시키려고 애썼는데, 어느 날 잠시 방을 비운 틈에 무어커스가 방에 난입했던 것이다. 터미스가 돌아왔을 때, 방에는 알 껍데기만 남아 있었다. 몇몇 친척들은 무어커스가 타조 알을 깨뜨린 게 아니며, 타조가 알에서 부화되어 가출한 것이라고 옹호했다. 밤에 들리는 소음이 바로 길 잃은 타조의 울음이라는 것이다. 하지만 나는 타조알을 깨뜨린 범인은 바로 무어커스이고, 이제 그 길고 긴 실종 동물의 명단에 워터링캔의 이름도 올라 있다고 믿는다.

터미스는 종종 갈매기들에게 과자 부스러기와 빵 조각을 주느라 쓰레기산으로 나갈 때도 있었다. 그런데 그런 동물 사랑 못지않게, 아니 더 사랑한 존재는 바로 오밀리였다.

"난 죽을 때까지 코듀로이 반바지를 못 벗을 거야. 그러면 오밀리와도 함께할 수 없겠지. 오늘 저녁기도 전에 대형 괘종시계 앞에서 그녀를 기다리기로 약속했어. 하지만 그녀가 선물한 워터링캔을 잃어버렸다고 어떻게 말을 하지? 내가 전혀 신경 쓰지 않았다고 생각할 거야."

그는 너무 비통해 보여서 뭔가 도움이 필요해 보였다.

"터미스, 일단 가서 그녀를 만나서 설명해. 내가 망을 봐줄게."

"정말, 클로드? 그렇게 해 줄 수 있어?"

"그래, 누구도 너희를 방해하지 않도록 말이야."

"오, 그럼 서두를게. 정말 고마워, 클로드."

저녁기도 종이 울리기 전, 우리는 서둘러 할머니가 계신 동관의 수위가 꾸벅꾸벅 졸고 있는 책상 앞을 지나서 대리석 계단을 내려갔다. 그곳에는 투팅의 도료 공장에 있던 대형 괘종시계가 있었고, 거대한 시계판과 긴 본체에는 태엽을 감기 위해 시계 내부로 들어가는 문이 달려 있었다. 터미스는 두 사람이 숨어 속삭일 만큼 널찍한 공간에 숨어 오밀리를 기다렸고, 나는 약간 떨어진 곳에서 신발끈을 풀었다가 묶기를 반복하며 망을 보고 있었다. 잠시 삐걱대는 계단 소리가 나더니, 수호물의 우물대는 소리와 함께 아주 작고 가냘픈 소녀가 나타났다. 그녀는 나를 보자마자 어찌나 당황했는지 금세라도 기절할 것 같았다.

"괜찮아, 오밀리. 들어가 봐. 그가 기다리고 있어. 내가 망을 볼게."

그녀는 횃불처럼 뺨을 빨갛게 물들이고 시계 안으로 들어갔다. 나는 바닥에 쭈그려 앉아 그들의 만남이 끝나기를 기다렸다. 몇 분 후에는 곧 예배당으로 몰려가는 이레몽거들의 무게로 인해 계단이 삐그덕거릴 것이다. 누가 오는지 귀를 쫑긋하는 동안, 거대한 시계바늘 소리 사이로 가스램프가 들릴 듯 말 듯 조그맣게 속삭였다.

'아이비 오르부트낫? 아이비 오르부트낫?'

"그래, 안녕, 아이비 오르부트낫." 나는 가스램프에 장단을 맞춰 속삭였다.

'아이비 오르부트낫?'

"물론이야, 아이비 오르부트낫."

그러자 램프에 이어 시계 속에서 또 다른 소리들이 연달아 들렸다. 시계 안에 있는 오밀리의 물뿌리개는 너무 수줍어해서 이름을 알아듣는 데 시간이 걸렸다.

'페르…디타 브레이스…웨이트', '힐러리 에블린 워드-잭슨', '페르디타 브레이스웨이트' 등등…

저녁기도 종소리가 울리는 가운데, 수도꼭지와 물뿌리개는 함께 발라드를 불렀다. 사적인 대화를 듣지 않으려고, 나는 대리석 계단에서 몇 계단 더 내려가 마블 홀로 들어갔다. 이 저택에서 가장 넓은 홀의 한가운데에는 여덟 개의 사자 발 조각 위에 놓여진 거대한 서랍장이 놓여 있었다. 전면 유리의 서랍장에는 서랍들이 수없이 많았고, 그 안에는 이미 세상을 떠난 이레몽거들의 수호물들이 보관되어 있었다. 수호물마다 소유자의 이름이 적힌 꼬리표가 달려 있었다. 나는 유리창 너머로 선조의 이름들을 읽어보았다.

이드원, 잉크통
아기스, 약통

아프라, 세면대
로비트-프리드릭, 펜나이프
슬리볼라, 가마솥
보리드, 백랍 주전자
노드, 핀셋

이레몽거가 죽고 나서 남겨진 수호물들은 아무 소리도 내지 않았다. 다섯째 서랍 위에 있는 수호물들이 바로 나의 부모님의 것이다.

아이리스, 피아노 열쇠
푼티아스, 칠판 지우개

엄마는 나를 낳자마자 죽었다. 그래서 엄마와 닮았던 내 모습만으로도 힘들어 하는 이들이 있었고, 특히 할머니는 몇 달 이상 나를 보지 않을 때도 있었다. 엄마는 할머니가 12명의 아들을 낳은 후에 얻은 고명딸로서 가문의 총애를 한몸에 받았다고 한다. 나는 엄마에 대해 거의 아는 게 없다. 엄마가 아주 고운 목소리로 노래를 즐겨 불렀다는 것만 들었는데, 그래서 내가 태어난 이후로 할머니는 공식 행사 외에는 노래를 금지했다고 한다.

아빠는 말수가 적은 편이라고 했다. 선천적으로 심장이 약했던 터라 가끔 엄마를 만날 때만 제외하면 아빠는 주로 따뜻한 침실에서 목화솜에 파묻혀 각설탕을 먹으며 지냈다. 할아버지는 엄마가 태어나자마자 어린 푼티아스를 배필로 결정했기 때문에(그때는 아빠의 심장이 약하다는 사실이 밝혀지기 전이었다), 결혼하는 날까지 쓰레기 산에 한 번도 보내지 않았을 정도로 애지중지 키워졌다. 그러다가 나의 출생 2주 후에, 아내의 사망 소식에 대한 비통함과 아들의 탄생에 대한 환희 속에 아빠의 심장은 영원히 정지했다.

마블 홀에 갈 때마다, 나는 부모님과 생을 마감한 모든 이레몽거, 그리고 그분들의 수호물을 떠올린다. 문득 정신을 차리고 보니, 위층 계단이 친척들이 쿵쾅대고 웅성대고 북적이는 소리로 온통 흔들리고 있었다. 그제서야 터미스와 오밀리를 까맣게 잊었다는 사실을 깨닫고, 나는 육중한 괘종시계 앞으로 달려가 문을 두드렸다.

"시간이 됐어. 이제 떠날 시간이야!" 내가 말했다.

당장 나와야 한다. 아니면 그들은 잡히고 말 것이다. 바로 한 층 위에서 알버트 폴링의 호루라기 소리가 들렸다.

"작은 삼촌이 오고 있어!" 나는 문을 두드리며 경고했다.

계단이 비명을 지르기 직전, 가까스로 괘종시계의 문이 열리고 오밀리와 '페르디타 브레이스웨이트'가 먼저 나와 계단을 내려갔다. 그다음에는 터미스와 힐러리가 여기저기 머리를 부딪히고 비틀대며 나왔다. 꿈나라에서 방금 깨어난 듯, 터미스는 붉어진 뺨에 함박웃음을 짓고 큰 소리로 선언했다.

"오, 난 정말 그녀를 사랑해!"

"제발, 입 다물어. 사랑받는 티 좀 내지 마. 저기 무어커스가 온다고."

무어커스가 지나가며 발을 스윽 거는 바람에, 터미스가 넘어졌지만 다행히 아주 멀리까지 굴러가지는 않았다. 항상 그렇듯 다른 사촌들은 왁자지껄 웃었다. 여전히 미소를 머금은 터미스는 마치 마취제라도 마신 것처럼 비틀댔다. 우리 모두 예배당 좌석에 착석했다. 이모들, 삼촌들, 어린 사촌들과 긴바지를 입은 사촌들. 키 작은 사람들은 앞줄에, 키 큰 사람들은 뒷줄에 앉았고, 나는 앞줄 가운데에 자리를 잡았다. 남자 사촌들은 서편, 여자 사촌들은 동편에 앉았다. 아마 오밀리도 동편 어딘가에 있을 것이다. 작은까마귀, 갈까마귀, 큰부리 까마귀들이 모여들었다.

예배당 안은 아주 시끌벅적해서 마치 커다란 종에 머리를 들이민 것 같았기 때문에, 나는 예배 후엔 항상 심한 편두통을 앓았다. 그나마 저녁 예배가 일주일에 한 번이라 다행이었다. 그런 시끄러운 장소에서 나는 제대로 소리를 듣지 못했다.

오랜 전통으로 빛나는 이레몽거의 장송곡 <산산이 흩어졌도다>가 시작되었다.

어느 봄날, 푸르른 이른 아침,
내 하루의 시작에
완벽한 황금이 장식되어 있었네.
그 시절 나는 희망이 가득하고 내 피부는 환히 타올랐네.
그대가 가게에서 와 맨 꼭대기 선반 위에 있던 나를 샀네.
그 시절 나는 진실로 행복했고 쓸모 있었네.
어느 여름날 사랑스러운 밝은 빛 속에서,

나는 그대의 영원한 부름을 받아 반짝이는 몸을 일으켰네.
마블 홀의 커다란 서랍장을 찾은 방문객들은
모두 숨을 들이마셨도다.
아, 이 작품을 향해 그대는 '내 것'이라고 불러주었네.
그대는 아주 나직히 그들을 향해 물었네.
이제껏 이토록 훌륭한 것이 있었던가?

어느 가을날, 추위가 찾아들고,
바람이 음산한 소리를 내면,
누군가 다급하게 나타나서
이 오래된 문을 쾅쾅 두드릴지니
그때 저 바닥 아래까지 나는 넘어지고 뒹굴지니
그때 나는 산산이 흩어졌노라, 겸허해졌노라.
이제 더 이상 내가 필요하지 않으리라.

노래 부르는 중간에, 나는 예배석 아래에서 읊조리고 있는 친척들의 뒤통수를 내려다보았다. 땋은 머리, 뒤로 넘긴 머리, 보닛 아래 정돈된 머리, 그런데 단 한 사람이 고개를 숙이지 않고 정확히 내 쪽을 돌아보고 있었다. 그녀는 피날리피였다. 아무 감정도 없이 나를 빤히 쳐다보는 그 얼굴에 나는 아무런 애정도 느낄 수 없었다. 마침내 그녀가 자세를 바꿔 앞을 봤지만, 이레몽거의 찬송가가 이어지는 내내 나는 그녀의 표정을 잊을 수 없었다.

날 바라봐, 날 지켜 줘, 제발 기억해 줘.

나는 잃을 게 없다는 것을.

어두운 12월의 울부짖음 속에서,

겨울 서리가 내린 돌무더기 속에서,

나는 쓸모 있고, 부름을 받았노라.

지금은 나의 탄식과 간청은 제 갈 길을 잃었고,

나는 쓰레기산에 던져졌도다.

이제 말할 것은 남아 있지 않다.

이제 내 이름을 말할 자도 없다.

그대는 듣고 있나요? 이 작은 마지막 삐걱댐,

오로지 치욕만 남은 사물이 내는 소리를,

이름도 없고 얼굴도 없는 아무것도 아닌 자가 내는 소리를.

나는 여기 쓰레기산 위에 드러누워,

그렇게 박살나고, 그렇게 발굽에 짓밟히고,

그렇게 파멸되었다.

누구도 다시는 발견될 수 없으리라.

예배가 끝난 뒤, 가족들은 각자의 자리로 흩어졌다. 나는 그들이 모두 떠나간 후 터미스와 잘 자라고 악수를 한 뒤, 드디어 내 방으로 돌아왔다. 피날리피와 내일 있을 맞선을 떠올릴 때마다 충격이 너무 커서 더는 견딜 수 없었다.

부집사 잉구스 브릭스

제7장
거북 등껍질로 만든 구둣주걱

루시 페넌트의 이야기는 계속된다

하녀들은 나를 데리고 통로를 지나 옷걸이와 벤치가 있는 방으로 들어갔다. 거기서 나는 단정한 검정 드레스, 평범한 플랫 슈즈, 그리고 그들이 쓰고 있는 것과 같은 하얀 보닛을 받았다. 하얀 보닛에는 빨간 월계수 잎이 그려져 있었다. 작은 커튼이 쳐진 좁은 탈의실에서 나는 옷을 갈아입었다. 내가 입었던 헌옷은 하녀가 가져 갔는데, 고아원에서 받은 옷이라서 전혀 아쉽지 않았다. 가죽 모자야, 잘 가렴. 다시는 보고 싶지 않을 거야. 남아 있는 하녀들 가운데에 내 또래도 있었는데, 그들은 내 머리를 빗겨주며 달래 듯 말했다. "괜찮아, 괜찮아."

"누가 안 괜찮다고 했나요?" 내가 대꾸했다.

나이가 많은 여자가 내게 속삭였다.

"얼마나 행운이니! 친척이 찾아오다니! 우린 모두 한가족이야. 마침내 네가 있어야 할 곳에 돌아왔으니, 아무 걱정할 것 없어."

이제 내 가족을 만나러 갈 때라고 그들은 말했다. 나는 부엌으로 안내되었고, 나를 구경하러 몰려든 하인과 하녀들 사이를 지나가며 차례로 인사했다. 그들은 앞다퉈 말했다.

"힙 하우스에 온 걸 환영해."

그들은 심지어 눈물을 글썽대며, 정말 소중한 사람이 돌아온 듯 내게 키스하고 껴안고 때로는 냄새를 맡았다. 난 아무튼 좋다고 생각하며 답례로 포옹해 주기도 했다. 그때 누가 목청을 가다듬자, 이레몽거들은 황급히 각자 위치로 돌아갔다. 내 앞에는 아주 키가 큰 남자가 서 있었고, 누가 나를 그의 앞으로 떠밀었다. 그는 상당히 멋진 눈썹에다 검은 넥타이와 제비꼬리가 달린 연미복 차림이었다. 마치 우레같이 알아듣기 힘든 낮은 목소리로 그는 연설을 시작했다.

"나는 <힙 하우스의 노래>를 부르는 스터리지 집사란다. 힙 하우스의 노래는 질서와 올바름의 노래, 정의와 존엄의 소음이다. 이 거대한 궁전의 모든 방들과 계단들을 채우는 소리이지. 힙 하우스는 우리처럼 하찮은 이들의 집이기도 해. 힙 하우스의 위층에는 윗분들이, 아래층 지하에는 우리가 살고 있어. 힙 하우스는 강력한 깃대처럼 땅속 깊이 세워져 있고, 빛이라곤 촛불과 가스램프뿐인, 영원히 깊은 이 지하에 우리가 있는 거야. 즉 우리는 뿌리, 저 위로 성장하는 식물의 아주 거대한 뿌리를 맡고 있어. 마땅히 우리가 머물러야 할 지하에 살면서, 각자의 자리에서 맡은 일을 충실히 해야 한다. 나는 힙 하우스의 감시자이자 시킴이, 청소솔과 쓰레받기이며, 광택제이자 밀밥이란다. 너를 만나서 정말 반갑구나."

나는 남들이 시키는 대로 덩치 큰 남자에게 절을 했다.

"환영한다. 이레몽거, 내일부터 넌…" 그는 잠시 뜸을 들였다가 큰 소리로 발표했다. "벽난로!"

주위에 있던 하인 이레몽거들은 무척 놀라며 몇몇은 내 어깨를 두드리며 칭찬했다.

"넌 벌써부터 땅 위에서 일하는구나!"

"우선은 그렇지."

집사의 뒤에 서 있는 남자가 말했다. 유들유들해 보이는 그 남자는 브릭스라는 부집사로 곧 식사를 알리는 종을 울렸다.

우리는 모두 식당으로 들어갔다. 긴 식탁이 몇 줄 있었고, 정가운데 식탁이 놓인 높은 연단 위는 스터리지 씨와 피그고트 부인의 자리였다. 좌석마다 김이 모락모락나는 그릇 하나와 스푼 두 개가 놓여 있었다. 하나는 빈 스푼이고 또 다른 스푼에는 회갈색 시럽이 조금 담겨 있었다. 요리사 부부인 그룸 씨는 그때 처음 봤는데, 둘 다 오누이처럼 키가 작고 창백한 얼굴이었다. 종종 부부들은 살면서 서로 닮기 마련이니까. 어쨌든 외양만으로는 그룸 씨 부부를 정확히 구분하기 어려웠다. 둘 다 가슴과 엉덩이, 손이 하나같이 부뚜막처럼 큼직했다. 사람들은 그릇과 스푼이 차려진 앞에 서서 애타게 눈치를 보고 있었다. 그때 종이 또 한 번 울리자, 사람들은 일제히 낮은 목소리로 식전 기도를 암송하기 시작했다.

우리가 사는 이 저택에,

> 우리가 주는 사랑 속에, 이 시간 속에
> 우리 피의 모든 비밀이 숨어 있다네.
> 모든 장기와 모든 뼈, 폐와 간,
> 그리고 진하든 묽든, 우리의 피.
> 오, 오늘 일용할 식사를 주셔서 감사드립니다.

종이 또다시 울리자, 다들 자리에 앉아 아주 조심스럽게 수프를 떠먹었다. 건더기도 제법 든 짭짤한 수프는, 종종 뼛조각이나 녹슨 못이 발견되는 고아원의 음식보다 훨씬 먹을 만했다. 그릇을 비우자, 거친 회색 면직 옷을 입은 하인들이 빈그릇을 치웠다. 그런데 다들 자리를 뜨지 않고 자기 앞에 액체가 담긴 스푼을 보고 있었다. 또 종이 울리자, 한 번 더 식전 기도를 암송했다.

> 우리의 파이프와 배관,
> 우리의 옳고 그름,
> 한 숟가락의 위안을 맛보아라.
> 달콤하고 바삭바삭한 설탕이
> 우리의 기나긴 밤을 지켜줄 것이다.

그리고 이번에는 다들 매우 집중하며 다른 스푼에 담긴 시럽을 먹기 시작했다. 어떤 이들은 입을 크게 벌려 스푼을 통째로 밀어 넣었고, 어떤 이들은 냄새를 맡으며 조심스럽게 혀로 핥았으며, 또 어떤 이들은 그릇을 아래에 받치고 스푼 끝을 조금씩 기울여

방울방울 떨어지는 액체를 마셨다. 그 회색빛의 정체 모를 시럽은 탁하고 음침하며, 이곳에 처음 도착했을 때 맡았던 쓰레기산의 악취와 비슷한 강렬한 냄새를 풍겼다.

"이게 뭐야?" 나는 옆자리에 있는 사람에게 속삭였다.

"매일밤 마시는 거야. 몸에 좋은 거야."

뚱뚱한 매부리코의 소녀가 말했다.

"그렇겠지. 하지만 뭔지 알 수 없잖아."

"음, 먼저 얘기하면, 네가 이상하게 생각할지도 몰라. 그러니까 네가 먼저 먹으면 말해줄게. 아무튼 이건 정말 대단한 거니까, 일단 먹어 봐."

시럽을 입에 가져갔지만, 고약한 냄새 때문에 좀처럼 먹을 수 없었다.

"먹기 싫으면 내가 먹어도 될까?"

옆자리에 앉아 있는 이레몽거가 내게 물었다.

"좋을 대로. 하지만 이게 뭔지 말해준다면."

"새내기 이레몽거에게는 말하지 말라고 했어. 차차 배워야 해."

"그럼 내가 먹을까?" 나는 스푼을 입에 가져가는 척했다.

"아니, 잠깐 기다려! 그건 도시의 먼지야. 런던의 쓰레기에서 모아서 부엌에서 가루로 빻은 거래. 매일 밤 한 숟갈씩만 먹을 수 있어."

"진짜로 이게 뭔데?" 내가 다시 물었다.

"쓰레기에서 만든 시럽이라니까."

그 소녀는 기분이 상한 듯 대꾸했다.

신참한테 이런 장난을 치다니, 이 아이와는 친구하면 안 되겠다고 나는 생각했다. 전혀 재미 없는 장난이었고, 어쨌든 그 더러운 액체는 먹지 않기로 했다. 주위를 둘러보니, 제각기 스푼을 부지런히 핥고 있었다.

식사가 끝나자 다들 여자 기숙사로 돌아갔다. 그때쯤 나는 매우 피곤해져서 좀 쉬고 나면 이 모든 것들이 덜 이상해 보이기를 바랐다. 다들 행동도 성격도 독특해 보였다. 부자들은 마음 내키는 대로 행동한다는데, 게다가 여기는 섬처럼 멀리 떨어진 곳이라서 더욱 유별난지도 모른다.

지하 복도와 방들은 토끼장 같았고, 우리는 굴 속의 토끼처럼 살고 있었다. 하지만 중요한 것은 내가 고아원을 나왔고, 직장이 생겼고, 그 스푼에 담긴 정체불명의 것만 빼면 음식도 맛있다는 사실이다. 어쩌면 내게도 미래가 있을지 몰라. 나는 침대에 누워 약간 뻐근한 팔을 주무르며 이 모든 것은 나 자신을 위해 참아야 한다고 수없이 되뇌다가 잠들었다.

꿈에서 나는 그들이 보여줬던 성냥 상자를 보았다. 띠지를 벗기고 천천히 성냥 상자를 열자, 그 안에서 뭔가, 성냥개비가 아닌 무시무시한 것이 중얼거렸다. 나는 놀라 소스라치며 깼다. 얼마나 오래 잤을까? 기숙사에서 수군대는 소리가 들렸는데, 아마 잠에서 깬 것도 그 때문인 것 같았다.

"신참이 자기 얘기를 별로 안 했어."

"하지만 곧 말하겠지. 그렇게 이기적이진 않을 거야. 금방 포기하고 온갖 이야기들을 들려주겠지."

"난 저 아이가 마음에 들어. 어딘가 새로워 보이지 않아?"

"우리에게 뭔가 말해준다면. 그때까진 별로야."

"완전히 잠에 골아떨어졌어. 오늘 밤엔 아무 얘기도 듣지 못하겠어."

"그럼 내가 대신 얘기할게. 내 이름은 그리스 위…"

"넌 지난 주에 했잖아. 이번엔 내 차례야. 난 그리스 대신에 헬룬파르신 역을 맡을래. 내 이름은 헬룬이고, 내 고향은…"

"아니야! 내가 올드레이 잉크플롯을 할래. 안녕, 난 런던에서 온 꼬마 올드레이라고 해…"

"차라리 새로 온 이레몽거가 되는 게 어때?"

"좋은 생각이야. 그런데 그녀의 이름이 뭐였지? 누구 기억나는 사람?"

"아, 기억나! 내 이름은 … 로시 퍼미트라고 해."

"어디서 왔니, 로시? 우리에게 말해봐."

"나는 룽던에서 태어나고 자랐어. 스피팅필스 출신이야."

"나, 로시 퍼미트는 비누 냄새 풍기는 저택에서 자랐어."

"나, 로시는 서커스단에서 왔어. 엄마는 콧수염이 있고 아빠는 집채만 하지."

나는 도저히 그들의 헛소리를 참을 수 없어서 침대에서 일어났다. 그리고 목청을 가다듬고 말했다.

"나는 억센 빨간 머리에 둥근 얼굴과 들창코를 가지고 있어. 초록빛 눈엔 점이 있는데, 눈뿐 아니라 온몸에 구두점이 찍혀 있어. 주근깨가 많고, 반점, 사마귀, 그리고 티눈도 두어 개 있어. 치아가 새하얗진 않고 덧니도 있어. 나는 아주 솔직해. 어떤 일이든 전부 말할 거고, 무엇보다 거짓말은 전혀 없이 오로지 진실에 충실할 거야. 그래, 나는 최선을 다할 생각이야. 콧구멍은 남들보다 살짝 크고 손톱을 깨무는 습관이 있어. 때로는 벌레에 물려 벅벅 긁기도 하지. 내 이름은 루시 페넌트야."

그리고 내 이야기를 들려줬다. 그때는 지금보다 훨씬 많은 것을 기억했다. 그들은 여전히 만족하지않고 내 이야기를 계속 듣고 싶어했다. 필칭과 램버스, 올드 켄트 로드에 관한 소식들, 옛날 쓰레기산에서 우리 집 안뜰로 날아 온, 챙이 납작하게 찌그러진 밀짚모자로 만든 연(鳶)에 관한 이야기, 파이프 조각으로 만든 낡은 인형과 어린 시절 모래 놀이터에서 즐겨 놀던 놀이에 관한 이야기, 그리고 학교 친구들, 내가 살던 하숙집 사람들, 또 갑자기 멈춰버린 엄마 아빠, 고무옷을 입고 쓰레기산에서 일하는 사람들의 이야기.

"우리도 쓰레기산에 나갈 때는 고무옷을 입어." 이레몽거가 말했다. "그리고 닻이 있어. 너희도 닻을 쓰니? 닻을 당기면, 우린 다시 안으로 들어올 수 있어. 하지만 밧줄을 놓치면…."

"쉿! 지금은 그런 말할 때가 아니야. 새 친구에 관해 얘기하고 있잖아." 또 다른 이레몽거가 말을 가로막았다.

"너희는 필칭에 자주 나가니? 런던 말이야." 내가 물었다.

"무슨 뜻이야? 밖을 나간다고? 쓰레기산 말이니?"

"아니, 내 말은 시내에 놀러 나가는 것 말이야. 구경이나 산책 삼아서."

"우린 외출하지 않아. 왜 런던에 나가야 하지?"

"그럴 리가!" 내가 놀라 소리쳤다. "여기 생활에 익숙해지면, 난 외출해서 친구들도 만나고 싶어."

"친구라고! 야무진 꿈이네. 정말 귀여워." 한 사람이 외쳤다. "그보다 네 집에 관한 이야기를 좀 더 들려줘."

내 이야기 중에서 힙 하우스에 처음 도착하고 하인들이 와서 내 소지품을 가져가는 대목에서 호응이 아주 좋았다.

"네 이야기 속에 내가 있다니, 정말 굉장하지 않니? 내가 하나의 역사 속에 들어 있어!"

얌전한 이레몽거는 감동을 받은 듯 나직이 말했다.

대부분 이레몽거들은 자신의 이야기는 전혀 기억하지 못하거나 아주 사소한 것들만 기억했다. 예를 들어 손바닥을 맞거나 풍선이 펑 터졌던 기억, 턱수염을 기른 남자의 어렴풋한 모습 등이 고작이었다. 그것도 이곳에 온지 얼마 안 된 이레몽거들만이 기억했을 뿐 상당수는 모래 놀이터에서 놀던 기억 외에는 없었다. 어쩌다 한두 명은 열심히 궁리한 끝에 자기 엄마나 아빠를 기억했지만, 그조차 희뿌연한 그림자나 희미해진 냄새에 지나지 않았다. 부모의 것처럼 보이는 모자, 드레스, 콧수염, 목걸이 등이 공중에 둥둥 떠다닐 뿐이었다.

기숙사에는 등이 굽고 주름 진 중년 여자가 두 명 있었는데, 젊고 활기찬 이레몽거와 마찬가지로 흰색 잠옷을 입고 있었다. 그들은 시끌벅적한 젊은이들과 어울리고 싶지 않은 듯, 눈을 감고 두 손으로 귀를 막고 있었다. 그중 한 명은 우리에게 조용히 하지 않으면 피그코트 부인을 부르겠다고 어깃장을 놓았다. 그들처럼 날 보러 오지 않는 소녀가 또 있었다. 그 소녀는 여리한 몸에 비해 코가 아주 커서 마치 다른 사람의 코를 달고 있는 것처럼 보였다.

"쟤는 누구야?" 나는 물었다.

"신경 쓸 것 없어. 가장 최근에 이곳에 온 아이지. 아마 네가 온 후로 새내기 자리를 빼앗겨서 심술이 났나 봐."

"너도 같이 얘기하자. 난 네 이야기가 궁금해."

나는 말을 건넸지만, 그녀는 이불을 푹 덮어쓰고 다음날 아침까지 얼굴을 내밀지 않았다.

"알고 있니? 네 수호물은 성냥 상자야." 내 옆에 있는 소녀가 엄청난 비밀을 공표하는 것처럼 자랑스럽게 떠벌였다. 바로 조금 전에 내가 성냥 상자를 봤다고 이야기했는데 말이다.

"도대체 성냥 상자 하나를 두고 왜 호들갑일까? 예전엔 수호물이 있는지조차 몰랐는데, 그렇게 중요한 걸까?" 내가 물었다.

이레몽거들은 각자 자신의 수호물을 앞다퉈 소개했다. 핸드벨, 국자, 쓰레받기, 옷솔, 다리미, 바늘, 양털 깎는 가위…

"아래층 이레몽거의 수호물들은 모두 피그코트 부인의 응접실에 보관되고, 스미스 부인만이 열쇠를 가지고 있어. 우린 일주일에 한 번만 수호물을 볼 수 있어."

"그날은 정말 멋진 날이야!"

"그런데 위층 사람들은 수호물을 항상 가지고 다닌다더라. 오늘 아침에 로사무드 부인이 수호물을 잃어버렸다고 해서 온 집안을 수색했는데, 아직도 못 찾았대."

"그냥 하나 더 만들면 되잖아?" 내가 물었다.

"오, 똑같지는 않잖아. 적어도 그녀의 문고리는 아닌 거야. 나도 한 번 봤는데, 그 놋쇠 문고리는 아주 사랑스러운 물건이었어. 지난번에 일손이 부족하다고 해서 내가 위층에 올라가서 로사무드 님의 시녀 노릇을 했거든."

"시녀?" 내가 되물었다.

"음, 시녀는 지체 높은 분의 옷을 입혀주는 아래층 이레몽거를 뜻해. 그건 일종의 특권이야. 이 기숙사에 있는 사람들은 모두 시녀가 아니야. 시녀들은 자기만의 방을 배정받거든."

"실내 화장실이 따로 있대. 우린 공용 변기를 쓰는데."

"어쨌든 그 문고리의 행방을 찾지 못해서 다들 초조해하고 있어. 스터리지 씨는 이 상황을 매우 심각하게 받아들이고 있지. 아래층 방들도 매트리스를 뒤집고, 주머니를 탈탈 털면서 모조리 검사하고 있어."

"피그고트 부인의 수호물은 뭘까?" 나는 물었다.

"피그고트 부인의 것은 코르셋, 스터리지 씨의 것은 선박 랜턴, 브릭스 씨의 것은 구둣주걱이야."

"그룸 씨의 것은 슈가 커터[8], 그룸 부인의 것은 젤리 틀이야. 스미스 부인의 것은 만능 열쇠라고 하더라. 그걸 손에 넣는다면, 스미스 부인의 자물쇠는 모두 열 수 있을까?"

"금고에서 뭐가 튀어나올지 상상해 봐. 괴물한테 잡아먹힐지도 몰라."

● 8 설탕 과자 또는 젤리를 여러 모양으로 자르고 굽는 제과 도구

그때 다들 끔찍한 경련을 일으킨 듯 잠옷을 털기 시작했다. 발끝을 내려다봤더니, 곤충들이 여기저기 기어 다니고 있었다. 아까부터 뭔가 사사삭 움직이고 있다고 느꼈는데, 방이 너무 어두워서 그저 남들의 손가락이 살짝 닿는 줄 알았다.

"저것들은 뭐야? 제발, 저리 좀 치워줘!" 나는 울먹였다.

"심하게 물렸나 봐. 아마 새로운 피라서 좋아하나 봐."

"자, 그만 모기장을 덮고 자자. 안 그러면 내일 벌겋게 부어올라 긁고 또 긁을 거야."

"네 이야기를 들려줘서 고마워, 로시 이레몽거."

"내 이름은 루시 페넌트야. 너희가 원하면 언제든 잊지 않고 들려줄게."

"오, 각오가 대단하네. 처음에는 누구나 그렇게 말하지. 그런데 결국은 잊고 말 거야." 누가 소리쳤다.

우리는 각자 침대로 흩어졌다. 다리가 물려 피가 조금 났고 팔도 뻐근했지만, 어느새 나는 잠에 깊이 빠져들었다.

♠

다음 날 아침, 주사기를 찔러 넣은 팔은 여전히 아팠지만 사실 벌레에 물린 자국이 더 걱정이었다. 아침 식사가 끝날 무렵에는 증기기관차가 시끄러운 기적 소리를 내며 런던, 내가 아는 세상으로 돌아가고 있었다. 나는 내가 맡은 일에 관해 설명을 들었다. 위층에 있는 벽난로들을 청소하는 일로, 쓰레기산에 나가는 것보다 훨씬 편하고 좋은 일이지만 위층 이레몽거들이 잠든 밤중에 일해야 했다. 그들은 청소법을 가르쳐준 다음 아래층 벽난로부터 청소해 보라고 시켰다. 그들은 내 일거수일투족을 지켜보면서 온갖 잔소리를 퍼부었다. 준비물로는 철사로 만든 청소솔, 양동이, 삽, 그리고 벽난로 연도를 닦는 납 조각과 날짜가 지난 신문도 필요했다. 벽난로 청소를 끝낸 후, 납조각과 석탄 몇 덩이를 신문지로 둘둘 말은 후 그것으로 마무리 청소를 했다. 또한 지시 사항도 철저했다. 잿더미는 양동이에 따로 걸러 내고 다 타지 않은 석탄은 하룻밤 더 쓰도록 벽난로에 도로 갖다둬야 한다. 다 탄 잿가루는 체로 한 번 거른 뒤에 아래층 보일러실에 있는 드럼통에 별도로 보관한다. 보일러실에서 일하는 이레몽거들은 검댕 때문에 기침에 눈물 콧물을 흘려 얼굴에 거무스름한 줄이 나 있었지만, 다들 집 안에서 일한다는 사실만으로도 기쁘게 생각했다.

"더 빨리 할 수 있어. 이레몽거, 빨리빨리."

부집사 브릭스가 고집을 부렸다.

그래서 매 순간 벽난로 앞에는 나밖에 없는 듯 일에 전념했다. 여기 오기 전에 내가 누구였는지 기억이 잘 나지 않았고, 엄마아빠가 있었다는 사실도 한 시간 넘게 기억을 더듬고 나서야 떠올랐다. 이상하게도 일을 많이 할수록, 피그고트 부인의 방에 있는 성냥 상자가 자꾸 생각났다. 어느새 그것을 갈망하고 있었다. 위층의 화려한 구역을 청소할 때마다, 나는 스스로 다짐했다. 혼자 있을 때도 두뇌 회로를 열심히 돌리고 나에 관한 모든 것을 계속 외워서 나 자신을 온전히 지키겠다고 말이다. 그리고 그들의 규칙을 따르지 않고, 내가 가지 말아야 할 장소를 열심히 탐험하며 온갖 모험을 벌이겠다고. 그래, 나는 루시 페넌트니까. 그래, 그게 나야.

점심 식사가 끝날 무렵, 브릭스 씨가 내게 다가왔다. 온종일 나를 주시하고 있었을까? 그는 왜 스푼에 담긴 시럽을 먹지 않았느냐고 다그쳤다.

"그건 도시의 오물이잖아요? 브릭스 씨, 전 먹고 싶지 않아요."

"도시의 오물? 누가 그런 말을 했지? 그건 설탕과 향신료, 오로지 특혜 받은 우리만 맛볼 수 있는 진귀한 것이야. 질병을 막아주는 데다가 맛도 환상적이지. 먹어 보렴."

"감사하지만, 전 안 먹을래요."

"한 입만 먹어 봐. 아니면 강제로 먹일 거야. 그래야 튼튼해지거든."

"정말 전 그걸 원하지 않아요."

"원한다… 네가 뭔가 원한다는 것 자체가 주제넘는 일이야. 너는 하인 이레몽거일 뿐이고, 위층 이레몽거만이 뭔가 원할 수 있어. 정 거부한다면, 내가 직접 네 입에 스푼을 밀어넣을 수밖에. 널 다치게 하고 싶진 않아. 당장 맛보는 게 좋을 거야."

결국 나는 그것을 아주 조금 베어 물었다. 그건 달콤하고 따뜻했다. 약간의 다정함도 느껴졌다.

"꿀꺽 삼켜라. 자, 이제 어떠니?"

그의 말대로 꿀꺽 삼켰더니, 그전보다 더욱 행복함이 지속되었다. 나머지를 마저 먹으며 나는 말했다. "좋아요, 아주 좋아요."

"그럴 줄 알았다. 그렇고말고!" 그는 이빨을 드러내며 씩 웃었다.

나는 기차가 경적을 울리며 런던에서 돌아올 때까지 벽난로 청소를 훈련받고, 저녁을 먹기 전에 잠시 휴식했다. 옆자리에는 내 이야기를 듣지 않았던, 코가 큰 소녀가 있었다. 사실 내가 일부러 그녀 옆에 앉은 것이었다. 그녀는 작고 창백하고, 뼈만 앙상했고, 입술은 축 처졌지만 횃불처럼 붉었다.

"내 이름은 루시 페넌트야. 네 이름이 기억나니? 네 이야기가 궁금해."

"난 이레몽거야." 그녀가 차갑게 말했다. "아이들은 널 추종하고 있지. 부엌이건, 정화조나 보일러, 빨래방이건, 그들이 속삭이는 걸 들었어. 루시 페넌트, 그런 이름을 들먹이면서. 어떤 아이는 심지어 루키 펜브러쉬, 어쩌구 하더군. 이봐, 난 네 이야기라면 아주 질렸어"

"그럼 네 이름을 말해줘. 아직도 기억한다면."

"나도 내 이름을 알아, 안다고! 네가 정말 대단하다고 생각하니?"

"난 루시 페넌트야. 넌 누구야?"

"난 어딘가에 이름을 적어놓았어. 절대 잊지 않으려고 말이야. 하지만 내 이름을 기억하려고 하면, 루시 페넌트란 이름만 떠올라. 5분 동안 내가 루시 페넌트였다고 확신하기까지 했어. 하지만 아냐. 내게는 나만의 이름이 있고, 분명 어디 적어두었어."

"어디에다 적었는데?"

"오, 루시 페넌트. 기억이 나지 않아. 분명히 어딘가에… 칼로 새겨두었는데. 그걸 찾다가 브릭스 씨한테 들켜서 곧장 피그고트 부인에게 끌려가 벌을 받았어. 2달 내내 쓰레기산에서 고생했고, 내 수호물인 차 거름망도 보지 못했어. 2주 동안이나!"

그녀는 눈물을 글썽였다.

"저택을 좀 둘러보면 어때?"

"그들이 질색할 거야. 우린 배치받은 곳에만 있어야 해. 더구나 어디에 적었는지도 전혀 기억나지 않아."

"너랑 나랑 이름을 찾을 때까지 멈추지 말자." 나는 다짐했다.

"하지만 그러다가 발각되면 저들이 꼬투리를 잡아서 널 쓰레기산으로 보낼지도 몰라."

"그들은 지옥에나 꺼지라고 하자. 어때?"

내 말에 그녀가 잠시 화색이 돌고 보기 드물게 미소를 짓자, 약간 예뻐 보이기까지 했다.

"저 밖에 있는 쓰레기산은 어땠어? 자세히 말해 줘."

"지옥, 거긴 바로 지옥이야. 아주 조심해야 해. 갑자기 발 아래에서 땅이 꺼지면 난 가라앉는 거야. 내일 내가 뭘 찾을 수 있을까? 어쩌면 죽음의 신과 만날지도 몰라. 넌 벽난로 일을 꼭 붙들어야 해. 무엇보다 위층 이레몽거들과 마주쳐서는 안 돼. 잘못하면 너도 쓰레기산으로 보내질 거야. 그런데 언제 위층에 가니?"

"브릭스 씨가 벨을 누르면."

클로드 이레몽거의 약혼녀, 피날리피 이레몽거

제8장
레이스 손뜨개

클로드 이레몽거의 이야기는 계속된다.

최후의 조찬

나는 잠을 이루지 못했다. 피날리피가 머릿속에서 떠나지 않았으니까. 희뿌연한 동 틀 녘, 일찌감치 잠자리에서 일어난 나는 침울한 표정으로 아침을 먹으러 갔다. 코듀로이 반바지를 입은 동갑내기 이레몽거들이 복작거리기 전에, 제일 먼저 식당에 갔다가 자리를 뜨는 것이 오랜 습관이었다. 너무 늦으면 사촌들의 수호물이 내는 소리로 인해 두통이 생기니까 말이다. 그날 아침에는 터미스가 벌써 와 있었다.

"로사무드 이모의 사건을 고려하면, 오늘 맞선이 취소될 수도 있어."

"그래서 우리 둘만 반바지를 계속 입는다고? 그것도 아주 나쁘진 않네."

"터미스, 하지만 너도 언젠가 긴바지를 입게 될 거야."

'세실리 그랜트.'

별 특색 없는 여자 목소리 때문에 잠시 대화가 중단되었다.

보노비 사촌이 우리에게 다가왔다. 세실리는 240mm 여성용 구두로, 보노비는 허리춤에 찬 가죽 주머니에 자신의 수호물을 넣고 다녔다. 또한 그는 쓰레기산에서 찾은 코르셋을 입은 여자들의 화보를 찾는 데 선수였고, 늘 특이한 향수 비누로 세수하는 바람에 누구라도 그가 있는 곳을 맞출 지경이었다. 최근에도 그는 쓰레기산에서 찾은 물건에 싫증이 나서 우리에게 넘길까 말까를 고민 중이었다. 그건 다음과 같은 광고 팸플릿이었다.

찰스 톰슨의 훌륭한 여성 코르셋

긴 허리에 안성맞춤!
직물 길드에서 매년 백만 벌 한정 생산!
허리 길이 13, 14, 15인치로 자로 잰 듯이 딱 맞게 제작됩니다!!
당신이 거래하는 상점에서 찾을 수 없다면, 아래 주소로 치수를 알려주세요.
우체국 특송으로 코르셋을 즉시 보내드립니다.
런던 올드 베일리 49번지

"오늘은 안 돼, 보노비. 클로드가 맞선 보는 날이야."

"오늘? 그렇다면 이게 더욱 필요하지. 클로드, 이 코르셋을 봐. 피날리피가 이걸 입는 걸 상상해 봐."

"보노비, 지금 그런 장난할 때가 아니야. 클로드를 귀찮게 하지 마."

"그럼, 이건 어때? 터미스, 특별히 너를 위한 물건이야."

펄버마커 사의 의료용 전기 벨트

남성 근육의 활력이 바로 당신 눈 앞에 펼쳐집니다.
40년 이상 역사를 자랑하는 펄버마커 의료기기상사에서 품질을 보증합니다.
런던 리젠트 거리 194번지

"싫어. 오늘은 그런 흥정할 생각이 없어." 터미스가 말했다.

그때 누군가 팸플릿을 낚아챘다. 무어커스였다.

"고마워. 이것들은 내가 가져가지!"

"제발, 무어커스!" 보노비는 빌었다.

'알버트 폴링!'

고개를 돌려 보니, 무어커스, 보노비, 터미스 옆에 호루라기 알버트 폴링, 그리고 그 주인인 팀피 삼촌이 보였다. 팀피가 알버트를 힘차게 불어대자, 아이들은 모두 냅다 줄행랑쳤다.

사촌 피날리피

"클로드 이레몽거!" 팀피 삼촌은 알버트를 불며 나를 식당 밖으로 호출했다. 그리고 계속 계단을 올라가 접견실로 데려갔다.

"긴장했니?" 팀피 삼촌이 물었다.

"약간요." 나는 인정했다.

"방에 누가 기다리고 있는지 아니?" 삼촌이 물었다.

"아마 사촌 피날리피겠죠." 내가 중얼거렸다.

"괜찮니? 너무 창백해 보이는구나. 사랑을 찾지 못해 우는 사촌들이 얼마나 많은데, 넌 확실히 매정한 연인이 되겠어."

"팀피 삼촌, 결혼이란 어떤 건가요?"

"나와 모그리트의 결혼은 기껏해야 2개월이었어. 그녀가 표백제에 중독돼 세상을 떠났을 때, 내게 남긴 것은 작은 하모니카뿐이었지." 팀피 삼촌은 슬픔에 젖어 회상했다.

"그래도 행복했나요? 모든 게 바라던 대로였나요?"

할아버지가 도시로 떠나는 것을 알리려는 듯 기차 소리로 저택이 마구 흔들렸지만, 내 기분은 그다지 나아지지 않았다.

"어쨌든 시간이 됐구나." 팀피 삼촌은 이번에는 아주 약하게 알버트를 불더니, 나를 방에 밀어 넣은 다음 문을 닫아버렸다.

'글로리아 엠마 어팅.'

'제임스 헨리 헤이워드.'

조명이 절반만 켜진 응접실에는 아주 특별한 빨간 소파가 놓여 있었다. 굳이 보지 않아도 피날리피 이레몽거가 그녀의 글로리아 엠마와 같이 있다는 걸 알 수 있었다. 그 소파는 수년 전에 나의 엄마아빠가 앉았던 바로 그 소파였다. 접견실에 다른 의자는 없었다. 여태껏 없었고, 앞으로도 없을 것이다.

이럴 때 다른 사촌들은 어떻게 했을까? 침착하게 악수하거나, 서둘러 입맞춤했을까? 나는 그냥 문가에 서 있었다. 30분 내내 아는 체하지 않고 최대한 멀리 떨어져 있었다. 누군가 이 공포를 깨뜨리고 우리를 내보냈으면 싶었다. 분명히 이렇게 시간을 때운 사촌은 우리가 처음이 아닐 것이다.

그때 여자 사촌의 목소리가 들렸다. "난 기다리는 중이야."

아니야, 저건 조각상이 내는 소리일 거야.

그런데 그 끔찍한 목소리가 또 들렸다. "넌 지시라도 기다리니? 아님, 내가 널 모시러 가야 해?"

'글로리아 엠마 어팅.'

'제임스 헨리 헤이워드.'

별수없이 나는 그 작은 소파를 향해 끔찍하고 기나긴 여행을 시작했다. 방을 가로지르는 대신, 벽 가장자리를 따라 조금씩 천천히 움직여서 거리가 두 배나 더 길어졌을 것이다.

"난 너와 결혼할 사람이야. 자, 이제 네가 말할 차례지?"

피날리피가 말했다.

"그래. 하지만 아직은 아니지." 나는 마지못해 대답했다.

그녀는 나보다 키가 훨씬 컸고, 입술 위쪽에 솜털이 조금 나 있다.

"너, 꽤 긴장했구나. 하지만 이런 날이 올 줄 알았잖아. 친척들이 미리 경고했으니까. 너, 떨고 있니?"

"그래, 맞아." 내가 말했다. 또 뭐라 말해야 하나?

"내가 건드린다고 죽지는 않겠지?"

"그거야 모를 일이지."

"그러면 난 미망인이 되는데."

"우린 아직 결혼도 안 했어."

"하지만 곧 결혼하겠지. 이 결혼은 피할 수 없어. 너 키는 좀 더 크려나?"

"아마도."

"클로드, 내 말을 잘 들어. 네가 긴바지를 받으면, 우리는 적어

제8장 레이스 손뜨개 91

도 방 두 개를 배정받을 수 있어. 물론 아주 작은 방이겠지. 어쩌면 방 하나에 가벽을 설치할지도 몰라. 내 동생 플립파가 크로스핀 사촌과 결혼할 때도 그랬거든. 그런데 얼마 후에 플립파는 가벽을 옮길 수 있다는 걸 알았지. 그래서 크로스핀이 싫어질 때마다 가벽을 자꾸 밀어냈대. 그래서 그녀의 방은 점점 넓어지고, 크로스핀의 방은 자꾸 작아졌어. 결국 그는 선 채로 잠을 자야 했지. 넌 찬장에 들어갈 수 있니? 아니면 침대 밑에서 잘 수도 있겠네. 벽난로 위? 아니, 거기는 너무 눈에 띄지. 비참해 보이는 건 곤란하니까."

"이미 비참한 기분인걸."

"멍청이 클로드, 이건 그냥 하는 말이야. 난 거짓말을 아주 잘해서 때론 멈출 수가 없어. 그러니까 내 말을 전부 믿지는 마. 순전히 내가 친절해서 충고해 주는 거야."

"음, 고마워."

"클로드, 너보다 내가 연상이야. 난 열일곱 살이지."

"난 열다섯 살하고 6개월 지났어."

"물론 난 너를 사랑하진 않아."

"나도 그래."

"하지만 앞으로는 사랑할 수 있어."

"이런!"

"난 연애와 실연을 영원히 반복할 수 있어." 피날리피가 비밀이 가득한 어조로 말했다. "내가 사랑에 빠지더라도, 네가 그 상대방은 아닐 거야. 온통 사랑의 버튼, 덫과 눈동자, 두근거림! 그런데 희망은 없지. 어쨌든 난 너와 결혼해야 하니까."

"피날리피? 지금 하는 말도 혹시 거짓말이니?"

그러나 그녀는 대답하지 않았다.

"거짓말인 거야?" 나는 또 다시 물었다.

그녀는 잠시 뜸을 들였다가 딴청을 피웠다.

"자, 이제 네 수호물을 보여줘. 그게 관습이잖아?"

나는 천천히 나의 제임스 헨리를 내 손바닥 위에 꺼내놓았다. 최대한 그녀에게서 멀리, 하지만 충분히 보이는 위치였다.

"내 것은 범용 마개야. 어떤 욕조나 싱크대에도 모두 잘 맞아. 이름은 제임스 헨리 헤이워드. 마개가 말해줬어."

"하긴 커들리아 이모는 네가 사물이 말하는 소리를 듣는다고 했어. 그래서 널 따끔하게 야단쳐야 한다고 말이지. 네가 제임스 등등이라고 부르는 것은 그저 마개일 뿐이야, 클로드 이레몽거." 잠시 후 그녀는 덧붙였다. "마개라니… 전혀 로맨틱하지 않아."

"물론, 아주 로맨틱하지는 않지."

"마개라…"

"그래, 범용 마개." 나는 힘주어 강조했다.

"내가 마개와 결혼하다니. 이런 게 내 인생이야? 어떤 종류의 수호물이든 괜찮다고 생각했어. 너는 너무 아프고 창백하지만, 한편으로는 목소리까지 듣는다니까 신비로운 면도 있었지. 그건 아주 특별한 재능일지도 몰라. 그런데 하필 마개라니… 회중시계라면, 내가 영혼의 안식을 찾았을 텐데. 하다못해 문진, 돋보기, 아니 차라리 신발이라면… 신발도 잘 닦으면 훌륭하니까."

"내가 신비롭다고 생각했니? 마개도 신비해."

"자, 지금 거짓말을 하는 사람은 우리 둘 중 누구일까?"

"마개를 꽂으면 무엇이든 보관할 수 있고, 마개를 빼면 무엇이든 꺼낼 수 있어. 가령 보트에 있는 마개는 사람이 익사하는 걸 예방하지."

"그런 기능은 욕조 마개보다는 큰 고무마개가 낫겠지."

"마개를 빼면, 나쁜 물질과 독이 있는 용액도 전부 사라지고 말아. 마개를 뽑아 봐. 무슨 일이 일어날지, 누가 알아? 마개는 좋은 영양소를 담아둘 수 있어. 마개는 열림과 닫힘 그 자체니까. 작고 둥근 문, 세계 사이의 관문."

"오, 진짜?" 피날리피가 말했다. "내가 마개에 대해 아는 건 이거야. 목욕할 때 마개가 필요하지. 그런데 그건 내가 아니라, 하녀가 하는 일이야. 하녀가 배수구를 마개로 막고 물을 채우면, 나는 욕조 안에 들어가지. 또 몸을 다 씻고 물밖으로 나가면, 하녀가 마개를 빼고 욕조를 청소하지. 클로드, 너의 마개는 아래층 이레몽 거에 해당하는 거야. 참, 너도 내 수호물을 보고 싶겠군."

"아냐, 난 안 봐도 괜찮아." 내가 그녀를 말렸다.

하지만 그녀는 고집을 부려 옆에 있던 상자에서 뭔가를 조심스럽게 꺼내 자신의 무릎 위에 펼쳤다. 그녀의 허벅지 위에.

'글로리아 엠마 어팅.'

글로리아 엠마는 내 마개처럼 둥글지도 않고 실용성도 없었지만, 더 크고 더 평평했다. 그것은 매우 얇고 구멍이 아주 많았다. 처음에 나는 나방이 갉아먹은 줄 알고, 그녀가 수호물을 전혀 돌

보지 않는다고 오해했다. 잠시 후 그 구멍들이 규칙적인 패턴을 이루고 있다는 걸 깨달았다.

"이게 뭐야? 처음 보는데?"

"이게 뭔지 모르니? 이건 도일리야!"

"도일리? '글로리아 엠마 어팅'이라는 이름의 도일리?"

"그게 도일리의 이름이라고?"

"그래, 그것이 말해줬어."

"도일리의 말이 들려?"

"그래, 아주 또렷하게."

"글로리아 엠마 어팅이라…."

"맞아. 그런데, 도일리가 뭐야? 어디에 쓰이는 거야?"

"도일리는 레이스로 만든 손뜨개야. 예를 들면 도일리 위에 케이크나 꽃병 같은 걸 올려놓거나, 아니면 탁자 위에 도일리만 깔아도 좋아. 아무리 평범한 탁자라도 이런 사랑스러운 레이스 천을 깔면 멋진 분위기로 바뀌지."

"하지만 실제로 뭔가를 하는 건 아니잖아."

"아름다움을 위한 휴대용 깔개랄까."

"음, 도일리로 탁자를 덮으면, 과자 부스러기로 더러워지는 걸 막아주겠네. 그러니까 구멍이 아주 많은 작은 식탁보구나. 그렇지?"

"아주 보기 드문 아름다운 장식이야. 매우 섬세하지."

"별로 실용적이지는 않네. 그렇지?"

"그래, 그 '실용'이란 단어가 욕조에 물을 받아 두는 따위를 말한다면 그렇지."

 그것은 아주 쓸모없는 물건처럼 보였다. 어떻게 도일리를 사랑할 수 있을까? 자기 존재가 부끄러운 것처럼, 마치 자기 존재를 원하지 않는 것처럼, 도일리는 구멍이 너무 많았다. 피날리피는 내 무릎 위에 도일리를 펼쳐 놓았다. 글로리아의 작은 속삭임처럼 아무런 무게도 느껴지지 않았다. 이번에는 그녀가 내 마개를 자기 무릎 위에 올려 놓았다. 그렇게 우리는 잠시 아무말도 하지 않았다. 마침내 그녀가 더듬거리며 말했다. "이건 두꺼비처럼 생겼어."

 밖에서 팀피 삼촌이 호루라기를 불자, 그녀는 다시 도일리를 가져갔고, 나는 내 손가락이 그녀의 무릎에 닿지 않게 조심하면서 제임스 헨리를 되찾았다. 맞선이 끝나서 나는 너무 기뻤고 서로 어울리는 배필 같지는 않았다. 그때 그녀가 속삭였다.

 "우리 아주 잘 지낸 것 같지 않니?"

 그녀의 눈에 눈물이 어려 있었다.

 그때 어디선가 한숨 소리가 들렸다. '마개라니.' 아마 내가 잘못 들었나보다 생각했다. 처음에는 소파가 '빅토리아 홀리스트.'라고 말했으니까. 그래서 그 소파는 특별할 것이 없는 빅토리아 홀리스트라고 생각했다. 아래층에 있는 난간 기둥은 빅토리아 아멜리아 브로튼, 촛대는 빅토리아 맥클로드, 게임방의 크리켓채는 비키 모튼이다. 그래, 너는 빅토리아. 그런데 작은 뻘간 소파 빅토리아 홀리스트가 또 중얼거렸다. '마가릿은 어디 있어?'

 이것은 완전히 다른 차원이었다. 지금까지 어떤 사물도 내게 이름 외에 다른 말을 한 적이 없었다. 이 새롭고 갑작스러운 의사소통은 너무 낯설고 불편했다. 내가 정말 아픈 게 아닐까? 더구나 피날리피와 그녀의 글로리아 엠마가 보는 앞에서? 하지만 애써 침착하려 했다. 내가 미쳤나? 아빠처럼 심장이 갑자기 멎는 걸까? 나는 비틀대며 문으로 갔다. 최대한 빨리 빅토리아 홀리스트의 말을 들으러 이곳을 다시 와야겠다고 다짐했지만, 지금은 그냥 떠나야 했다. 왜냐하면 팀피 삼촌은 인내심이 없기로 유명하니까.

내 머리와 석탄통

피날리피와 나는 각자 다른 방으로 가서 남은 하루 동안 우리의 미래를 생각해야 한다. 나는 커다란 외진 방으로 갔고, 피날리피는 하얀 방으로 갔다. 쟁반 위에 차려진 점심은 손도 대지 않은 채, 나는 조용히 앉아서 몇 시간이나 삶을 곱씹고 있었다. 한동안 피날리피와 그녀의 도일리에 집중하려고 했는데, 머릿속에서 말하는 소파와 마가릿의 정체에 대한 생각을 지울 수가 없었다. 나는 방안을 서성이며 딴생각을 하려고 애썼다. 알버트 폴링의 소리가 들리고 곧이어 팀피 삼촌이 나를 방에서 내보내줬을 땐 벌써 해 질 녘이었다.

"이제 가렴, 클로드. 그리고 얌전히 굴어라. 오늘은 네 기분에 신경쓸 여유가 없어. 다들 정신이 없거든."

나는 이레몽거들이 모여 있는 복도를 피해, 내 방으로 곧장 돌아갔다. 맞선에 관한 야유와 조롱, 의례껏 겪는 통과의례 따위는 당하고 싶지 않았다. 차라리 작은 비스킷으로 저녁을 때우고 내일 아침까지 내 방에 틀어박혀 있기로 했다. 그들은 내 맞선 이야기에 금세 식상해질 것이다.

　나의 방은 모두 두 개나 되었는데, 둘 다 쓰레기산에서나 구경할 만한 먼지 구덩이었다. 부모님이 안 계시다 보니 용모나 청결로 잔소리하는 사람도 없었고, 더 나아가 내가 곁눈질로 배우거나 대화를 나누고 공통점을 찾을 만한 형제나 본보기도 없었다. 난 클로드, 그리고 여기는 나의 왕국이다. 아주 크거나 웅장하지는 않지만, 내가 마음껏 뒹굴 수 있는 돼지우리였다. 물론 내 방을 담당하는 이레몽거 시종이 있었는데, 일주일에 한 번 찾아와 청소를 해주었다. 그 시종에게는 코를 킁킁대며 물건을 찾아내는 재주가 있어서, 나는 방을 비우기 전에 항상 소지품을 잘 숨겨둬야 했다. 빨래하는 날에는, 나는 몸을 박박 닦고, 향기 나는 비눗물에 삶고, 머리를 싹둑 자르고 빗질로 다듬었다. 그런 후에는 일주일 동안 내가 편한 대로 온몸에 잉크와 기름때를 묻히고 오염시켰다. 때로는 원대한 독립심을 즐기기 위해, 점토 파이프에 불을 붙여 엽궐련을 태울 때도 있었다. 엽권 벌레가 꼬이기 전에 궐련 꼬투리를 치우지 않으면, 이레몽거 시종의 고자질을 듣고 브릭스 부집사가 찾아왔다. 그리고 정중한 양해를 구한 뒤에 내 귀를 세게 잡아당기거나 손바닥을 때렸다. 그다음에 난 "안녕, 무어리!"를 열두 번 외쳐야 했다. 무어리는 체를 잘 다뤄 쓰레기산에서 보물을 잘 찾아내는 착실한 이레몽거였는데, 어느 날 굵직한 궐련을 찾아 불을 붙였다가 메탄가스가 폭발해 현장에서 사망했다. 그래서 그 후로 쓰레기산에는 '절대 금연'이라는 표지판이 곳곳에 세워져 있다.

 그날 밤, 야간 취침 벨이 울렸을 때, 나는 (소화기인 시릴 페닝턴이 쉴 새 없이 내는 소음만 빼고) 복도가 잠잠해지기를 기다렸다가 빅토리아 홀리스트를 찾아갔다. 접견실에 거의 다 왔을 때, 교장실에서 낯선 중얼거림이 들렸다. 안을 들여다보니, 하녀 이레몽거가 벽난로 청소를 하느라 분주했다. 처음에는 별생각이 없었다. 하녀 이레몽거와는 노닥거린 적도 없었고, 되도록 그들 눈에 띄지 않는 편이 좋았다. 그런데 이 이레몽거는 뭔가 이상했다. 그녀가 입을 다물고 있는데도 뭔가 소리가 들렸다.

 왜지? 도대체 뭐라는 거야?

 그때 그 이레몽거 하녀가 화가 잔뜩 난 표정으로 다가오더니 별안간 석탄통을 들어 내 머리를 내리쳤다.

의사 알리버 이레몽거

제9장

겨자

의사 알리버 이레몽거가 쓴 의학저널 기고문

1875년 11월 9일 수요일

57세의 환자 로사무드 풀러 이레몽거는 고통이 극심했다. 눈은 황달로 노래졌다. 온몸에 통증이 있어 어떤 자세이든 편하지 않다고 호소한다. 그녀는 때때로 무언가를 잡으려는 듯 손을 뻗는데, 어떤 걸 손에 쥐어줘도 전혀 안정되지 않는다. 다른 놋쇠 문고리를 그녀 앞에 가져다 놓았더니, 오히려 공포를 가중시킬 뿐이다. 그녀는 자신이 지금과 다른 사람이 될 거라고 믿는다. 그녀를 진정시킬 방법이 없다. 약물 요법 외에는 답이 없다.

1875년 11월 10일 목요일, 오전 10시

극도의 신경쇠약 증세. 그녀는 온종일 침대에 누워 있다. 갑자기 쓰러져서 뭔가로 바뀔까 봐 두려워한다. 환자는 지병이 재발했다며 통곡하고 있다. 환자 말로는, 그녀의 남동생이 7살 때 이 병 때문에 쓰러져서 욕조용 청소 솔로 변했다고 한다. 더는 달랠 수가 없다. 확실히 그녀의 공포가 과장되었지만, 그녀 스스로 진정하는 수밖에 없다. 하지만 곧 끔찍한 병이 닥칠 거라고 지나치게 두려워한 나머지 어떤 말로도 설득되지 않는다.

1875년 11월 10일 목요일, 밤 11시

그녀의 이목구비가 심하게 변했다. 그녀의 피부에 차가운 기운이 돌고, 눈 주위가 움푹 꺼졌다. 그녀의 전신에서 예전에 볼 수 없던 검푸른색이 감돈다. 지난 5시간 동안 그녀는 아무 말 하지 않았다. 마침내 환자는 잠이 들었고 편안해진 듯 보인다. 그런데 맥박이 전혀 잡히지않는다.

이모 로사무드 이레몽거

제10장
놋쇠 문고리

루시 페넌트의 이야기가 계속된다

체구가 크고, 표정이 무뚝뚝하고, 다리에는 벌레 물린 흉터가 가득한 중년의 이레몽거가 지하실에서 나를 불러낸 후 계단을 계속 올라 갔다. 각 계단을 돌 때마다 비상문이 나 있었다.

"왜 이렇게 비상문이 많죠?" 내가 물었다.

"홍수 방어용이야. 쓰레기산이 집으로 쏟아저 들어올 경우를 대비해서야. 그러면 구역을 봉쇄해서 침수를 막아야 해."

"그럼, 홍수에 잠긴 것들은 어떻게 되죠?"

"쓰레기들과 함께 휩쓸리겠지, 안 그래? 자, 빨리 올라오너라."

그녀가 워낙 빠르게 이동해서 나는 돌아가는 경로를 정확히 기억할 수 없었다. 층마다 계단의 재질이 각기 달랐다. 어떤 층은 돌계단, 다른 층은 녹슨 철제 계단, 또 부서지고 패인 나무 계단도 있었는데, 반면 먼지는 수북했지만 광택이 도는 융단과 황금 카펫이 깔린 층도 있었다.

"이해가 안 돼요. 저택을 왜 이렇게 복잡하게 만들었죠?"

"윗분들이 좋아하는 건축 양식이란다. 여기 처음 올라오면 대부분 몇 번씩 아프기 마련이야. 어떤 사람은 매일 올라올 때마다 앓기도 했지. 이레몽거, 양동이를 꼭 붙들고 있어야 해.[9] 언제든 그걸 쓸 수 있도록." 이레몽거는 소매로 코를 훔치며 말했다.

"아니요, 전 아플 것 같지 않아요. 위층을 더 보고 싶어요."

"안 돼! 내가 데려다 주는 방에 가만히 있도록 해. 혹시 길을 잃더라도, 위층에는 절대 올라가면 안 돼. 특히 맨꼭대기 다락방에는 흡혈박쥐가 있어서 대단히 위험하단다."

"박쥐들이 많아요?"

"아주 많지."

"그런데 이레몽거들은 정말 부자들인가 봐요. 그리고 숫자가 꽤 적거나, 아니면 부끄럼쟁이인가요?" 나는 곳곳에 남아도는 빈 방을 보며 궁금해졌다.

그녀는 별안간 걸음을 멈추고 날 돌아보더니 코웃음을 쳤다.

"네가 순수혈통 이레몽거를 한 분이라도 뵌 적이 있니?"

"네, 커스퍼 이레몽거요."

"그래? 하지만 그는 여기 살지 않으니까 예외로 해야지."

"당신은 이레몽거 가문 사람을 본 적이 있나요?"

"가까이서 보지는 못했어. 멀리서 한 분이 내쪽으로 다가오는 바람에, 간신히 소파 뒤에 숨은 적은 있어. 그분이 나갈 때까지 몇 시간을 꼼짝없이 기다려야 했어."

"왜요? 그럴 때 숨지 않으면 무슨 일이 일어나요?"

● 9 "hold a bucket"은 관용구로 책임을 다하다, 생명을 유지하다는 은유로도 쓰인다.

"그런 생각은 꿈에도 하고 싶지 않아. 그들 속내는 알 수 없다니까! 그들은 재빠르고 사악해!"

"음, 무슨 뜻이에요? 그들이 무슨 짓을 하나요?"

"가져가. 그들은 모든 걸 가져가버려."

"그럼 벽난로의 불을 피울 때 마주치면, 어쩌죠? 숨을 기회조차 없다면요?"

"그런 일은 없을 거야. 왜냐하면 지금 그들은 자고 있고, 우리가 위층으로 올라가는 건 금지되었으니까. 넌 그냥 할 일을 빨리 끝내고, 즉시 아래층으로 내려와. 일을 끝낼 때쯤이면 밤이 지나갈 거야. 뭔가 보이거나 다가오면, 무조건 숨어. 숨을 틈도 없으면 그들에게 발각되기 전에, 이 석탄통으로 내리치면 돼. 알겠지?"

그리고 그녀는 피그고트 부인을 찾아 다른 곳으로 가 버렸다. 나는 그곳에 혼자 남았다. 처음엔 그 적막함을 아랑곳하지 않고 천천히 저택을 둘러보기로 했다. 거실과 식당, 모닝 룸, 낡은 빨간 소파 하나만 있는 접견실, 그리고 창문마다 먼지가 뽀얗게 쌓여 음산한 느낌이 드는 일광욕실. 사실 위층은 전혀 조용하지 않았다. 배관 소음이 있는 데다, 어디선가 동물들이 돌아다니는 소리도 들렸다. 벽 너머 어딘가에서 뭔가를 씹어먹는 듯한 소리처럼 들렸다. 왜 석탄 삽을 늘 끼고 다니라고 했는지 알 것 같았다. 만약 자기 방어를 위해서 쥐나 갈매기를 죽인다면, 반드시 뒷정리까지 깔끔히 처리해야 한다. 가죽을 벗겨 코트를 만들거나, 깃털을 펜대나 충전재로 쓰거나, 고기를 조리하고 뼈는 끓여 아교로 만들 수 있다. 그런데 더 듣기 싫은 소리는 위층 이레몽거들이 자면서 내는 소음이었다. 그들의 숨소리나 코 고는 소리가 송풍구를 타고 더욱 증폭되어 들렸다. 마치 런던의 유령들이 모두 힙 하우스로 몰려와 놀이동산을 차린 것 같았다. 나는 될 수 있는 한 전에 알던 노래들을 떠올리며 애써 평정을 찾으려 했다.

작은 2펜스를 발견했네
나 자신을 위해 간직했지, 그것은 마법의 2펜스,
내 건강을 전부 갉아먹었네.

하지만 그 노래는 두려움을 극복하는 데 전혀 도움이 되지 않았다.

침과 가래를 뱉어라.
네가 어디로 가든,
내가 묶여 있는, 이 포를리칭엄의 쓰레기산으로 오라.
너는 근육이 떨리고 갈비뼈가 부서지리라.
너는 떨어지고, 미끄러지고, 넘어지고, 머리를 부딪친다네.
필칭의 언덕, 그곳이 너의 침상이 될지니.

그 노래도 진정 효과는 거의 없어서 피그고트 부인과 나의 수호물을 생각하니 기분이 좀 나아졌다.
위층에는 일일이 이름을 알 수 없는 크고 작은 물건들이 많이 있었다. 나는 주로 벽난로 선반이나 탁자 위의 이상한 소품들을 관찰했다. 예를 들어 고인의 머리타래를 잘라 검은 리본으로 액자 뒤에 묶어둔, 남녀 실루엣이 그려진 초상화들, 정교하게 조각된 코담배 상자, 이쑤시개로 만든 미니어처 건물 모형, 은제 나침반, 상아로 만든 지휘봉, 금박 테를 두른 작은 책들. 그런 것들을 두고 가는 게 안타까워서 나는 두세 개를 주머니 속에 슬쩍 훔쳤다. 소유의 느낌을 알고 싶었고, 무엇보다 손에 쥘 수 있는 무게감이 마음에 들었기 때문이다. 하지만 정말 내가 원하는 것은 아주 작은 상자, 살짝 흔들면 성냥개비 소리가 나는 물건이었다.

일광욕실에 있었을 때 바로 그 사건이 벌어졌다. 지금도 정확한 경위는 알 수 없다. 나는 벽난로 옆에 서 있었는데, 특별히 바닥이 흔들리거나 무언가를 건드린 기억이 없는데도 별안간 그것이 내 앞에 나타났다. 정확히 말하면, 그것이 내 쪽으로 굴러와서 정확히 내 발치에서 멈췄다는 표현이 맞을 것이다. 마치 나를 노린 것처럼, 아니, 내가 발견하기를 바란 것처럼.

그것은 놋쇠 문고리였다. 아마 로사무드라는 누군가가 잃어버렸다는 그 물건이 아닐까? 그것은 평범한 문고리인데도, 꽤 반짝거리고, 손에 쥐면 기분이 편해지는 물건이었다. 그래, 확실히 돌려줄 거야. 다만, 지금은 그때가 아니야. 잠시만 보관했다가 곧 돌려주면 돼. 나는 문고리를 풍성한 빨간 머리에 잘 집어넣은 뒤 핀으로 고정하고 그 위에 보닛모자를 썼다. 놋쇠 문고리 때문인지 기분이 훨씬 상쾌해졌다.

청소가 까다로운 교장실의 벽난로를 닦고 있을 때, 누가 갑자기 날 지켜보고 있다는 느낌을 받았다. 문 쪽으로 돌아보니, 그곳에 아주 끔찍하게 생긴 사람이 서 있었다. 키가 작고 병색이 완연한 소년의 유령. 단정한 가림마와 다크서클, 아주 큰 입, 왜소한 어깨에 비대칭적으로 보이는 큰 머리. 여태껏 조마조마했던 탓인지, 실제로 본 유령은 상상보다는 덜 끔찍했지만, 나는 자기 방어를 위해 석탄통을 꼭 쥐고 덜덜 떨며 다가갔다. 그리고 아까 들었던 조언대로, 그 유령을 힘껏 내리쳤다. 뭔가 명중한 것 같았다. 그리고 그 유령의 귀에서 피가 흘렀다.

아, 저건 유령은 아니야. 만약 유령이 아니라면, 그는 위층 이레몽거가 분명했다. 게다가 고작 몇 방울 피를 흘렸을 뿐인데, 위층 이레몽거는 귀가 잘린 것처럼 소란을 피웠다. 나는 몇 번이고 미안하다고 사과하며 간신히 그를 진정시켰다.

"제발 신고하지 않는다고 약속해 줘."

그는 두손으로 다친 귀를 소중하게 감싸며 말했다.

"내 이름은 클로드, 아이리스의 아들이야."

"내 이름은…"

"네 이름은 알아. 넌 물론 이레몽거겠지."

"내 이름은 루시 페넌트야."

"그래? 확실해? 집사를 빼고 아래층 하인에게도 이름이 있어?"

"당연하지. 내 이름은 루시 페넌트야. 잊지 마."

"넌 이름에 굉장히 민감하구나? 그렇게 화낼 필요는 없잖아?"

처음엔 내 이름을 말해 준 게 자랑스러웠다. 아래층 이레몽거도 이름이 있다고 알려줬으니까. 그런데 금세 내 어리석음을 후회했다. 만약 그가 루시 페넌트라는 하녀가 금지된 말을 들려주고, 불법적인 이름을 계속 사용하고, 게다가 석탄통으로 내려쳤다고 피그고트 부인에게 고자질한다면?

"너는 뭔가 색달라. 보통 하인들은 수호물을 가지고 다니지 않는데…."

"우리도 수호물이 있어. 다만, 아래층 피그고트 부인의 응접실에 보관할 뿐이지."

"음, 이 석탄통은…" 그는 잠시 후에 덧붙였다. "아니야, 그렇다고 석탄 삽도 아니고. 혹시 네 보닛이 말하는 건가?"

그가 얼굴을 찌푸린 걸 보면, 어쩐지 내가 보닛 밑에 문고리를 숨긴 걸 아는 것 같았다. 어떻게 알았을까? 중년의 이레몽거가 말했듯, 그들은 속을 알 수 없는 사람들이다.

"루시, 넌 언제 힙 하우스에 왔니? 여기 규칙을 잘 모르는것 같은데."

"어제 저녁부터."

"그럼 어제 저녁 전에는 어디 있었어?"

"나도 항상 어딘가에는 있어야겠지. 이곳이 아니면 다른 곳에…"

"이봐, 진정해. 귀에서 피가 나는 사람은 네가 아니라 나야. 그리고 네가 하인이라는 사실도 제발 잊지 마. 난 그저 혹시 런던에서 왔나 궁금했을 뿐이야."

"음, 런던 얘기는 해 줄 수 있지. 그런데 나는 뭘 얻을 수 있지?"

"글쎄. 아마 내가 하녀한테 맞았다고 고자질하지는 않겠지."

"집을 안내해 줘. 여기가 처음이라 길을 잃었거든."

"좋아, 그럼 거래가 된 건가? 그럼 나부터 시작할게. 여기는 교장실이야."

"그건 이미 알고 있어. 다른 걸 말해 봐."

"좋아. 힙 하우스는 7층이고, 별관은 8층까지 있어. 주 계단은 여섯 개고 보조 계단들은 아주 많지. 식당은 네 곳, 회랑은 세 곳인데 아주 귀중한 소장품들이 있어. 음, 너의 수호물은 뭐야?"

"성냥 상자야. 난 진귀한 소장품을 보러 회랑에 가 보고 싶어."

"큰 성냥 상자? 아니면 작은 성냥갑? 성냥개비는 몇 개나 들어 있어?"

"글쎄, 자세히는 못 봤어. 성냥 상자 위에 <귀하의 편의를 위해 밀봉했음>이라는 띠지가 붙어 있었거든. 사실 나는 아무 상관 없는데."

"밀봉된 성냥 상자라…"

아래층에서 벨이 울렸고, 나는 서둘러 내려기로 했다.

"이제 가야 해. 협상은 끝났고, 쌍방 모두 조건에 만족했어, 안 그래?"

"그래, 맞아. 그럼 내일 밤에 또 만나는 거야?"

"좋아, 내일 보자. 너만 괜찮다면."

"내가 널 찾아갈게."

문득 나는 궁금해졌다. 그의 잠옷 주머니에 달린 저 체인은 뭐지? 저 끝에는 뭐가 있을까?

"잘 자." 내가 그에게 말했다.

"잘 자. 루시 페넌트." 그도 말했다.

그래, 그때가 내가 클로드 이레몽거와 처음 만난 순간이었다.

특별한 수호물의 총재, 이드워드 이레몽거

제11장
코털 집게

클로드 이레몽거의 이야기는 계속된다.

내 머릿속의 루시 페넌트

그녀는 루시 페넌트라고 한다. 그녀는 내 침실과 같은 층에 있는 벽난로 청소를 담당한다. 나는 평소 하인들과 거의 대화하지 않는다. 우리의 방계 친척인 그들은 청소와 정리 정돈, 비누질과 광택 내기, 표백과 삶아 빨기, 염색과 구두약 칠하기, 다림질과 풀 먹이기, 벼룩 잡기 등에 전념하고, 어떤 때는 재활용 광주리를 메고 쓰레기산으로 나간다. 아마 그들은 야행성인지도 모른다. 우리가 하인들이 있는 아래층을 들락날락하는 것을 그들도 꺼려하기 때문에, 볼일이 있을 땐 팀피 삼촌이 호루라기를 불어 스터리지 집사를 위층으로 호출한다. 그들은 발소리도 내지 않고, 적당히 부를 이름도 없다. 그러니 그들에게 신경 쓸 일은 전혀 없다. 마치 쥐들이 더러워진 물건을 광내고, 잿가루와 묵은 때를 털어내는 것과 마찬가지다. 그런데 이제 나는 그들 가운데 한 사람을 알게 되었고, 그녀는 마치 촛불을 향해 푸닥거리는 멋진 나방처럼 내게 날아왔다.

나만의 방으로 돌아온 후, 나는 조그맣게 속삭였다.

"오늘 밤 난 루시 페넌트를 만났어. 그녀가 석탄통으로 날 때렸지. 그녀는 런던에서 왔고, 자신의 수호물에 대해서도 알려줬어."

또, 뭐가 있지? 그녀는 초록빛 눈동자를 가졌다. 나보다 나이가 약간 들어보이고 키도 좀 컸다. 내 키는 앞으로 더 클 수도 있으니까 그렇게 중요하지는 않을 것 같다. 피날리피는 내가 좀 더 커야 한다고 했는데, 어쨌든 피날리피를 생각하기는 싫다. 나는 루시 페넌트를 생각하고 싶다. 그녀의 수호물 이름을 우선 알아야 한다. 수호물과 그 이름이 무엇인지 안다면, 그 사람을 훨씬 잘 알 수 있으니까.

터미스에게 감춘 비밀

다음날 아침 일찍부터 사촌 터미스가 방문을 두드렸다.

"터미스, 그리고 힐러리, 안녕! 아주 굉장한 얘기를 들려줄게. 우선 문부터 닫아."

"뭐지, 클로드?" 터미스는 셔츠 소매로 콧물을 닦았다. "오늘 밤에 워터링캔을 찾으러 갈래? 어젯밤 당직이 무어커스라서 들킬까 걱정이었는데, 오늘 밤엔 듀빗이 당직이래. 물론 워터링캔이 제풀에 지쳐 돌아온다면 더욱 좋고."

"그래, 반드시 찾을 수 있어."

"자. 클로드, 이제 네 얘기를 들려줘. 무슨 소식인지 정말 궁금하군."

"터미스, 너는 가려움을 참으며 기다리고 또 기다려봤니? 그런데 마침내 문이 열리고 네 앞에 엄청난 이야기가 등장한다면? 다른 사람의 이야기에 들러리를 서거나 오페라의 단역이 아니라, 바로 네가 주연을 맡은 너만의 이야기 말이야."

"터미스의 이야기라… 그런 게 있을까?"

"드디어 나만의 이야기가 나타났어, 터미스."

"오, 클로드!"

"오, 터미스!"

"모든 걸 털어놔 봐. 맞선이 좋았던 거야? 피날리피는 꽤 왈가닥인 줄 알았는데, 그래도 마음에 들었던 거니?"

"그만! 터미스 구르게 오일림 미르크 이레몽거! 피날리피는 내 이야기가 아니야. 내가 말하는 건 완전히 다른 사람이야."

"아… 그래, 피날리피는 아니겠지. 그럼 누구 이야기야?"

문득 루시에 관한 기억이 망가질까 봐 나는 잠시 머뭇거렸다. 비로소 그때 일이 아주 새롭고, 아주 작고, 아주 섬세한 사건이라는 생각이 들었다.

"아직은 모든 퍼즐 조각이 맞춰진 건 아니야. 확신이 들기 전에 그걸 망치고 싶지 않아. 하지만 그건 빨간색이 조금 있다고만 힌트를 줄게."

"약간 빨간색이라고?"

"약간 빨간색, 그리고 초록색도 있어."

"그럼 찰흙색과 비슷해? 아님, 적갈색? 클로드, 전부 말해 줘."

'퍼시 호치키스.'

"알리버 삼촌이 온다. 아마 날 확인하러 오나 봐." 내가 속삭였다.

문 앞에서 노크 소리가 났다.

"오, 플롯섬 포켓몬의 등장이야."[10] 터미스가 속삭였다.

문이 열리고, 알리버 삼촌이 나타났다.

"무슨 얘기가 들리던데, 터미스, 네가 여기 오기로 되어 있었니?"

"아니요, 삼촌"

"그럼 이제 나가렴, 터미스. 불쌍한 클로드는 민들레보다도 더 약하단다. 너처럼 거대한 종탑까지 씩씩하게 뛰어가는 녀석이 아니야."

"터미스는 거의 런던 대화재 기념탑처럼 보이죠. 그 탑은 202피트 높이인데, 1677년 피시 스트리트 힐과 모뉴먼트 스트리트가 교차되는 사거리에 세워졌어요."

"클로드, 네가 독서를 참 많이 했구나." 삼촌이 나를 칭찬했다.

"죄송해요, 삼촌. 어제 클로드가 맞선을 봐서…" 터미스가 변명했다.

"여기서 또 만나는 일은 없었으면 좋겠구나. 어서 가렴."

"네. 삼촌." 상처받은 내 황새 친구는 콧물을 훌쩍이며 떠났다.

알리버 삼촌

오, 알리버 삼촌! 동물의 배설물처럼 고약한 시럽과 물약을 처방

● 10 포켓몬 게임 캐릭터의 하나인 수중생물로 빠르게 이동하고 탐지하는 능력이 있다.

하는 의사 알리버는 사람 내장을 살피는 배관공과 다를 바 없다. 그는 누구를 만나든 간에, 내장과 검고 시퍼런 속살, 배설물과 핏덩이에만 관심이 쏠려 있다. 온갖 종기와 발진, 응고된 혈액, 관절통, 감기, 곰팡이, 물집과 뒤틀린 고환, 썩은 이빨, 곪은 발바닥과 물컹한 내장, 살갗에 파고든 발톱, 너무 커진 부종 따위에 상상력이 집중된다. 모든 교제와 의사소통, 예를 들어 '안녕', '어떻게 지내세요?', '당신을 사랑해요!' 등등의 곰살맞은 표현은 환자들과 있을 때만 발휘된다. 젊고 활기차고 매일밤 잠을 잘자는 사람들한테는 전혀 흥미가 없다.

또 사람을 대할 때도 질환에 따라 구분한다. 감기나 굳은살 등 사소한 질병부터 점액성 농양, 백내장, 암, 화농성 염증, 낭종, 강직증, 크레틴병에 이르기까지, 그는 모든 질병과 친구이자 숭배자이다. 환자들 옆에서는 상냥하고 인내심이 강하지만, 건강한 사람들 앞에서는 무례하고, 무시하고, 난처하고 끔찍하게 여긴다. 환자들이 회복되면, 삼촌은 그들이 앓던 질환을 그리워하며 상처받고 슬픔에 빠졌다. 그의 아내 조클런 숙모(그녀의 수호물은 케이크 칼이었다)는 결코 행복한 결혼 생활을 보내진 못했다. 하지만 그녀가 진폐증에 걸리자, 검게 변한 폐를 절제하고 세상을 영원히 떠날 때까지 그가 끝까지 아내 곁을 지켰다.

"어째, 잠을 제대로 못 잔 것 같구나." 그날 아침 알리버 삼촌은 평소보다 더 상냥했다. 내 머리를 짚어본 뒤, 청진기를 대고 내 심장 소리를 확인했다. 그렇게 그는 가끔 나를 찾아와 간단한 사항들을 묻고 약을 일주일치씩 주고 가곤 했다.

"불쌍한 로사무드! 고통이 심한지 피부색이 까매지고 탈모도 심해."

"정말 안 됐어요."

"그녀 때문에 온 집안에 비상이 걸렸어. 동생 리히드는 자기 침실의 커튼박스가 돌아다녔다고 주장하더군. 아무래도 그 녀석이 클라레[11] 한 병을 다 마신 것 같아. 그룸 씨가 보고하기로는, 우유와 마지팬[12]이 굳었고, 냉동고에 걸어둔 돼지 몸통에 정체 모를 시퍼런 줄이 생겼다더군. 게다가 롤리 사촌의 출산 소식은 더욱 안타까워. 아기 이름을 카니프로 지었는데, 너무 병약해서 큰일이야. 대고모 옴마발 올리프, 그러니까 네 할머니께서 이 불쌍한 아기를 위해 구부러진 연필깎이를 선물했는데, 아무래도 오늘 밤을 버틸 수 없을 것 같아. 또 쓰레기산 수위가 자꾸 높아져서 다들 바싹 긴장하고 있어. 리핏을 잃은 후, 이렇게 스트레스가 심한 건 처음이야. 하지만 클로드, 너만은 여전히 변함없는 나의 친구 클로드로구나."

"문고리 소리를 들으려고 했는데, 결국 전 듣지 못했어요."

"어딘가에 있겠지. 내가 너를 데리고 위층 아래층 할 것 없이, 저택을 수색할 거야. 조용히 다닐 테니까, 굳이 팀피에게 알릴 필요도 없어. 하지만 수업을 빠져야 할 수도 있는데, 괜찮겠니?"

"물론이죠, 알리버 삼촌."

"그나저나 맞선은 어땠니? 깜박했구나. 그 아이는 멋졌니?"

● 11   프랑스 보르도산 적포도주
● 12   아몬드, 설탕, 달걀을 섞어 만든 과자 또는 케이크 위에 올린 고명

"그럭저럭요. 그런데 삼촌, 맞선 볼 때 이상한 일이 있었어요. 접견실의 붉은 소파가 또 말을 걸었어요. 자기 이름이 빅토리아 홀리스트라고 했어요."

"빅토리아 홀리스트?" 삼촌이 건성으로 대꾸했다.

"네. 그리고 또 마가릿이 어디에 있냐고 물어봤어요."

"이 멍청이! 내게 당장 말했어야지. 네 수호물을 한번 보자꾸나." 삼촌은 매우 화를 내며 말했다. 나는 마개를 꺼내 그의 손바닥 위에 체인을 되도록 길게 펼쳐 놓았다. 그는 돋보기를 꺼내 마개를 충분히 관찰하고, 핀셋으로 뒤집어보았다. "숨을 들이마셔라." 나는 삼촌이 시킨 대로 따라했다. "이젠 숨을 내쉬어." 그가 손가락으로 마개를 가볍게 두드리는 것을 보고, 나는 초조해졌다.

"제임스 헨리에게 무슨 문제라도 있나요?"

"그렇진 않아. 넌 다른 사람을 만나봐야 할 것 같다." 그는 내게 마개를 되돌려주었다. "기분은 어때?"

"꽤 괜찮아요, 삼촌."

"클로드, 이제부터 이 집에서 네가 듣는 소리를 좀 더 자세히 알아야겠다."

말하는 저택

알리버 삼촌과 나는 문고리, 앨리스 힉스의 소리를 들으려고 대리석 계단과 철제 계단을 오르락내리락하며 저택을 샅샅이 뒤졌다. 온갖 불협화음 사이에서, 오직 두 단어를 어떻게 알아듣는단 말인가? 저택은 얘기하고, 수다떨고, 속삭이고, 포효하고, 노래하며, 지저귀고, 키득대고, 헐떡대고, 나팔 소리를 내고, 끙끙거렸다. 높고 활기찬 젊은이의 소리, 쉬고 떨리는 늙은이의 소리, 여자의 소리, 남자의 소리, 그런 수많은 소리가 저택 곳곳에서 쉴 새 없이 들렸다. 커튼봉, 새장, 문진, 잉크병, 마루판자, 계단 난간, 램프 갓, 차임벨, 쟁반, 머리빗, 문틀, 협탁, 세숫대야, 면도 솔, 시가 커터, 재봉키트, 카펫. 딱 한 번 말하는 문고리와 마주쳤는데, 그건 휘트비에서 생산되는 흑옥[13]으로 만들어졌고, 애도실로 가는 문에 달려 있었다. 게다가 이름도 마조리 클라크였다.

우리는 어제 피날리피와 만났던 방으로 빅토리아 홀리스트를 찾아갔다. 아무도 없는 접견실에서 소파 혼자 중얼거리고 있었다.

'마가릿은 어디 있지?'

"그 말이 전부이니?" 알리버 삼촌이 물었다.

"네, 삼촌. 빅토리아- 홀리스트-마가릿은-어디-있지, 모두 5단어에요."

"알겠다. 그럼 이백 년이 넘은 이 소파는 일단 교체하라고 말해두겠다. 어쨌든 네 말밖에 다른 증거는 없으니까."

우리는 학교 교실에도 갔다. 에덴 동산에서 추방된 이레몽거 한 쌍의 이름을 따서 한쪽에는 '에프(F)', 다른 쪽에는 '오돔(M)'으로 성별이 표시된 문을 지나갔다. 이레몽거 대부분은 이름만으로도 남녀가 구분되지만 말이다. 그런데 두 번째 사건은 여학생 교실에서 일어났다. 한쪽 귀퉁이에 앉아 있던 피날리피가 날 빤히 쳐

● 13 검은 광택을 띤 광물로, 주로 상복에 착용하며 빅토리아 여왕이 즐겨 애용했다고 한다.
● 14 이레몽거 사후에 깨끗이 염을 하는 장소로, 런던 화이트채플의 장의사 집을 떼내 조립해 만들었다.

다봤고, 다른 소녀들은 그녀와 나를 번갈아 보느라 정신없었다. 삼촌의 부탁대로 담임교사가 조용히 하라고 지시한 가운데, 나는 계속 소리를 들었다. 하마터면 소리를 놓칠 뻔했다. 내가 테비 사촌의 책상 밑에 무릎을 꿇고 귀 기울여 보니, 보온병 덮개(에이미 아이켄)가 내는 소리 가운데 잉크병 하나가 '제레미아 해리스'라는 이름과 함께 '대단히 감사합니다'라고 인사하는 소리가 들렸다.

"아마 별일 아니겠죠. 하지만 저 잉크병을 아래층에 보내는 게 낫겠소. 먼저 라벨부터 붙이세요." 삼촌이 교사에게 말했다.

그러자 여자 사촌들이 모두 날 바라봐서 마치 나 자신이 중요한 인물처럼 느껴졌다. 호리트 사촌이 "저 녀석도 아래층에 보내지."라고 빈정대는 소리를 듣기 전까지는 말이다. 호리트는 여자 사촌들 가운데 아름다운 미모로 다음 달에 무어커스와 결혼을 앞두고 있었다. 그녀의 수호물이 '발레리 보스윅'이라는 아주 요란한 소리를 냈는데, 도대체 발레리가 뭐에 쓰이는 물건인지 짐작도 할 수 없었다. 롱 갤러리에서는 에스더 플레밍 옆에서 '백일해'를 외치는 카펫 청소기를 발견했다. 할아버지의 화려한 만찬장에서는 '알렉산더 피츠제럴드'라는 이름의 와인 디캔터가 '난 그러지 않겠어'라고 맹세했다. 하지만 어디에도 앨리스 힉스는 없었다. 마침내 알리버 삼촌은 그만해도 좋다고 말했다.

"삼촌, 도대체 무슨 일이 일어나고 있죠?"

"잘 모르겠구나, 클로드. 아마 도움을 요청해야 할 것 같아. 기분은 어때? 너무 힘들진 않았니?"

"아뇨."

"고맙구나, 클로드." 삼촌은 한숨을 내쉬며 화제를 바꿨다. 아마 전에 없던 소리를 내는 사물들 때문에 압박감을 느낀 것 같았다.

"네 할아버지께서 널 특별히 돌봐주라고 당부하셨단다."

"할아버지요? 할아버지께서 제 이야기를 하셨어요?"

"그래, 진찰하러 갈 때마다 빼놓지 않고 말씀하셔. '알리버, 요즘 클로드는 어떻게 지내지? 그 아이에게 우리가 거는 희망이 아주 크다네.'"

"정말요? 일 년이 넘도록 전 할아버지를 한 번도 못 봤어요. 기차가 오가는 소리만 들을 뿐이죠. 할머니도 저를 보고 싶어 하지 않지만 그래도 할아버지보다는 더 저를 아끼시죠."

"그분이 널 잊지는 않으셨다. 지난번에도 네가 결혼하기 전에 꼭 널 보겠다고 말씀하셨어."

"할아버지가, 저를? 진짜 그렇게 말씀하셨어요?"

"그렇고 말고, 넌 물건들의 소리를 듣는 아주 특별한 아이야. 할아버지가 계획을 밝히실 때까지, 내가 너를 안전하게 책임져야 해. 자, 결석계는 내가 교무실에 제출해 둘 테니까 네 방에 가서 쉬어라. 그리고 터미스와는 너무 어울리지 말아라. 아무 도움이 안 되거든. 무어커스 같은 친구를 가까이 지내야지."

"하지만 터미스는…" 나는 항의하려 했다.

"할아버지께 네 말씀을 드릴 거야. 너도 좋은 보고서를 원하겠지?"

"물론이죠, 삼촌."

"그럼, 가거라. 네 귀여운 세균아. 난 베이리프 하우스에 소식을 보내야 한다. 조심해서 돌아가렴."

일광욕실에서

일분일초가 방울방울 떨어지듯 남은 하루는 서서히 흘러갔다. 나는 햇살과 원한이 맺힌 사람처럼, 낮에는 커튼을 치고 낮잠을 자고 주로 밤에 시간을 보냈다. 꿈속에서 할아버지가 등장하는 바람에, 나는 깜짝 놀라 땀에 흠뻑 젖은 채 일어났다. 드디어 증기기관차의 비명소리가 온집안에 울려 퍼졌다. 이제 조금만 기다리면 루시 페넌트를 만날 수 있어. 다른 사촌들은 제각기 잠옷, 침대 시트, 헤어 네트, 콧수염 그물, 모기장으로 옷을 갈아 입었지만, 나는 옷을 입은 채 신발끈을 꽉 묶고 침대에 누워 집이 조용해지기를 기다렸다. 너무 늦었을까? 머리를 빗고 가르마를 정돈하면서, 나는 그녀를 만날 기회를 놓치지 않으려면 더 서둘러야 한다고 생각했다. 방문을 열었다. 밖에 뭐가 있을까? 그저 어두운 밤, 나는 그 속으로 걸어 들어갔다.

처음에는 바로 그녀를 찾지 못했다. 휴게실 벽난로는 벌써 불이 지펴져 있었다. 어두컴컴한 복도를 따라 작은 촛불에 의지해 계속 내려갔을 때, 마침내 일광욕실에서 그녀가 있었고 그녀의 보닛에서 나직한 말소리가 들렸다. 그녀는 벽난로가 아니라 창문을 닦고 있었다.

"왜 창문을 닦고 있어?"

"살금살금 다가오지 마! 그러다 또 귀를 다칠지도 몰라! 이 저택의 창문은 평소에 누가 닦아? 엄청 더러운걸."

"아마 닦을 필요가 없다고 생각할 거야. 금세 다시 더러워지니까 말이야."

"그냥 밖이 보고 싶었을 뿐이야. 그런데 창문을 열 수가 없어. 빗장이 걸려 있어서…"

"안 그러면, 갈매기가 방에 들어와서 그래. 그리고 이런 황무지에 살면, 그게 문제야. 사방이 먼지, 그을음, 재로 뒤덮여 있어. 잠깐만 나갔다 와서 코를 풀면, 콧물이 검댕투성이야. 게다가 바깥 창문이 더 지저분한 걸."

"그럼 안쪽 창문을 닦아도 소용이 없겠구나. 그래도 조금은 밝아지지 않을까?"

"더 어두워지진 않겠지."

"그럼 우리 한번 해보자."

"내가? 설마, 난 이레몽거야."

"맞아. 하지만 너도 창문을 닦을 수 있겠지."

그래서 둘이 함께 창문을 열심히 닦았다. 흰색 천은 곧 더러워졌고, 밤늦게까지 닦아도 남은 곳이 더 많았다. 그녀 옆에서 바싹 붙어 걸레질하면서, 나는 보닛 아래 들리는 소리의 첫 번째 단어를 알아냈다.

"알렉! 알렉인 것 같아!" 내가 혼잣말했다.

"뭐라고?".

"어, 알…레…엑… 난 창문 닦는 게 좋다고."

"바보." 그녀가 중얼거렸다. "그때… 네 귀를 다치게 해서 미안해."

"이젠 꽤 괜찮아졌어. 걱정해 줘서 고마워."

"곧 벨이 울릴 거야. 그럼 난 내려가야 해. 내일은 좀 더 빨리 오는 게 나을 거야. 이야기를 좀 더 하려면 말이야."

창문을 닦느라 손이 지저분해졌지만, 나는 전혀 개의치 않았다. 우리는 한발짝 뒤로 물러나 유리창 상태를 살폈다. 내가 보기에는 아까와 똑같이 더러워 보였는데, 그래도 그녀는 더 밝아진 것 같다며 즐거워했다. 그녀는 내게 아침에 일광욕실로 와서 얼마나 환해졌는지 봐 달라고 부탁했다. 나도 그러겠다고 약속했다.

"우리가 지금 무엇을 하는지 알아? 난 정말 이러면 안 되거든."

"창문 닦는 일?"

"물론 창문 닦는 일도 그렇고. 무엇보다 네게 말을 걸면 안 돼."

"왜?"

"규칙에 어긋나거든. 이 집의 규칙에."

"누가 규칙을 정했는데?"

"할아버지. 그분은 바로 쓰레기산의 주인, 움비트 이레몽거야."

"나도 너희 가문 중 한 명이야. 그러니까 외가 쪽으로 말이지."

"나는 순혈 이레몽거야. 모계와 부계 모두 대대로 이레몽거야."

"그런 점이 너한테 영향을 줬군. 그 혈통 때문에 기형적으로 보이잖아."

"내 키가 크지는 않지?" 내가 물었다. 왠지 가슴이 따끔했다.

"넌 동작이 날쌘 편이야. 안 그래?"

"나이에 비해서? 나는 열다섯 살 반이고, 열여섯 살이면 결혼도 하지."

"오, 그럼 행운을 빌어."

"난 결혼하고 싶지 않아. 안 했음 좋겠어."

"그럼 싫다고 해."

"그럴 수 없어. 그게 규칙이니까. 모두들 열여섯 살에 결혼해."

"넌 너희 집 규칙이 좋은가 봐. 그렇지?"

"아니, 그냥 규칙인 거야. 그걸 어길 수는 없어."

"네가 너무 작으니까?"

"내가 이레몽거니까."

"클로드, 네 조끼의 체인 끝에 달린 건 뭐니?"

"나의 제임스 헨리 헤이워드야."

"너의… 뭐라고?"

"제임… 나의 마개, 나의 수호물이야. 네게 보여줄까?"

"방금 전, 네가 뭔가 다른 이름으로 불렀던 것 같은데."

"아, 너한테는 말해도 되겠지. 나는 사물의 목소리를 들어. 그러니까 어떤 사물은 목소리와 이름이 있어. 저기 유리병 뚜껑 보이니? 저것의 이름은 제니 맥매니스터야."

"뭐라고? 너 어디 아프니?"

"내가 아픈 건 사실이야. 그래서 알리버 삼촌이 내게 약을 처방해 주지."

"증세가 심각해 보여. 혹시 위험한 거야? 그렇게는 보이지는 않는데."

"아니, 난 전혀 위험하지 않아. 그냥 어떤 소리가 들릴 뿐이야."

"다행이야. 네가 정말 위험인물이라면, 내가 또 석탄통을 꺼낼

지도 몰라. 자, 내가 없어졌다고 난리나기 전에, 그만 아래층에 가는 게 낫겠어." 그녀는 문가에 서서 잠시 나를 돌아봤다.

"내 이름이 뭐지?"

"물론, 넌 루시 페넌트야." 나는 말했다. "그럼 잘 자. 내일은 더 일찍 올게."

"고마워." 그녀는 말한 뒤 이내 사라졌다.

"그리고 알렉 뭐뭐지." 나는 몰래 속삭였다.

그게 전부였지만, 정말 멋진 밤이었다. 방으로 돌아가는 나의 발걸음은 한없이 가벼웠고, 심지어 제임스 헨리가 달린 체인을 획획 돌리기도 했다. 나는 침대에 누워 루시 페넌트를 기억할 기념품이 없는 것을 못내 아쉬워했다. 작은 것, 하루를 버티게 해 줄 물건, 그러려면 그녀와 닮은 물건, 즉 초상화가 필요했다.

이드위드 삼촌

다음날 아침 '퍼시 호치키스'가 '제랄딘 화이트헤드'라는 낯선 사물과 함께 복도를 내려오는 소리가 들렸다. 알리버 삼촌이 매우 긴장된 표정으로 노크하고 내 방에 들어왔다. 삼촌과 함께 있는 남자는 처음 보는데도 어딘가 눈에 익었다. 그는 아주 작은 체구에, 두피가 훤히 보일 정도로 머리숱이 듬성듬성했고, 관자놀이에 정맥이 시퍼렇게 돋아 있었다. 누굴까? 왜 아는 사람 같지?

"이분은 이드위드 총재님이시다. 팀피의 쌍둥이 형이지."

알리버 삼촌이 웬일인지 초조한 말투로 그를 소개했다.

"오랜만에 힙 하우스에 오니 좋구나. 마침내 그 소년을 만나고 말이야, 그렇지?" 이드위드는 하얀 치아를 활짝 보이며 인사했는데, 시선은 정작 내가 아니라 딴곳을 향하고 있었다. 그의 눈동자는 우윳빛이었다. 이드위드 삼촌은 장님이지만, 이레몽거 가문에서 매우 높은 관리자 신분으로 주로 베이리프 하우스에 살고 있다고 들었었다. 그는 방의 공기를 모두 빨아들이려는 듯 숨을 크게 들이쉬더니 말했다. "클로드, 내 곁에 바싹 앉으렴. 네 소리가 잘 들리게 말이다." 알리버 삼촌이 내준 자리에 나란히 앉은 후, 그는 매니큐어를 바른 작은 손을 나팔 모양으로 오므려 자신의 귓가에 갖다 대고 중얼거렸다. "제임스 헨리 헤이워드가 들리는구나. 안녕! 제임스 헨리!"

아, 너무 기뻤다. 그도 나처럼 들을 수 있다니! 알리버 삼촌이 내 마개를 그의 손바닥 위에 올려놓았다. 이드위드는 내 마개에 코를 가까이 대고 킁킁거리고, 이리저리 두들겼다.

'제임스 헨리 헤이워드.' 마개는 제법 행복한 말투로 말했다. 이드위드는 마개를 뒤짚어 아래쪽을 간지럽히듯 만졌다. '제임스 헨리 헤이워드!' 마개가 낄낄대며 말했다. 여태껏 난 마개의 웃음소리를 들은 적이 없었다. 제임스 헨리 헤이워드가 아주 빠른 속도로 즐거움과 행복에 겨워 이름을 외칠 때, 어디선가 멋드러진 속삭임이 들렸다. '제랄딘 화이트헤드.' 제랄딘 화이트헤드는 길고 얇고 휘어진 주둥이 끝에 아주 가는 집게가 달려 있었다. 제임스 헨리는 곧바로 입을 다물었다.

"내 마개!" 내가 소리쳤다.

"쉿, 잘하고 있어. 잠깐만 내 코털 집게가 마개를 살펴볼 거야."

"제랄딘 화이트헤드 말이죠?"

"맞아, 넌 참 영리하구나! 제랄딘 화이트헤드는 코털을 다듬는 아주 특별한 기구야. 귀 털 제거도 가능해. 아주 정교하지. 이제 네 마개를 볼까?" 그는 제랄딘 화이트헤드로 내 마개를 살며시 들어올린 다음, 조심스레 관찰했다.

"올리버, 요새 클로드를 검진한 적 있나?"

"아주 최근에 했죠, 총재님."

"아무 문제 없었나? 이상한 소리나 구멍도 없고?"

"그럼요, 총재님. 제가 청진한 바로는 전혀 문제 없어요."

"자, 그러면," 이드워드는 만족스러운 듯이 말했다. "내가 아주 적당한 때에 왔구나. 클로드, 듣는 재능은 아주 예외적인 거야. 나도 듣는 재능 덕분에 특별한 수호물의 총재가 됐거든."

"다른 사람들도 그런 재능이 있는지 몰랐어요. 아무도 말해 주지 않았으니까요. 총재님이 오셔서 기뻐요. 그런데 제임스 헨리에게 문제가 있나요?"

"특별한 문제는 없는 것 같구나. 자, 클로드, 빅토리아 홀리스트가 마가릿을 찾았다고? 또 무슨 소리가 들렸지?"

이드워드가 생긋 웃으며 말했다.

"음, 사물의 목소리가 들려요. 대부분 그냥 이름들이에요. 속삭이거나 소리치거나…"

"그게 다야? 확실하니? 재미있구먼."

"네, 회랑에 있는 난로 양동이도, 대리석 계단의 기둥도 각자의 이름이 있어요."

"넌 정말 완벽한 기쁨이야." 이드위드는 여전히 내 마개를 손에 들고 말했다. "널 찾아서 얼마나 기쁜지. 모든 물건이 안정될 때까지, 내가 여기 있을 거야. 왜냐하면 너도 봤듯이," 그는 둥글고 하얀 얼굴을 내 얼굴에 바짝댔다. "사물들이 약간 신경과민이거든. 그것들이 머릿속으로 어떤 생각을 한다면, 우리는 그것들이 무엇인지 부드럽게 알려줘야 해. 클로드, 내 작은 친구야. 알리버 말로는, 문고리가 사라진 후에 사물들이 불안정해졌다던데, 그 뭐라고 하더라…."

"앨리스 힉스요!" 불현듯 나는 울먹였다. 그건 알렉이 아니었어. 내가 왜 그렇게 멍청했을까!

"혹시 문고리 앨리스 힉스에 대해 아는 게 있니?"

"로사무드 이모가 잃어버린 수호물이에요. 더 들은 건 없어요." 나는 떨면서 말했다. 그에게는 특별한 재능이 있어서 모든 걸 털어놓고 싶은 욕구가 솟구쳤다. 하지만 당분간 앨리스 힉스의 행방은 나만의 비밀로 해야 한다.

"좋아. 나, 이드위드 퍼시블 이레몽거는 모든 것을 찾아내지. 앨리스 힉스가 어디에 숨어 있든, 아무리 발견되지 않으려 해도 말이다. 그래서 수호물을 잃은 사람들은 모두 나를 찾아오지."

그 순간부터 그가 마음에 들지 않았다. 그는 내게 마개를 돌려주었다.

'제임스 헨리 헤이워드.' 내 마개가 속삭였다.

"사랑하는 클로드. 너와 나는 앞으로 할 얘기가 많을 거야. 앞으로 잘 부탁한다."

미소 띤 얼굴로 속삭이는 장님 이드위드는 알리버 삼촌의 부축을 받으며 퇴장했다. 나는 홀로 남아 생각에 잠겼다. 너무 어리석었던 나는 그제서야 루시 페넌트가 보닛 속에 앨리스 힉스를 숨겼다는 진실을 깨닫고 멍해졌다. 이드위드가 그 사실을 밝혀내기 전에 내가 먼저 그녀를 찾아야 한다. 그가 앨리스 힉스의 소리를 듣게 된다면, 루시에게 어떤 벌이 내려질지 상상조차 하기 싫었으니까.

힙 하우스의 요리사 부부,
오리스 그룸 씨와 오디스 그룸 부인

제12장
주석으로 만든 젤리 틀과 슈가 커터

포를리칭엄 파크의 수석요리사 오리스 그룸 씨와
오디스 그룸 부인의 메뉴책에서 발췌한 것

1875년 11월 12일의 기록

분실물 목록: 분명 도둑이 있다. 5와 1/2갤런짜리 황동 소화기, 버터 나이프, 가루 반죽 2컵, 이레몽거 스푼 12온스짜리 4개, 그리고 가장 좋은 니켈로 된 얼음 틀 13개. 우리 중에 도둑이 있다. 누가 훔쳐 갔는지 모르지만, 곧 알아낼 거야. 날카롭게 간 칼이 우리에게 있다. 오디스는 식칼을, 오리스는 고기 써는 칼을 휘두른다.

불량품 목록: 누렇게 뭉개진 대구 12마리. 구더기가 들끓고 썩은 돼지고기 한 덩이는 청록색으로 변색하였다. 꿩 7덩이는 해동되지 않고 도자기처럼 단단해졌다. 으깨진 버섯, 시든 당근, 까맣게 썩은 사과, 질척해진 훈제 베이컨, 오트밀죽 단지에는 죽은 나방들이 잔뜩 빠져 있다. 음식들이 바닥나서 덤웨이터로 나를 게 없다.[15]

● 15 덤웨이터(dumb waiter)는 음식이나 그릇을 옮기는 용도로 주방에 설치된 소형 승강기를 말한다.

위층의 점심 메뉴: 족발 피클, 양배추 피클, 소금에 절인 양상추.

아래층의 점심 메뉴: 곱창 소시지, 재활용한 내장, 달팽이와 시럽 한 스푼.

위층의 만찬 메뉴: 가마우지구이, 삶은 순무를 곁들인 검은 제비갈매기와 물수리 요리.

아래층의 저녁 메뉴: 쥐덫으로 잡은 설치류와 시럽 한 스푼.

메모: 오늘 찻잔이 저절로 움직였다. 실제로 우리 모두 그걸 목격했다. 종말이 오는 걸까? 세상에 믿을 사람이 아무도 없다. 믿을 사람은 오로지 오리스와 오디스뿐이다.

힘 하우스의 하녀 플로렌스 발콤비

제13장
콧수염 찻잔

루시 페넌트의 이야기는 계속된다.

성냥 상자에서 피어오른 불꽃이 내게로 옮겨붙는 끔찍한 악몽을 꾼 다음 날, 나는 이레몽거들이 몸서리치고 있는 모습을 보았다. 누구도 일하러 나가지 않고, 기숙사 한쪽 구석에 모여 웅성이고 있었다.

"무슨 일이야?" 내가 물었다.

"무슨 일이라니? 넌 어디에 있었니?"

그들이 오히려 나에게 물어 왔다.

"위층 벽난로에 있었지. 그리고 지금은 침대에 누워 더 자려고 해."

"도시에서 이레몽거들이 왔어. 끔찍한 사건이 일어난 게 분명해. 우리는 차례로 심문받을 테고." 한 사람이 소리치자, 다들 칠면조 무리처럼 꽥꽥거리고 깨물며 온갖 소란을 피웠다.

"도시의 이레몽거가 스터리지 씨에게 소리질렀어. 피그고트 부인은 화가 머리끝까지 치밀어서 울음을 터트렸대."

또 다른 사람이 훌쩍거리며 말했다.

"그냥 당할 사람들이 아닌데. 왜? 무슨 일이래?"

"사물들! 오, 사물들 때문이야." 그들은 합창했다.

"어떤 사물?" 내가 물었다.

한 이레몽거가 드레스 주름을 펴며 대변인처럼 으쓱대며 앞으로 나섰다. "어젯밤에⋯ 로키 피그넛, 그때 넌 벽난로 청소 중이었겠지. 종이 울린 후에 그 사건이 일어났어. 보일러실로 가는 아래층 복도에 서 말이야. 처음에 누가 끔찍한 비명을 질렀고, 이후 다들 따라서 소리질렀어. 방마다 심부름꾼, 시종 할 것 없이 하얗게 질려서⋯ 서로 밀치며 뛰쳐나왔지. 그래서 우리들도 잠옷 바람으로 복도를 따라 아래층으로 달렸어. 마침내 내 눈으로 봤어! 그리고 나도 비명을 질렀지!"

"도대체 그게 뭐였는데?" 내가 물었다.

"그것은," 사색이 된 이레몽거가 손을 떨며 아주 천천히 말했다. "그건 콧수염 찻잔이었어!"[16]

"콧수염 찻잔? 세상에 그런 게 있어?" 내가 물었다.

"콧수염 찻잔은 가장자리에 입술 모양의 특별한 가림막이 달려 있어. 그러니까 훌륭한 신사가 차를 마실 때, 왁스를 바른 콧수염이 젖지 않도록 말이야. 아무튼 어젯밤 복도에 바로 그게 갑자기 나타났어."

"그런데 그게 왜 무서워?"

....

● 16 18세기 영국 빅토리아 여왕 시대에 신사들이 뜨거운 차를 마실 때 콧수염을 보호하기 위해 내부에 반달 모양의 도자기 가림막을 만든 찻잔을 말한다.

"왜냐하면, 루키 피네놋, 그게 움직이니까!"

"움직인다고?"

"세상에, 저절로 움직였어! 찻잔이 원을 그리고, 데굴데굴 구르고, 잠깐 멈췄다가, 개똥지빠귀와 참새처럼 깡충깡충 뛰어다녔어. 그 찻잔이 굴러오면 다들 비명을 지르고 앞다퉈 도망쳤지. 어떤 이레몽거가 포크로 위협하니까 그제야 달아났어."

"그렇다면, 찻잔 안에 아주 작은 생물이 있었겠지. 쥐, 두더지, 하다못해 큰 벌레라도."

"아냐! 그냥 찻잔이었어. 게다가 그 찻잔은 쨍그랑 우당탕 사방으로 돌진했어. 그러다가 피그고트 부인이 나와서 아우성치자, 그 틈에 콧수염 찻잔은 저쪽 소화기에 부딪친 다음 복도로 나가 부엌 쪽으로 사라져버렸어. 피그고트 부인은 사색이 되어 그걸 잡으라고 고함쳤다고!"

또 다른 사람이 입을 열었다. "너도 그 소동을 봤어야 했어. 끔찍한 찻잔이 가는 곳마다, 다들 의자와 식탁 위로 올라가 비명을 질렀어. 마침내 그룹 씨가 소스 냄비로 그것을 덮는 데 성공했지. 글쎄, 그룹 씨가 냄비 위에 올라탔는데도, 찻잔이 냄비 안에서 쾅쾅 부딪히며 필사적으로 탈출하려 했다니까." 런던으로 출발하는 기차 소리에, 그녀는 잠시 정신이 팔려 얘기가 끊겼다.

"그래서 그 찻잔은 지금 어디에 있어?" 내가 다그쳐 물었다.

"아직도 소스 냄비 아래에 있어. 가끔 땡그랑 소리가 나지만, 아까보다 조용해졌어. 마치 슬픔에 잠긴 것 같아."

"나도 구경하고 싶어." 내가 말했다.

"지금은 주방 보조 네 명이 24시간 내내 지키는 중이야. 저마다 밀대, 나무 주걱, 프라이팬으로 중무장하고 있지."

"자, 이레몽거들! 모두 줄서서 침대로 돌아가. 전체 점호!"

피그고트 부인이 문가에서 나타나 구령을 붙였다.

피그고트 부인은 차망을 움켜쥐고 있었다. 어딘가에 이름을 적고 잊어버렸다는 이레몽거의 수호물이 분명했다. 그녀의 침대는 비어 있었다. 그녀는 어디 있을까?

아래층 기숙사의 하인들은 모두 점호 대상이었다. 점호 후에 확인된 하인의 숫자가 합산되어 장부에 기록되었고, 그다음에는 개별 면담을 위해 스터리지 씨의 사무실로 차례로 소환되었다. 거기에는 베이리프 하우스에서 온 검은 양복을 입은 이레몽거들이 여럿 있었다. 우리는 실종된 이레몽거가 어디에 있었는지, 마지막으로 그녀를 본 사람이 누구인지 등등의 질문을 받았다. 그녀가 쓰레기산에서 돌아와 석탄 창고에서 뭔가를 옮기고 있었다는 증언이 나왔다. 그녀의 침대와 의자, 소지품들은 싹 다 치워졌다. '소각로'라는 말이 똑똑히 들렸다. 조금 후, 다른 하인이 표백제와 대걸레를 가지고 와 그녀의 침대가 있었던 자리를 빡빡 닦았다.

"도대체 무슨 일이야? 그녀는 어디 있대?" 나는 그에게 물었다.

"나도 몰라. 그리고 사적인 대화는 금지야. 특별 지시야."

이번에는 또 다른 이레몽거가 금속 탱크가 달린 분무기를 짊어지고 들어왔다. "다들 눈 감아!" 공중에서 정체 모를 액체가 비처럼 쏟아졌다. 우리가 항의하자, 도시 이레몽거는 확성기에 대고 명령했다. "청소 중이야. 대화 금지! 조용!"

그래서 우리는 말없이 스프레이를 맞아야 했다. 물방울이 뚝뚝 떨어져 우리와 침대들과 벽들이 흠뻑 젖었다.

"자, 이 스프레이는 아무리 맞아도 전혀 문제없어. 그냥 너희들의 안전을 위한 예방 차원이지. 이제 자연 건조될 때까지 천천히 기다려. 그리고 침대들을 조금씩 옮겨 빈자리를 채우도록 해. 자리가 비어 있으면 외관상 좋지 않잖아?" 그는 우리에게 침대를 옮기게 했고, 그래서 애초부터 빈 침대가 없었던 것처럼 보였다.

"실례합니다. 저는 위층 벽난로를 청소해요." 내가 나섰다.

"그런데?" 그가 말했다.

"여기 침대를 쓰던 이레몽거는 어디 갔죠?"

"왜? 네가 무슨 상관이니?" 그는 아주 흥미로운 듯 주머니에서 메모장을 꺼낸 뒤 "벽난로라…"라고 중얼거리며 글자를 적었다.

'검은 양복을 입은 이레몽거들을 조심해야 해. 어쩌면 우리를 쓰레기더미에 버릴지도 몰라.' 나는 혼잣말한 뒤 변명으로 얼버무렸다. "그녀가…내게 손수건을 빌려 갔어요. 그걸 돌려받고 싶어서요."

"돌려받기는 어려워. 소지품은 이미 태웠거든."

"그녀는 잘 있나요?"

"실종되었어. 아마 쓰레기산에서 길을 잃은 것 같더군."

"하지만 그녀는 석탄 창고에서 일해요. 집 안에서요."

"너는 무슨 일을 한다고 했지?"

"아까 말씀드렸다시피, 전 벽난로를 청소해요. 위층에서요."

"그럼 걱정할 필요 없네. 너와는 아무 상관 없으니까. 네 손수건은 새로 지급될 거야. 지금은 침묵이 가장 최선이지."

그는 쌀쌀하게 말한 뒤 떠났다.

"왜 그렇게 대담한 짓을 하니?" 옆에 있던 사람이 끼어들었다.

"나는 물어보기만 했을 뿐이야." 내가 말했다.

"영웅 행세는 그만하고, 남들처럼 입 다무는 게 좋을 거야."

"하지만 난 그녀를 찾고 무슨 사건인지 알아낼 거야. 위층에 내 친구가 있으니까." 내 말에 곳곳에서 낄낄대는 웃음이 터졌다.

"이봐, 이레몽거. 너는 벽난로 담당이니까 그 일을 놓치지 말아야지. 우리도 네 이야기를 더 듣고 싶거든. 게다가 그녀가 누구였는지는 기억해?" 또 다른 아이가 달래는 말투로 상냥하게 물었다.

"당연히 기억나. 그녀는 검은 머리에 흰 모자를 썼고, 나막신을 신고 있어."

"그건 우리도 마찬가지야."

"그녀는 코가 아주 컸고 갈색 눈을 가졌어."

"자, 그럼, 우리한테 말해볼래? 걔 이름이 뭐지?"

"이레몽거." 나는 속삭였다.

♠

우리는 몸이 마를 때까지 오전 내내 기숙사에만 있었다. 마침내 하나씩 조사를 위해 불려나갔고, 그후에는 아무도 돌아오지 않았다. 남아 있는 우리는 무슨 일일까 궁금했다. 아주 천천히 그날 하루가 저물어갔다. 지칠 대로 지친 이레몽거가 고개를 빼꼼 내밀고 콧수염 찻잔이 도망갔다고 알려줬다. 주방 보조 소년이 너무 궁금해서 냄비 뚜껑을 살짝 올렸다가, 찻잔이 빠져나갔다고 했다. 쓰레기산 쪽으로 탈출해서 다들 그곳을 수색 중이라고 했다. 나는 내심 콧수염 찻잔이 발견되지 않기를 바랐다. 웬지 클로드가 떠올랐다. 아주 조용하게 걷고, 머리가 크고, 피부가 창백하고, 성격도 특이했지만, 그는 친절한 구석이 있었다. 아마 클로드라면 실종된 이레몽거를 찾도록 나를 도와줄 것이다.

"이레몽거!"

나는 스터리지 집사의 거실로 호출을 받았다.

♠

스터리지 씨의 거실 밖에는 많은 물건이 수북하게 쌓여 있었다. 집사의 수호물인 선박 랜턴이 있었고, 그 옆에는 온갖 이상한 물건들, 즉 유리 문진, 손잡이가 달린 대형 연필깎이, 펜촉, 책갈피, 굽도리 널판자, 포장을 벗긴 산성비누, 벨트 장식, 신발털이 등등이 있었다. 아마 수호물이 아닐까 싶었지만, 왜 밖에 꺼내 놓았는지 의문이었다.

방 한쪽 구석에는 스터리지 씨가 매우 난처한 표정으로 서 있었다. 그의 책상 주위에 도시의 이레몽거들이 도열하고 있었고, 정중앙에는 베개를 높이 쌓은 의자 위에 처음 보는 이레몽거가 앉아 있었다. 그는 매우 키가 작고, 얼굴이 둥글고 반짝이며, 무엇보다 눈동자가 우유빛이었다. 그는 장님이었다.

"이 방은 아주 말이 많고 시끄럽군. 저기, 저건 뭐지?" 그는 꼿꼿이 앉은 채 고개를 갸웃거리며 외쳤다. "모두들 조용! 아무 소리도 내지 마. 내가 위치를 찾았어, 저기!" 그는 손가락을 치켜 올렸다. "저기에는 뭐가 있지?"

"그곳에는 벽에 촛대가 있습니다." 도시 이레몽거가 대답했다.

"그래, 그 촛대가 '찰리 화이트.'라고 아주 또렷이 말하는군. 잠깐, 또 다른 뭔가가 내 귀에 속삭이는군! 찰리 화이트, 조용히 해!" 장님 이레몽거는 호주머니에서 아주 작은 금속 집게를 꺼내 벽난로 쪽을 향해 흔들었다. "내가 찰리 화이트를 깨운 탓에, 좀 소란스럽게 굴고 있군. 그래서 다른 소리가 잘 들리지 않아. 하지만 확실한 것은 이 방에 찰리 화이트와 나의 제랄딘을 빼고 또 다른 것이 있어. 집사 양반!"

"네, 총재님!" 스터리지 씨가 대답했다.

"방금 누가 이 방에 들어왔나? 누구지?"

스터리지 집사는 지친 음색으로 대답했다.

"이레몽거 한 명이 들어왔습니다."

"다른 소지품은 없던가?"

"네, 확실합니다. 총재님."

"이리 오렴, 새로운 이레몽거야." 그는 두꺼운 입술 위로 함박웃음을 지으며 몸을 앞으로 기울였다. "두려워할 것은 없어. 가까이 와. 너한테 무슨 소리가 나는지 들어보자꾸나."

도시 이레몽거가 주춤하는 나를 붙잡고 장님의 귓가로 몇 발자국 더 잡아당겼다. 어떻게 알았는지 모르겠지만, 적어도 내가 무엇을 숨기고 있다는 사실이 발각된 것 같았다.

"더 가까이 와, 한 걸음 더!" 그가 외쳤다.

나는 책상 쪽으로 떠밀려 갔다. 도시 이레몽거가 내 머리를 책상 위로 숙이려 할 때, 장님 이레몽거가 소리쳤다.

"찰리 화이트, 네 수다 때문에 아무것도 들리지 않구나. 둔널트!"

"네, 총재님." 그의 옆에 서 있던 이레몽거가 대답했다.

"저 촛대를 치워다오. 분명히 뭔가 있어! 그건 찰리가 아니야."

시간이 좀 걸렸지만, 석고가 우수수 떨어지면서 드디어 촛대는 벽체에서 분리되었다. 그 작은 남자가 아주 가는 손가락을 귀에 가져간 순간, 누군가 뛰어들어왔다.

"모두 사라졌어요, 총재님! 빗자루 두 자루, 소화기 한 개가 사라졌고, 굴뚝 뚫는 막대 한 개도 없어졌어요. 황마포램프 세 개와 물펌프 손잡이도요! 냉장실에는 갈고리 두 개와 부엌살림도 서른 개 넘게 없어졌어요. 그룸 부부가 방금 보고서를 제출했습니다. 분실품 지도를 작성해야 한답니다!"

"내가 있는 한, 그럴 일은 절대 없을 걸세!" 그 작은 남자는 미소를 잃지 않고 대꾸했다. "당장 앞장서게, 둔널트."

일 분도 안 돼 나와 집사만 거실에 남겨 두고, 도시 이레몽거들은 전부 자취를 감췄다.

"아직도 여기 있니, 이레몽거? 네 임무나 계속하렴. 서커스는 끝났어!" 집사가 불쾌한 듯 말했다.

그렇게 나는 그날 일을 다시 시작했고, 이드워드 이레몽거, 즉 장님 총재가 나타날 때마다 잽싸게 자리를 피했다. 그와 마주친

것은 단 한 번이었다. 구둣방에 줄서 있었을 때 그가 잠깐 들렀는데 곧 너무 시끄럽다며 도로 나갔다. 나와 구두를 수선하고 있는 남자 두 명과 나뿐이었다. 그런데도 그는 소리쳤다. "여기는 너무 시끄러워! 대체 누가 하인들을 드나들게 한 거야?"

"스터리지 씨가 그랬습니다." 둔널트라는 사람이 대답했다.

"움비트님이 돌아오실 때까지 대기 발령시켜. 그러면 그도 자기 위치를 자각할 거야. 다들 제자리를 찾는 거지."

그는 흡족한 듯 활짝 웃었다.

"네, 알겠습니다."

"자, 이제 날 안내하게. 건초더미 속에서 바늘 찾기야! 하인들 입소문을 철저히 단속해."

그리고 그는 위층으로 올라갔다. 앞으로도 나는 절대 그와 마주쳐서는 안 된다.

♠

여느 때처럼 나는 저녁식사 후에 대기했고, 교대를 알리는 벨이 울리자 위층으로 올라갔다. 처음에는 일광욕실이나 교무실에서 클로드를 기다리는 게 낫지 않을까 망설였다. 건성으로 벽난로를 청소했고 좀처럼 집중할 수 없었다. 그날 밤에는 소음이 훨씬 많이 들리는 것 같았다. 코끼리의 방[17]에 있는 대형 벽난로를 통해서

● 17 '방 안의 코끼리'는 당면한 문제를 회피하고 싶은 상황을 가리킨다. 1814년 시인 겸 작가인 이반 크릴로프가 쓴 우화에서 비롯된다.

중얼대는 소리("에취, 움비트!")가 굴뚝 연도를 타고 내려왔다. 그때 홀연 클로드가 내 앞에 나타났다.

"살금살금 다니지 말랬지!"

"아, 미안. 널 만나려고 서둘렀거든. 하루를 꼬박 기다렸어. 내가 직접 아래층으로 가고 싶었는데, 이드워드 삼촌이 계속 아래층에 있어서 참았지. 만나서 정말 기뻐!"

"사실, 나도 너를 다시 만나서 기뻐."

"너도? 정말?" 그는 가르마를 다듬으며 무언가 말을 꺼내려다 이내 포기했다. 내 머리에 손을 뻗었다가 약간 움찔했다. 그러더니 용기를 낸 듯했다. "저택을 더 보여줄게. 괜찮다면 함께 가자."

바로 그때 그에게 말했어야 했다. 장님이 내 소리를 들으려 했다는 것, 그리고 내가 도둑이라는 것을. 하지만 나는 머뭇거리는 채로 그와 함께 추악한 궁전의 여기저기를 돌아다녔다.

"여기는 클립 룸이라고 불러." 어떤 방 앞에서 그가 걸음을 멈췄는데, 아마도 그저 발길 닿는 대로 온 것 같았다.

"이 방에서 무슨 일을 하는데? 귀에다가 클립을 꽂아 두나?"

"아니, 이 방에서는 손톱을 깎아."

"음, 볼 것도 없겠다. 그럼 다른 방을 더 보여줘."

잠시 후 앞장서던 클로드가 무슨 소리를 들은 것 같았다. 그는 아주 조심스럽게 귀를 기울이더니 나를 키 큰 화분 뒤로 숨겼다. 무언가 다가오는 소리, 벅벅 긁고 휙휙거리는 소리. 그 순간 아주 큰 갈매기 한 마리가 우리 머리 위로 날아왔다.

"저건 워터링캔이야. 쉿, 워터링캔."

"워터링캔?"

"사촌 터미스가 기르는 세가락갈매기야. 새장에서 빠져나왔어. 집으로 돌아가! 워터링캔"

그러나 워터링캔은 집으로 가는 대신, 날개를 펴고 발끝으로 춤추듯 껑충껑충 뛰어다녔다. 그런 뒤에 노래 부르듯 까옥거렸다.

"이러다가 우리가 붙잡히겠어." 클로드가 주머니에서 뭔가를 꺼냈다. "내가 가진 건 찌그러진 비스킷이 전부야. 이걸 멀리 던질 테니까, 우리는 반대 방향으로 도망치자. 준비됐니?"

"준비됐어!"

새가 비스킷을 쫓아 날아간 사이에 우리는 도망쳤다. 다른 복도로 뛰어가다가 클로드가 별안간 걸음을 멈추고 난로 뒤에 몸을 숨겼다. 그곳에서 한참을 있었다. 내가 별일 아닌 것 같다고 말하려는 찰나, 발소리가 들렸다. 매우 밝고 부드러운 머릿결을 가진 키 큰 소년이 잠옷 바람으로 걸어오고 있었다. 걸음을 멈춘 소년은 소맷자락으로 콧물을 훔친 뒤, 낮은 목소리로 불렀다.

"워터링캔? 너 거기 있니?"

다시 서둘러 떠나면서 클로드가 설명했다.

"쟤는 내 친구 터미스야. 워터링캔을 찾으러 왔을 거야. 우리는 밤이면 종종 타조를 찾겠다고 복도를 돌아다닌 적도 있었지."

"타조? 여기에 타조가 있어?"

"사실, 타조를 찾을 희망은 거의 없어. 아마 무어커스가 벌써 해치웠을 거야."

지금 클로드에게 말해야 한다. 그가 날 도우려 할까? 아니, 도울 수 있을까? 필칭 사람들은 항상 이레몽거는 못 믿을 종족이고 불운이 따라온다고 말한다. 그런데 지금 이 순간 내가 클로드와 함께 있다니.

"들어와. 루시. 이 방은 스모그 룸이야."

"스모그? 왜 그렇게 부르지?"

"이 방은 어른 이레몽거가 스모그를 피우러 오는 곳이야. 예를 들면 이렇게 말해. 나와 함께 스모그 한 대 피울래? 우리 소파에 앉아서 스모그를 할까?"

"글쎄, 그런 초대는 익숙하지 않네. 너를 좋아하지만….'

"스모그 연기가 자욱해서 맞은편 벽도 보이지 않을 정도야. 의자가 아주 편안해 보이지?"

"그래, 그럼 스모그 한 대 피워보자."

그가 선반에서 파이프를 꺼내 함께 쓰기로 했다. 내 입에 물었던 점토 파이프가 그의 입으로 전해졌다.

"생각보다 마음에 들어."

"나도 그래. 이건 아주 좋은 스모그야." 그가 맞장구쳤다. "자, 루시. 아주 편안하지? 그런데 혹시 너 나한테 할 말 없니?"

"글쎄, 무슨 말?"

"음…나에게 해야 할 말이나 하고 싶은 말이 있나 해서… 아직 밤이 기니까."

그때 아래층에서 일어난 사건을 말했어야 했는데, 서로 파이프를 나눠 피우며 좋아진 기분을 망치고 싶지 않았다. 그가 어떻게 반응할지 자신이 없었다. 게다가 내 옆에 나란히 앉아 머리를 기대고 있는 그가 벌써 좋아졌다. 만약 다른 상황이라면, 이런저런 모험을 함께했을지도 모른다. 나는 점토 파이프를 건네 주며 내 얘기를 들려주기 시작했다. 가장 중요한 것만 빼고 모든 이야기를. 우리 사이가 친밀해지기 위한 출발점으로 말이다. 고아원 생활과 그곳에서 빨간 머리 소녀가 나를 괴롭혔던 일, 예전에 살았던 하숙집과 다른 층에 사는 이웃들의 사연들을 들려줬다. 그리고 그곳에 전염병이 차례차례 휩쓸면서 부모님도 "사물화"되어 멈춰 버린 이야기…그 대목에서 나는 잠시 멈칫했다.

"아무도 그런 말 한 적이 없어! 심지어 소문조차도 없었어!" 그는 한동안 침묵했다가 조용히 말했다. "결국 너도 나처럼 부모가 없구나."

"하지만 넌 삼촌들과 이모들, 사촌들이 있잖아."

"내가 사는 것엔 아무 관심도 없어. 터미스만 빼고. 어쨌든 그런데 나도 런던에 대해 잘 알아. 비록 가본 적은 없지만."

"네가 런던을 안다고 생각하는구나, 그렇지?"

"대화재 기념탑, 엘리펀트 앤 캐슬, 링컨스 인 필즈, 스레드니들스 거리, 스트랜드, 하이 홀본!"

"그런데 너, 거기가 진짜로 어떤 곳인 줄은 아니?"

"세븐 다이얼즈! 화이트 채플! 런던 탑! 할리 스트리트!"

"그 장소들을 다 안다고?"

"음, 들어 봐. 하얀색 재봉틀은 홀본 구름다리 48번지에서 왔어. 호레즈 잉크 파우더는 패링던 거리 11번지에서 파는 제품이고, 극장 의상과 가발 제작자는 핀즈베리 광장의 태버나클 거리 84번지와 86번지 사이에 살아. 리빅 컴퍼니의 쇠고기 부산물은 펜처치 거리 9번지에서 살 수 있지. 이 모든 것들이 런던에서 온 거야!"

"하지만 그런 건 그냥 말뿐이야. 아무 의미도 없어."

"버드사의 커스터드 가루는 달걀을 따로 쓸 필요가 없고, 어디 서나 판매한대! 또 비첨사의 알약은 1기니에 1갑씩 팔아. 신경증 과 담즙 과다 분비 질환에 특효약이야."

"그래, 네 말 잘 알겠어."

나와 클로드는 침묵 속에서 스모그를 피웠다.

"루시 페넌트, 너는 뭐 아는 거 있니? 로사무드 이모에 대해? 물론 난 로사무드 이모는 별로 좋아하지 않아. 어떻게 말해야 할 지… 그래, 우리 이레몽거는 태어난 후에 각자 수호물을 받게 돼. 그러니까 자기가 지켜야 할 것, 예를 들면 뭔가 손에 쥐거나 휘두 르기 좋은 것이지. 너무 모호한데, 다시 설명할까? 루시?"

"그래, 왜?"

"루시! 쉿, 조용히 해. 숨어. 소파 뒤로, 어서!"

이번에도 나는 아무 소리도 듣지 못했다. 클로드는 안색이 창백 해져서 두 손으로 귀를 감쌌다. 그리고 그가 옳았다. 정말 거대한 무엇이 오고 있었다. 모습을 드러내기 전부터 방 전체가 와들와 들 떨리는 듯했다. 굉음과 함께 지독한 가스 냄새까지 났다. 클로 드가 완전히 공포에 휩싸여 비명을 지를 뻔해서 내가 꼭 붙어서 진정시켜야 했다. 다행히 그 굉음은 천천히 멀어져갔다.

"아까 그것은 뭐였어?"

그가 아주 작은 목소리로 말했다. "누군가 '로버트 버링턴'이라고 소리치는, 아주 시끄러운 무언가를 옮기고 있어."

"로버트 버링턴이 누구지?"

"정확히는 나도 몰라. 처음 들어봤으니까. 어쨌든 여기는 안전하지 않아."

그는 스모크실에서 나와 내 손을 잡고 몇 층씩 계단을 뛰어 내려가 졸고 있는 수위와 대형 괘종시계 앞을 지나갔다. 그리고 여태껏 본 적도 없고, 세상에 존재하는 줄도 몰랐던 아주 큰 홀로 들어갔다.

"여기가 마블 홀이야. 저기 보이는 거대한 장식장 안에 죽은 이레몽거의 수호물들이 보관되어 있지. 저기 세 번째 선반에 있는 칠판 지우개 보이니? 바로 내 아빠의 수호물이었어. 그 옆에 놓인 작은 피아노 열쇠가 내 엄마의 것이야."

"나에게 네 부모님을 소개해주는 거야?"

"그래."

"고마워, 클로드. 영광이야." 나는 아주 진지하게 말했다.

"나는 부모님을 본 적이 없어. 그래서 그분들이 궁금해질 때마다 여기 와서 저 수호물을 보곤 하지. 유품을 연구하다 보면, 고인들의 삶에 관해 알 수 있으니까. 저것은 증조부 애드왈드의 지팡이인데, 그 속에 칼이 숨겨져 있지."

"저건 뭘까?"

"저건 고조 작은할아버지인 도킨스의 수호물, 일각고래의 뿔이야. 그 옆에는 그분 아내인 오스타의 앵무조개 껍데기이고. 그리고 저 빨간 산호는 이모할머니 루핀다의 것이지."

"저기 작은 도금 시계는 누구 거야?"

"저것은 백 년 전에 돌아가신 에모무알의 수호물이야. 저 위에 있는 목검은 그분의 동생 오스월드의 것이지. 과거에는 아주 아름다운 소장품으로 수호물을 삼았던 시절이 있었대. 잉크병, 압지, 배수관 청소봉 따위가 아니고, 조각된 상아 뿔피리, 금박을 입힌 팔찌, 새가 튀어나오는 자명종 시계, 코끼리발 같은 것들 말이야. 하지만 이젠 그런 귀중품을 수호물로 삼지 않아. 할머니가 일용품이 중요하다고 했고, 오늘날은 실용주의 시대이니까."

"세상에, 아기 양말도 있어. 너무 슬퍼."

"글쎄, 그건 큰할아버지 프라츠의 것이고 그분은 아흔세 살까지 사셨어. 정말 슬픈 것들은 저기 있는 납작모자, 장난감 팽이, 시가 커터 등인데, 모두 젊을 때 돌아가신 분들의 유품이야. 그리고 저 소금통과 후추통에도 슬픈 얘기가 깃들어 있어."

"두 분은 쌍둥이셨어?"

"그래, 맞아. 두 분 다 티푸스로 돌아가셨지."

"거대한 서랍장 옆에 있는 작은 서랍장의 수호물들은? 약통, 줄넘기줄, 꽃병, 유리 안구…?"

"자살한 이레몽거들의 수호물이야."

"이런, 딱해라. 저 두꺼운 유리문이 달린 서랍장은 정말 멋진데?"

"그 유리는 수중 탐험가들이 쓰는 심해 헬멧에 사용되는 것과 똑같아. '프레블 앤 손 회사의 심해용 유리'라는 상표가 붙어 있거든. 자, 여기까지가 마블 홀과 위대한 서랍장이야."

"정말 고마워."

"약속한 대로 내가 힙 하우스를 보여줬지, 안 그래? 이제 뭔가를 물어보고 싶어. 단도직입적으로 말이야."

"무엇이든 물어 봐."

"난 네 보닛 아래에 로사무드 이모의 문고리가 있다고 생각해."

"어떻게… 글쎄, 진실이 아니라고는 말하지 않겠어."

"네가 그랬다는 것을 알아. 루시, 그건 옳지 않아."

"어떻게 알아? 아마 내가 아닐 수도 있어."

"그 소리가 내게 들려. 지금은 거의 속삭임에 가깝지만…. 문고리가 '앨리스 힉스'라고 말하고 있어."

"말도 안 돼. 네 말뿐이야. 아무것도 증명할 수 없어."

"그럼 네 보닛을 벗어봐."

"절대 안 할래!"

"제발, 루시. 이젠 안전하지 않아. 그들이 널 찾아낼 거야."

"그건 내가 찾았어. 세상에 내 것은 단 하나도 없어! 그런데 그걸 내게서 뺏지는 않겠지, 클로드?"

"나는 그걸 로사무드 이모에게 갖다줄 거야. 그러면 모두 정상을 찾고, 도시 이레몽거는 베이리프 하우스로 돌아갈 거야. 내가 매일 밤 빼놓지 않고 너를 보러올게. 무엇보다 네 안전이 중요해. 문고리를 돌려 놓지 않으면, 그들이 수색해서 너를 찾아낼 테고, 그러면… 오, 루시! 그들이 무슨 짓을 할까? 너는 더 이상 위층에 올 수 없을 테고 나도 너를 만나지 못할 테지. 그게 내게 얼마나 끔찍한 일인지 생각해 봐."

정말 멋진 연설이었다. 나는 보닛 끈을 풀려다가 문득 멈췄다.

"조건이 하나 있어. 친구를 찾고 싶어. 아래층 이레몽거인데, 쓰레기산이나 보일러실에서 일하는데 갑자기 실종된 거야. 아마 위험에 빠졌을 거야. 네가 도와주었으면 해."

"무엇이든 할게. 그 친구의 이름은? 그녀를 어떻게 알아볼까?"

"그녀는 자기 이름을 잃어버렸어. 힙 하우스 어딘가에 낙서해 두었다는데, 어디인지조차 기억할 수 없었대."

"내가 저택을 돌아다니면서 봤을지도 몰라. 창가 좌석에는 1804년 제이미 브링클리란 이름이 적혀져 있어. 돋보기로 태워져 지워졌지만."

"여자 이름도 봤니?"

"헬렌 불렌, 지하 2층 교실에 있는 큰 자에 적혀 있어."

"그건 그녀의 이름 같지는 않아."

"롱 갤러리의 장식장에는 '푸르넬라 메이슨의 사유지, 출입 금지!'라는 문구가 새겨져 있어."

"아니, 그것도 아닌 것 같아."

"플로렌스 발콤비, 1875. 후문 계단 구석에 낙서처럼 적혀 있어."

"바로 그거야! 네가 찾았어, 클로드. 네가 그녀를 찾았다고!" 나는 기쁨에 겨워 그의 입술에 키스를 해버렸다. "이제 그녀를 찾으면 돼. 클로드, 사건 내막을 알아봐 줘."

내가 문고리를 꺼내려고 보닛을 벗자 머리결이 흘러내렸고, 클로드가 중얼거리는 소리가 들렸다.

"아, 내가 날고 있나 봐. 아, 천장에 부딪힐 것 같아."

"뭐라고?"

"네 머리, 붉은 색이구나. 그리고 네가 내게 키스했어."

갑자기 클로드의 얼굴이 하얗게 질렸다.

"오, 그건 그냥 반가움의 키스일 뿐이야, 클로드."

"알버트 폴링이야! 서둘러!" 그가 속삭였다.

우리는 거대한 서랍장 뒤에 숨었다. 조금 전만 해도 12피트 거리였는데 지금은 예닐곱 걸음밖에 떨어지지 않았다. 그리고 또 다른 발걸음 소리가 들렸다. 그러더니 누군가가 말했다.

"분명 무슨 소리가 들렸는데? 스턴리, 오늘은 네가 순찰 당번이니, 누가 기숙사에서 나갔는지 알아냈니?"

"터미스와 무어커스가 없었어요, 팀피 삼촌."

"무어커스는 내가 일을 좀 시켰다. 아마 클로드도 몰래 빠져나갔을 테지."

"삼촌, 방금 저게 뭐죠?"

푸드덕 거리는 소리, 대리석 조각 위를 달리는 소리.

"제길, 또 저 새야. 잡아라! 덫에 가둬!"

"제가 잡았어요, 팀피 삼촌!"

"잘했구나, 아주 잘했어."

'힐러리 에블린 워드-잭슨.'

발소리가 더 요란하게 들리더니, 사람들이 여럿 도착했다.

"워터링캔! 워터링캔! 너 여기 있었구나!"

"비틀어버려! 부러뜨리라고!" 팀피 삼촌이 소리쳤다. 잠시 후 막대 같은 것이 뚝 부러지는 소리가 났다.

"워터링캔!" 누군가 고통 속에 소리쳤다.

"잘했어, 무어커스. 지금 당장 저 아이를 위층으로 데려가라. 움비트님께 데려 가!"

그런 뒤에 다들 떠나버렸다. 우리는 부들부들 떨면서 숨은 장소에서 나왔는데, 바닥에는 죽은 갈매기가 던져져 있었다.

"오, 불쌍한, 불쌍한 터미스." 클로드는 말했다. "모든 걸 멈춰야 해. 문고리를 이리 줘. 이걸 로사무드에게 돌려주고 상황을 지켜보자. 나의 소중한 루시! 내일 밤에 접견실에서 보자."

그는 울면서 내 입술 위에 깊은 키스를 남긴 후 떠나갔다. 나도 양동이와 청소도구를 챙긴 후에 도망치듯 계단을 내려갔다. 벌써 너무 늦었다. 창문에서 아주 작은 햇빛이 비치기 시작했고 하루가 시작되려는 참이었다.

아래층에 내려갔을 때, 부엌에서 아침 식사를 준비하는 소음을 빼고는 평소와 다를 바가 없었다. 이제 나는 안전하다고, 클로드가 해낼 것이라고 믿었다. 문득 그가 좋다는 사실을 새삼 깨닫고 갑작스러운 기쁨이 찾아왔다. 난 클로드 이레몽거를 좋아해. 내일 나는 그를 만날 것이고, 플로렌스 발콤비도 찾을 수 있을 테고, 모든 일이 잘 풀릴 거야.

기숙사의 문을 열었다. 아직 많은 이레몽거들이 잠들어 있었다. 나는 침대 줄을 따라 조용히 움직였고, 드디어 내 침대에 거의 다 왔다. 그런데 내 침대 옆 의자에 누군가 앉아 있었다. 내가 다른 침대를 착각했나 봐. 조금 더 가면 내 침대가 나올 거야. 그런데 내가 지나치려는 순간, 침대 옆 의자에 앉아 있던 사람이 말을 걸었다.

"이제 왔구나, 이레몽거."

그리고 나는 공포에 질려 대답했다.

"안녕하세요. 피그고트 부인."

수난을 겪은 앨리스 힉스

제14장

얼음 양동이

클로드 이레몽거의 이야기는 계속된다

나선형 계단에서

마치 벼룩이나 벌, 작은 파리, 딱정벌레, 쪼그라든 소리들, 왕쇠똥구리, 뿔나방 무리들처럼, 우리는 짧은 시간 동안 펄덕이고, 허둥거리고, 기어다니고, 먹고, 살고, 사랑하고, 그러다 찰나에 모든 것을 마무리하고 숨을 거둔 뒤 흙으로 돌아간다. 인생 전체가 그렇게 짧은 시간 속으로 떠밀려갔다.

오, 루시 페넌트, 그녀는 내가 떠올린 가장 최고의 생각이다. 오늘 밤 난 접견실에서 루시를 만날 것이다. 그리고 '빅토리아 홀리스트'에 앉아 나란히 내 마음을 고백할 것이다.

'애애애..리이스스스 히에에에그시스스스.'

'제임스 헨리 헤이워드.'

"맞아, 앨리스, 지금 가는 중이야." 나는 조끼 주머니에 있는 문고리를 쓰다듬으며 말했다. 그 소리는 너무 희미하고 불안정하게 들렸다. 로사무드 이모가 있는 병동까지는 적어도 30분쯤 걸린

다. 이드위드 삼촌이 범인을 찾기 전에 어서 돌려줘야 한다. 최악의 경우에도 '앨리스 힉스'는 내게 있으니 루시는 안전할 수 있다.

나는 언제나 수호물들의 비명으로 가득한 중앙 계단을 피해 지름길로 가기로 했다. '코르크 따개'라는 별칭이 있는, 뒷편의 나선형 돌계단을 따라 롱 갤러리(원래 플리트강을 가로지르는 지붕이 있는 목조 교량이었다) 방향으로 절반쯤 올라간 후, 다시 반대편으로 내려가면 병동이 나온다(병동은 먼 옛날 세인트 제임스 광장 인근의 터키식 목욕탕을 옮겨온 것이다).

나선형 계단을 빙글빙글 올라가는 동안, 오래된 돌계단에 부딪히는 구두 소리가 멀리까지 울려퍼져 마치 내가 여기 있다고 광고라도 하는 듯했다. 드디어 나선형 계단을 절반쯤 올라가서 문을 열려고 했는데, 어찌된 영문인지 문이 꼼짝하지 않았다. 반대편 문 너머로 이름을 부르는 것이 있었다. 이드위드가 세워둔 보초일까? 아니면 나를 깜짝 놀라게 했던 터미스의 타조일지 모른다. 그때 손잡이가 돌아가더니 문이 열렸고, '로버트 버링턴'이라는 이름이 똑똑히 들렸다.

난 본능적으로 움직였다. 두려움에 떨면서, 정신을 추스를 틈도 없이, 가야 할 방향인 아래쪽 대신에 나선형 계단 위로 정신없이 뛰어 올라갔다. 계단 아래에서는 (아, 내 구두 소리의 메아리이길 빌었건만!) 할아버지의 기차 엔진만큼이나 쿵쾅대는 묵직한 소음이 울려 퍼졌다.

"로버트 버링턴. 로버트 버링턴! 로버트 버링턴!"

그가 누구이든 간에, '로버트 버링턴'이라고 외치는 사물의 소유자가 나를 쫓아오고 있었다. 계단 위로는 더 이상 비상구는 없고 오로지 한때 종탑이 있었던 맨 꼭대기 다락방으로 가는 문밖에 없었다. 나와 제임스 헨리 헤이워드, 그리고 목소리가 점점 약해지는 앨리스 힉스는 수세기 동안 사람들 발에 닿아 반들반들해지고 군데군데 움푹 패인 고대의 계단을 헛디디고 미끄러지며 때로는 네발로 기어 올라갔다. 계단을 내려보면 '로버트 버링턴'의 끔찍한 신음이 바로 한 층 아래로 쫓아오고 있었다. 결국 나는 다락방으로 통하는 문을 열고 악마와 같은 돌계단의 목구멍에서 탈출해 또 다른 위험으로 뛰어들었다.

힙 하우스의 다락방

힙 하우스의 다락방은 박쥐 떼가 내뿜는 썩은 냄새로 절대 방문을 권할 만한 장소가 아니다. 수만 마리의 박쥐떼에게 물어뜯기면 치명적 감염이 일어날 수 있고, 실제로 박쥐에게 물려 광견병에 걸려 사망한 사례가 예닐곱 번은 있었다. '로버트 버링턴'을 뒤로 한 채, 나는 문 앞에 걸린 '무단침입 금지' 표지판이 주는 두려움을 잊고 다락방으로 들어갔다. 가능한 한 천장 위의 바스락거리는 것들을 깨우지 않도록 조심하면서 박쥐의 배설물이 쌓인 바닥 위를 아주 천천히 움직였다. 그리고 약한 형광빛을 띠는, 굴뚝 모양의 거대하고 높은 흙둔덕 뒤쪽으로 숨었다. 다락방 문은 닫혀 있었고 온통 깜깜했다. 아마 로버트 버링턴의 소유자가 여기까지 쫓아오지 않을 것이라고 나는 기대했다. 그래, 이렇게 위태한 다락방까지 올라올 만큼 어리석진 않을 거야.

그때 아주 조그맣게 삐걱 소리가 났더니, '로버트 버링턴'을 가지고 있는 사람이 문간에 서 있었다. 그것은 남자의 형상으로 대략 8피트 정도의 키에 아주 호리호리해서 살집이랄 게 거의 없었다.

"로버트 버링턴?"

내 주머니 속에서 우물쭈물하는 반응이 느껴졌다. 마치 내 마개가 대답하기를 갈망하는 것처럼.

'제임스 헨리 헤이워드.'

'알…알…앨….'

불쌍한 문고리가 말할 수 있는 것은 그게 전부였다.

"로버트 버링턴?" 또다시 소리가 들렸다.

그런데 그 남자의 팔다리가 쭉 늘어나더니 신기한 일이 일어났다. 그에게서 서서히 다른 이름들이 하나둘씩 들리기 시작했고, 그 무수한 이름 사이에 가장 또렷하고 지배적인 '로버트 버링턴'이라는 외침이 들렸다. 에디스 브래드쇼가 말했고, 로널드 레지널드 플레밍과 앨라스데어 플레처가 말했고, 에드윈 브래클리와 아가사 샤플리 양, 그리고 시릴 페닝턴이 말했다. 어떤 이유에서인지 이 남자가 가져온 시릴 페닝턴은 층계 꼭대기에 있던 석탄 양동이였다. 한 사람에게서 이토록 많은 이름이 들리다니. 또다시 이름의 물결이 이어졌다. 매트론 세들리와 톰 패킷트, 제니 로즈 핀레이와 스토커 바나버스, 그다음에는 노비. 마치 숨을 들이쉬고 내쉬는 것처럼, 간간이 들려오는 이름 중에서 살짝 구시렁대는 말투의, 들릴락말락 낯익은 이름이 들렸다. '플로렌스 발콤비.'

플로렌스 발콤비, 왜 그녀의 이름이 들릴까? 나는 너무 놀라 내가 처한 곤경을 깜빡했는데, 그 틈을 타 제임스 헨리가 그들을 향해 큰소리로 외쳤다. '제임스 헨리 헤이워드.' 그러자 모든 이름들의 위로 호응이라도 하듯 또다시 '로버트 버링턴!'이라는 대답이 울렸다. 나는 외침이 들리지 않도록 마개를 손수건으로 감싸고 주머니 속에 깊숙이 넣었다.

저 길쭉한 남자가 내 마개 소리를 들었을까? 게다가 그는 냄새를 킁킁 맡고 있는 듯했다. 나는 대리석으로 만든 조각상이라고 자기 암시를 걸었다. 이 세상 그 무엇도 나를 움직이지 못해.

'로버트 버링턴? 로버트 버링턴? 앨라스데어 플레처? 노비?'

다락방의 한쪽에서 느닷없이 새로운 목소리가 들려왔다.

'프레디 터너.'

'로버트 버링턴?'

희미한 불빛 속에서 뭔가가 내 머리 위를 지나 그 길쭉한 사람에게 곧장 날아갔다. 그리고 그 남자에게 부딪히자 아주 가벼운 딩 소리를 내며 외쳤다. '프레디 터너!'

'로버트 버링턴!' 소리가 환호하듯 더 커졌다.

갑자기 내 마개가 비명을 질러댔다.

'제임스 헨리 헤이워드! 제임스 헨리 헤이워드!'

마개가 저 손발이 길쭉한 사람을 부르고 있어! 그리고 대답하듯 우레 같은 함성이 터졌다.

'*로버트 버링턴! 로버트 버링턴!*'

그다음에 일어난 사건은 훨씬 뒤에야 이해될 정도로 빠른 속도로 진행되었다. 내가 돌아보니, 벌써 그 남자는 사라졌고 입구는 텅 비어 있었다. 내가 공포에 질려 뒤집힌 딱정벌레처럼 네발로 엉거주춤 물러서다가, 끈끈한 회백색 박쥐 점액을 밟고 미끄러졌다. 갑작스러운 움직임에 돌풍이 부는 듯, 천장이 들끓더니 박쥐 떼가 움직이기 시작했다. 나는 계속 발을 헛디뎌 일어서지 못했고, 그 길쭉한 형체가 내게로 다가왔다. '로버트 버링턴'이라는 외침이 화산이 분출하는 것처럼, 또는 대포가 발사된 것처럼 요란하게 자기 존재를 알렸다. 그와 동시에 가스와 약간의 타르 냄새가 흘러나왔다.

'*로버트로버티드 윈미스 노오비 플로렌스 버링턴!*'

모든 것이 갑자기 완전히 어두워졌다.

정말, 확실히, 완전히 '나는 죽었다'라고 생각했다. 적어도 내 생각, 추리, 추측으로는 말이다. 그런데 나는 여전히 숨 쉬고 눈앞에 내 다리와 내 조끼도 보였다. 혹시 내가 살아 있나? 버링턴을 외치는 저 미지의 남자가 발을 구르는 바람에 천장에 잠든 박쥐 떼를 깨워 서로 사투를 벌이고 있었다. 그제서야 나는 허둥지둥 일어나 저 끔찍한 비명과 외침을 뒤로 하고 뛰쳐나갔다. 그리고 우연히 발견한 사다리 위로 올라간 후 눈앞에 나타난 해치를 열어젖혔고, 드디어 힙 하우스의 지붕 위에 도착했다.

모든 *사물의 지붕*

힙 하우스의 지붕 위에서는 아무 소리도 들리지 않았다. 왜냐하면 나는 모든 소리를 들었기 때문이다. 목소리를 가진 모든 사물이 으르렁대고, 통곡하고, 노래하고, 속삭이고, 웃고, 비웃고, 재채기하고, 고함질렀다. 끔찍한 소리의 벽, 거대한 해일. 나는 내향형 인간이라서 창문을 통해 세상을 보는 것이 가장 좋았다. 힙 하우스의 지붕 위에서 나는 귀머거리나 마찬가지였고, 발밑에는 쓰레기 더미가 폭풍우와 함께 소용돌이치고 있었다.

이 높은 경관을 둘러싸고 있는 지붕 위 옥상의 회벽은 새들의 깃털과 배설물로 뒤범벅이었다. 박쥐만큼 위험하진 않아도 성질이 고약한 갈매기와 외발이나 외눈의 비둘기들이 있었다. 갈매기를 화나게 하는 것은 아주 어리석은 일이다. 여기는 결국 이레몽거가 아닌 새들의 집이니까. 나는 둥근 지붕 두세 개를 넘어다니며, 건물 외벽을 타고 일층까지 설치해 놓은 나선형 계단(코르크 따개)을 가는 길을 찾으려고 했다.

힙 하우스 밖의 경치는 전부 형편 없었다. 쓰레기의 봉우리와 골짜기가 끊임없이 떠다니며 무너지고 있었다! 이레몽거들은 이 쓰레기산을 자랑스러워하는 동시에 두려워한다. 내가 이 영광의 광경을 지켜본다면, 앞선 수많은 이레몽거들이 굴복했듯, 저 쓰레기산에 눈이 멀지도 모른다. 둘째 사촌누이 루타는 학창 시절 온갖 괴롭힘과 따돌림, 돌팔매질에 시달리고 모욕적인 말에 상처받아 불행해했다. 그녀는 매일매일을 이곳 지붕에 올라와 위로를 찾았고, 이윽고 저 쓰레기산에 푹 빠져서 온전히 자기를 내맡길 결심을 하고 말았다. 처음엔 그녀는 멋지게 헤엄쳐 쓰레기 더미를 빠져나오는 듯했지만, 이내 은총이 끝났고 그녀는 바닥으로 곤두박질쳤다.

그때 내가 탈출했던 옥상의 해치가 다시 열렸고, 지붕을 뚫고 나온 굴뚝처럼 누군가의 모자가 보였다. 그 낡고 우그러진 모자는 '로버트 버링턴'이라는 남자의 머리 위에 씌워져 있었다. 어떻게 그가 박쥐 떼를 해치웠을까? 매섭게 쪼아대는 갈매기들을 쫓으며 나는 계속 달리고 달려 이윽고 지붕 위의 숲에 도달했다.

지붕 위의 숲

그 숲은 지혜로운 할아버지가 런던 시내에서 모아온 굴뚝 더미로 이뤄졌고, 그중 몇몇 개는 아래쪽으로 가는 통로와 연결되어 있었다. 수천 개의 도미노처럼 세워진 굴뚝 사이를 뚫고 나는 비명을 지르며 내달렸고, 내 뒤로는 갈매기 떼와 길쭉한 남자가 차례로 뒤따랐다. 매번 방향을 바꿔 달렸다. 이번에는 왼쪽, 다음에는 오른쪽, 다시 오른쪽, 또 오른쪽으로 돌아 셋을 셀 때까지 직진했다가 왼쪽, 왼쪽, 왼쪽 세 번 연속 돌았고, 그리고 한바퀴 빙 돌았다. 어쨌든 어디든 숨을 데가 필요했다. 저 앞에 다섯 개의 작은 굴뚝이 이어진 높다란 굴뚝이 솟아 있었다. 그 굴뚝의 뒤로 숨어 나는 헐떡대는 숨을 고르며 기다리고 또 기다렸다. 계속 의문이 떠올랐다. 저 사람은 누구일까? 어디서 왔고 어쩌다 저렇게 기이한 모양이 되었을까?

서너 블록 앞쪽에 그가 다시 나타났다. 그는 굴뚝 몇 개를 밀어 넘어뜨렸고, 높다란 굴뚝 안을 들여다보기도 하고, 좁은 굴뚝에 긴 손을 넣고 새둥지와 갈매기 한두 마리를 꺼내기도 했다. 마침내 나와의 거리는 겨우 굴뚝 두 개만큼 좁혀졌다. 매번 그가 갔다고 생각하고 움직이려 할 때마다, 굴뚝 숲 위로 그의 모자가 다시 등장하는 바람에 옴짝달싹할 수 없었다. 어쨌든 탈출을 시도해야 한다. 저 멀리 나선형 계단으로 이어지는 녹슨 지붕까지 그가 안 보이는 틈을 타서 달려야 한다.

느닷없이 그 남자가 다시 나타났다. 뒷줄 굴뚝에 숨어 있던 모양인데, 굴뚝 위의 화분처럼 보였던 게 그의 모자였고, 굵직한 굴뚝은 긴 다리를 꼬고 잠복해서 기다리고 있던 그의 몸체였다. 그렇게 가깝고 밝은 곳에서 그와 마주치고 나서야, 비로소 나는 깨달았다. 그는 사람이 아니었다.

그 끔찍함. 두려움. 그것은 사물들의 훌륭한 컬렉션이었다. 그것은 파이프, 스프링, 기어, 피스톤 등 금속 부품들로 구성된 기계적인 존재이며, 그 내부에 일종의 엔진이 장착되어 있었다. 그것의 모자는 증기를 내뿜는 긴 파이프에 뚜껑이 달린 것이었다. 그리고 배의 선체에 달라붙은 조개처럼, 큼직하고 두꺼운 금속 파이프에 온갖 사물들, 점토 파이프, 돋보기, 끈이 달린 공, 고무 앞치마 등 잡동사니가 붙어 있었다. 드디어 그것의 얼굴도 똑똑히 볼 수 있었다. 그것은 광택이 도는 황동 접시로, 그 위에는 내가 눈으로 착각했던 도장이 찍혀 있었다. '보험연구소 검수 완료, 5와 1/2갤런 수화용 소화기, 분류 번호 650859.' 그것의 입으로 생각했던 곳에는 훨씬 더 큰 도장이 찍혀 있었다. '소화기를 작동하기 전에 거꾸로 들어 흔드세요.' 코로 보였던 것은 소화기의 긴 검정 호스였고 그 끝에 청동 노즐이 달려 있었다. 그것은 놀랍도록 섬뜩하고 매혹적인 사물들의 컬렉션이었다.

고장이 난 걸까? 내 상상력 때문에 움직이는 것으로 착각을 했나? 나는 손가락을 들어 그것을 쿡 찔러보았다. 그러자 그것의 노즐이 움직이더니 내 냄새를 맡으려는 듯 쿵쿵거렸다. 일단 냄새를 맡자 괴생명체 안에서 무언가 회전하고 쿵쾅거리는 소리가 들렸다. 나는 더 시간을 끌지 않았다. 녹슨 지붕을 향해 몸을 날렸다. 맞은편에서 새들이 쓰레기더미에서 물고 온 바구니가 나를 지나쳐 그것에게로 필사적으로 날아갔다. 지붕 위의 사물들이 사방에서 날아와 '로버트 버링턴'에 부딪히며 합류했다. 그런 과정에서 그 위대한 컬렉션은 점점 더 커졌다. 그것은 다시 일어서서 성큼성큼 전진했고, 걸음을 내디딜 때마다 덩치가 불어났다. 갈퀴, 피스톤, 파이프, 튜브로 이루어진 긴 손은 장애가 되는 굴뚝더미를 사정없이 부쉈고, 노즐 코를 흥분한 듯 마구 휘둘렀다. 그때 피뢰침이 날아와 정통으로 꽂히지 않았다면, 그래서 '로버트 버링턴'이 잠시 쓰러지지 않았다면, 아마 나는 벌써 죽었을 것이다. 어안이 벙벙한 그 순간에 나는 지붕 아래의 녹슨 철제 난간을 붙잡고 아래로 뛰어내렸다. 나는 떨어지면서 계속 비명을 질렀고, 때맞춰 보인 문으로 잽싸게 들어가 힙하우스의 내부로 들어갈 수 있었다.

저택 안으로 들어온 나는 청력이 조금씩 회복되었다. 적어도 내가 질러대는 비명 소리는 들을 수 있었다. 저 괴물은 내가 제임스 헨리와 앨리스 히스를 가진 것을 알고 있었고, 아주 몹쓸 방식으로 빼앗으려 했다. 어떻게 사물들이 저절로 움직일 수 있을까?

클로드, 서둘러야 해. 저 사물들의 컬렉션이 쫓아오기 전에, 빨리 로사무드 이모에게 문고리를 돌려줘야 해. 모든 상황은 문고리와 함께 시작되었으니까, 그래야 힙 하우스의 대혼란이 끝나고 '로버트 버링턴'의 부품이 산산이 흩어지고, 나는 오늘 밤 루시 페턴트를 만날 수 있다. 신이여, 도와주소서! 나는 일어나서 달리고 또 달렸다. 병동을 향해.

병동

하얀 보닛 모자를 쓰고 있는 수간호사 이레몽거가 일곱 개의 시계가 놓인 출입구 책상에서 대기 중이었다. 나는 로버트 버링턴이 오는지 뒤를 계속 흘끔거리면서 기다렸다. 드디어 환자의 호출을 받고 간호사가 신발을 질질 끌며 사라지자, 나는 병실 앞에 붙어 있는 환자 이름표를 일일이 확인하면서 로사무드 이모를 찾았다.

첫 번째 복도와 두 번째 복도를 지나 세 번째 복도에 접어들었을 때, 분주하게 움직이는 간호사들 때문에 커다란 빨래 광주리 뒤에 몸을 숨겨야 했다. 복도에는 이름을 외쳐대는 것들이 너무 많았다. 신음하고, 구슬프게 흐느끼고, 불평하고, 속삭이고, 아파하고, 몸부림 치는 것들. 그 많은 소음 중에 '제랄딘 화이트헤드'라는 이름이 들렸다.

저 문 너머 병실에 이드위드 삼촌이 있다. 그런데 그 소리만이 아니었다. 느릿하지만 진지하고, 똑 부러지지만 심술궂은 '잭 파이크'가 들렸다. 할아버지가 저 안에 계셨다. 불현듯 생애 처음으로 그날 아침 기차가 떠나는 소리를 듣지 못했다는 걸 깨달았다.

할아버지와 그의 타구 잭파이크, 이드위드 삼촌과 그의 코털 집게 제럴딘 화이트헤드, 그리고 정체 모를 고통에 찬 울부짖음.

'퍼시 데트몰드! 퍼시 데트몰드! 퍼시 데트몰드!'

저 병실 안에서 불쌍한 퍼시 데트몰드에게 무슨 짓을 하는 걸까? 나는 살금살금 다가가 열쇠 구멍을 들여다 보았다. 할아버지의 듬직한 등이 보이고, 그 옆에 이드위드 삼촌이 코털 집게를 뭔가 보이지 않는 것에 찔러넣고 있었고 그때마다 그것의 비명은 더욱 커졌다. 이드위드가 자세를 바꿨을 때, 그 모든 고뇌와 불행의 원천이 바로 차망이라는 사실을 깨달았다. 이드위드가 제럴딘으로 상처가 난 차망 하나를 탁자 위에 올려 놓고 긁어대고 있었다.

"항상 네 위치를 지켜야 해, 퍼시 데트몰드." 이드위드의 평소와 다른 냉정한 말투를 들으니, 어딘가 팀피 삼촌과 닮은 구석이 느껴졌다. "그래 봐야 넌 차망이야! 콧수염찻잔에 대해 아무것도 모르는 거야. 넌 움비트님의 소유물이고 앞으로도 그럴 거야!"

할아버지와 삼촌이 왜 차망을 괴롭힐까? 이 저택에는 왜 이런 말도 안 되는 사건이 벌어질까? 먼저 문고리를 돌려줘야 해. 적어도 이드위드가 앨릭스 힉스와 제임스 헨리의 소리를 알아채기 전에.

가까스로 불이 켜진 복도 끝에서 '이레몽거, 로사무드'라는 이름표를 발견했고, 그 안으로 들어가 재빨리 문을 닫았다. 그곳은 의자, 탁자와 침대가 하나씩 있는 소박한 병실이었다. 의자에는 '런던 스트레인저 클럽의 소유물'이라는 글자가 적혀 있었다. 너무 지쳤는지 아무 소리도 내지 않는 앨리스 힉스를 그 의자 위에 올려두고, 나는 로사무드 이모에게 인사를 건넸다.

"안녕하세요, 저, 클로드에요. 드릴 게 있어서 왔어요. 여기 의자 위에 놓을 게요. 이모가 보면 아주 기뻐할걸요. 듣고 계세요?"

침대에서는 어떤 반응도, 어떤 움직임도, 어떤 소리도 없었다. 침대 시트와 담요, 베개가 널려 있을 뿐이다. 내가 기억하는 바로는, 그녀는 늘 화내고 문고리를 휘둘러대는 사람이었다. 조금씩 침대 위의 이불더미가 눈에 익기 시작했다. 침대 시트와 베개, 담요, 그렇게 조금씩 이불 더미에서 어떤 모습을 그려낼 수 있었다. 침대 위에 흩어진 이불 더미가 로사무드의 모습을 띠고 있다고 해야 할까? 그리고 나는 현실을 아주 확실히 자각했다.

"로사무드 이모! 이모가 침구로 바뀐 거예요?"

오, 나의 이모, 베갯잇이여! 오리 솜털이여! 제발 도와줘요! 나는 이불 속에 있는 이모를 찾으려고 침구를 샅샅이 뒤지고 홑청 속의 충전재를 모두 꺼냈지만, 아무데도 이모는 없었다. 침대에 남은 것이라곤 얼음을 담아두는 철제 양동이, 슬픈 모습의 차가운 양동이뿐이었다. 그리고 아주 작은 소리를 들었다. 아, 양동이가 '로사무드 이레몽거'라고 외치고 있었다. 나는 더 이상 부인할 수 없었다. 그녀는 얼음 양동이가 된 것이다.

그런데 또 다른 목소리가 들렸다. "이봐요."

그 새로운 목소리는 바로 저 의자에서 들려왔다. 올이 뜯긴 낡은 원피스를 입은 아주 작고 더러운 소녀였다. 쓰레기산에서 방금 돌아온 듯한, 가련하고 배고파 보이는 부랑자 소녀 같았다. 이

개구쟁이 소녀는 처음 봤는데도 어딘가 친숙하게 느껴졌다. 잔뜩 헝클어진 머리는 매우 단단하고 둥근 짱구였고, 꽤 반짝거렸다. 그녀가 물건이라면, 마치…

그 순간 그녀가 이름을 말했다.

"난 앨리스 힉스라고 해."

그리고 나는 의식을 잃었다.

가정부 클라르 피그고트와 집사 올버트 스터리지

제15장

코르셋과 선박 랜턴

루시 페넌트의 이야기는 계속된다

침대 옆에 앉아 있는 사람을 향해 인사했다.

"좋은 아침이에요, 피그고트 부인."

"내가 너라면 '나쁜 아침이에요.'라고 인사하겠다. 오늘이 네 인생에서 가장 최악의 아침이 될 테니까. 그동안 어디에 있었니?"

"위층에요. 벽난로를 청소하러…."

말을 채 마치기 전에, 피그고트 부인이 내 얼굴에 따귀를 올려붙였다.

"아니지. 그런 얼토당토않은 변명은 허용하지 않겠어. 다시 묻겠다. 넌 어디에 있었지?"

"위층이요, 전 벽난로에서…."

또다시 그녀의 손이 날아왔다. "다시 물을 테니 주의 깊게 답변하렴. 나는 애정이 깊고, 따뜻하고, 활기찬 사람이야. 하지만 감정이 북받치면, 부글부글 끓어오를지도 몰라. 더 이상 벽난로라는 대답은 안 돼. 넌 벽난로에 불을 지펴놓지도 않았고, 아예 손도 대지 않은 것도 있었지. 자, 이제 말해라. 어디에서 무엇을 했지?"

기숙사에 있는 이레몽거들은 내 입술에 흐르는 피 냄새에 깨어나 눈치를 살피며 구경하고 있었다.

"피그고트 부인, 사실은… 길을 잃었어요."

"한 번도 길을 잃은 적이 없었는데, 왜 이번엔 길을 못 찾았지?"

"소리가 났어요. 아주 끔찍하고 묵직한 금속음에 쉬잇, 덜커덕 소리요. 너무 무서워서 이리저리 도망칠 수밖에 없었어요."

"이런, 집회를 봤구나. 안 그래도 집회가 있는 곳을 찾고 있었는데… 판이 너무 커지기 전에 집회를 막아야 해."

"집회라고요? 피그고트 부인?"

"파이프, 호루라기, 놋쇠 튜브, 손잡이, 볼트 등 수천 개의 조각들이지. 그것이 곳곳의 물건들을 도둑질하고 모아들여서 자꾸 커지거든. 목격자 신고가 한 건 있었는데, 또다시 사라졌대. 넌 어디서 봤니?"

"3층 클립 룸 앞에서요."

"클립 룸? 거기서 뭐한 거야? 넌 거기 있으면 안 돼. 그곳에선 추잡한 일이 벌어져. 기만적이고 고약하고 반역적인 일. 내 말이 틀리면 내 성을 갈겠다. 조금 전부터 네가 싫어지고 있어. 아예 경멸스러울 정도야." 그녀는 내 뒷덜미를 꽉 꼬집었다. "어쨌든 네가 집회를 봤다면, 신고를 해야지. 함께 가야겠다."

"내 목! 너무 아파요" 나는 울었다.

나는 당황해서 버둥거렸지만, 그녀는 나를 끌고 스터리지 집사의 거실로 갔다. 다행히 장님은 없었다. 험악한 표정의 도시 이레몽거들이 집사를 둘러싸고 있었고, 몇몇은 황동 소방 헬멧을 쓰고 있었다.

"애가 집회를 봤대요!"

피그고트 부인은 방에 들어서자마자 선언했다.

"어디서? 언제?" 다들 열성적으로 소리쳤다.

"3층 클립 룸에서 봤다는군요."

"그게 언제였어? 이레몽거? 본 지 얼마나 지났어?"

"두 시간 전인 것 같아요." 내가 대답했다.

"두 시간이라! 그것이 이동 중이네!" 한 남자가 울부짖었다. "위층으로 올라가고 있나 봐."

"아직 거기 있을지도 몰라. 망치를 잡아. 쇠지레, 역도랑 화약도 가져가자. 폭탄 뇌관을 챙기고 커다란 자석도 필요해! 어서 위로 올라가자!"

도시 이레몽거들은 온갖 중장비를 챙겨 방에서 뛰쳐나갔고, 나는 피그고트 부인과 스터리지 씨와 함께 남겨졌다.

"이런, 힙 하우스가 산산조각 나겠군. 저들은 무기를 총동원할 테고, 더구나 이 집에 대한 이해와 사랑이 전혀 없으니까."

"이제 이 아이는 필요 없겠죠? 올버트, 애가 위층을 돌아다녔어요. 벽난로를 치우지도 않고요."

"그건 풋내기나 하는 비열한 짓이야." 집사가 엄숙한 목소리로 꾸짖었다. "예측 불가능한 낮과 밤이여! 오, 방황하는 이레몽거여! 왜 네가 걸어서는 안 될 길을 걸었지? 자, 방랑자여! 어디를 탐험했니? 물론 이레몽거 파크는 참으로 웅장하지. 무엇이 너를 흥분

시키고, 숨 막히게 하고, 경탄을 자아냈을까? 한 번 말해보렴. 이 거대한 저택에 대한 멋진 평가를 듣고 싶구나."

그의 말은 돌 위에 새긴 조각상처럼 엄숙했지만, 가정부의 바가지 긁는 소리보다 훨씬 온화하고 내가 원했던 관용의 정신이 있었다. 뭔가 좋은 이야기를 들려줘서 그를 만족시키고 싶었고, 무엇보다 그의 호의를 통해 이 상황을 해결하고 싶었다.

"전 봤어요. 클립룸에 가위가 수백 개나 걸려 있었어요."

"오, 그래. 이레몽거의 손톱은 가끔 거칠고 휘어져서 날카로울 때가 있지. 하지만 클립룸엔 손톱을 다듬고 정리하는 도구들이 완비되어 있어. 또 뭘 봤지?"

"가죽 좌석이 있는 흡연실도 봤어요. 아주 먼 곳의 냄새가 났어요."

"스모그 룸이군. 터키와 아프리카에서 수입한 아라비아 향수란다. 아주 정확한 표현이야. 또 뭘 봤니?"

"대리석 바닥이 깔린 커다란 홀과 아름다운 보물이 가득찬 거대한 서랍장을 봤어요."

그런데 마지막 자백은 뜻하지 않은 결과로 이어졌다.

"그녀가 마블 홀에 갔어. 마블 홀의 벽난로에!" 집사가 소리쳤다.

"마음에 안 드는 아이라고 말했잖아요. 이건 불법 침입이에요." 피그고트 부인이 말했다. "마블 홀에 있는 건 진짜 벽난로가 아니야. 브릭스가 만든 벽난로 모형이지. 거기는 불씨도, 무단침입도 금지된 곳이야!"

"죄송해요, 스터리지 씨, 피그고트 부인. 그게 아니라…"

"배은망덕해라. 도둑질하는 작은 해충!"
피그고트가 소리를 질렀다.
"과거엔 상상도 못할 일이야!" 집사가 이마에 땀을 뻘뻘 흘리며 큰소리로 탄식했다.
"너는 거기에 속하지 않아. 그 대리석을 네 발자국으로 더럽히다니! 오, 고대의 폐허처럼 난 무너질 거야. 나의 기반이, 굳건한 요새가 붕괴되었어. 모두 끝장이야!"
"올버트, 지금 쓰러지면 안 돼요. 약은 어디에 뒀어요?"
"세 번째 층." 그가 숨을 헐떡이며 말했다. "그리고 두 번째 방."
가정부는 방을 뛰쳐나가는 대신, 집사가 부른 주소에 따라 그의 두 번째 조끼 주머니에서 뭔가를 꺼냈다. 그건 감초사탕 같았고, 그는 천천히 사탕을 빨아먹었다. 그녀가 찬장에서 랜턴을 꺼내주자, 그는 마치 자기 목숨이라도 달린 듯 랜턴을 꽉 부여잡고 평정심을 되찾으려 했다.
"불쌍한 집사에게 네가 한 짓을 봐라. 한밤의 도둑년, 그가 얼마나 화났는지 보라고."
"오, 피그고트, 저 아이는 죽음을 부르는 딱정벌레야. 내 생명을 갉아먹었어!"
"우리는 너를 받아들여서 집과 잠자리를 줬어. 너는 의무와 본분이 있었고 애정도 충분히 받았어. 그런데 그 대가는? 넌 우리의 사랑에 침 뱉고, 친절함을 저주하고 명성을 짓밟았어."
"이 저택 전체가," 집사가 끼어들었다. "너를 증오해. 모든 방, 문, 마룻판자, 창문 할 것 없이 전부 널 미워한다고!"

"너는 리넨에 묻은 얼룩이야. 아무리 문질러도 지울 수 없어."

"당장 그만둬요!" 그들의 호된 질책에 나는 더는 참을 수 없었다. "이제 제가 말할 차례에요. 당신들의 귀중한 마블 홀을 둘러봐서 유감이군요. 하지만 돌이킬 수도 없어요. 그러니까 저를 필칭에 보내 주세요. 여길 그만둘래요!"

"네가 그만둔다고!" 피그고트가 고함쳤다.

"네. 그냥 제가 기차에 오르게 내버려두면 돼요. 그럼 모든 것이 끝이죠. 하지만 제가 떠나기전에, 말할 게 하나 있어요."

"세상에, 조건이 있다니!" 스터리지가 중얼거렸다.

"실종된 이레몽거, 저와 함께 기숙사에 있던 소녀를 원해요. 그녀와 함께 떠나게 해 주세요."

"어떤 이레몽거? 누구를 말하는 거야?"

피그고트는 이제 닳은 이빨을 드러내며 웃기 시작했다.

"당신도 알 텐데요. 그녀의 침대를 가져가고, 소지품을 불태웠지만, 식당에서 제 옆자리에 앉았던 친구 말이에요."

"네 말에 증인이 있니? 입증할 만한 사실 말이야."

"그녀는 이름이 있어요."

"오, 이름이 있다고? 설령 그렇더라도, 어떤…" 피그고트는 마지막 단어에서는 당황했다. "… 이레몽거일까?"

"그녀의 이름은 플로렌스 발콤비."

그 이름이 해냈다. 그들은 깜짝 놀랐다. 피그고트 부인은 눈을 휘둥그레 뜨고 턱이 벌어져 더욱 못나 보였다. 이번에는 집사가 도와줄 차례였다. 스터리지는 그녀의 허리춤에 있는 작은 주머니에서 금속병을 꺼냈다(놋쇠 광택제라는 글자가 적혀 있었다). 그리고 병마개를 뽑아 가정부의 코 아래에 흔든 다음, 그녀의 등 뒤에서 무언가를 풀었다. 알고 보니 그녀가 꽉 졸라맨 코르셋을 벗겨 준 것이었다. 그녀는 수호물인 코르셋을 건네받자, 다시 기력을 회복했다.

"분명히 말하건대, 플로렌스 따위는 없어. 그리고 여긴 마음 내키면 왔다갔다하는 곳이 아니야. 선술집 따위가 아니라고."

피그고트가 말했다.

"하인 이레몽거가 여길 그만둔 적은 없어. 다른 근무지로 이동할 뿐이지. 힙 하우스에는 어둡고 깊은 장소들이 아주 많이 있지." 집사가 선언하듯 말했다. "이 저택의 지하가 얼마나 깊은지 아니? 쓰레기산에서 흘러온 침출수로 가득해서, 나는 매일 균열을 관찰하고 점검해야 해. 잘못하면 사람이 빠져 죽을 수도 있거든. 그래서 힙 하우스는 '땅끝의 집'으로도 불리지. 그런 곳이 앞으로 네가 갈 곳이야."

"이곳에 저를 붙잡아 둘 수는 없어요. 나가게 내버려둬요." 내가 소리쳤다.

"좋아, 쓰레기산으로 나가라. 이제 이 집에서 네가 할 일은 없으니까." 피그고트가 단호하게 말했다.

"제게 강요할 수는 없어요. 위층 이레몽거에게 말할 거에요. 절 도와주고 기차에 태워줄 거라고요."

"너, 지금 위층 이레몽거와 얘기했다는 거야?"

집사는 분노로 부들부들 떨었다.

"아주 많아요. 매일 밤! 심지어 손도 잡고 키스도 했어요. 클로드 이레몽거가 내 친구에요!"

"클로디어스 주인님? 아이리스의 아들? 움비트님의 손자?" 피그고트가 헐떡였다.

"그의 수호물은," 나는 결정적인 선언을 했다. "욕조 마개!"

"아, 나는 사표를 내야 할 거야." 집사는 신음했다.

"안 돼요. 올버트." 피그고트가 말렸다. "진실이냐 거짓이냐는 중요하지 않아요. 이 끔찍한 아이가 하는 말을 아무도 들어선 안 돼요. 지하실보다 더 최악인 곳으로 내보내야 해요. 300야드?"

"이런 날씨에?"

"안 될 건 또 뭔가요?"

"그래, 클라르, 아니, 500야드로 해! 그래도 그녀가 돌아오면, 1마일, 다음엔 2마일로 하자. 템즈강만큼 줄을 길게 하면, 결국은 그 줄을 놓치고 대서양까지 흘러가도록! 그녀의 닻은 아주 작고, 깃털처럼 가벼운 걸로 해!"

"전 필칭으로 돌아갈래요!"

"그럼 줄을 끊고, 직접 걸어가든가." 피그고트가 말했다. "결국 넌 쓰레기산에서 길을 잃을 거야. 저 밖에 나가면, 너는 모래알이나 마찬가지야. 곧 실종될 수밖에." 집사가 벨을 울렸.

문을 두드리는 소리가 났고, 두 명의 이레몽거들이 들어왔다.

"이 이레몽거를 쓰레기산으로 보내. 500야드! 닻은 가벼운 걸로! 지금 당장! 정오의 종이 울릴 때!"

♠

내가 발버둥쳤지만, 그들은 나를 더러운 가죽 앞치마를 두른 이레몽거들에게 넘겼다. 위층에 있는 두 개의 검은색 문 앞에 데려갔다. 문이 열리자, 진동하는 악취가 망토처럼 우리를 덮었고, 짙은 안개로 한 치 앞도 가늠할 수 없었다. 밖으로 떠밀려 나갔다. 차갑고 음습한 공기가 피부까지 끈적끈적하게 해 다시는 깨끗해지지 않을 것 같았다. 하늘은 아주 조그맣게 보였고 어두운 비구름 사이로 높은 쓰레기산이 보였다.

"이제 곧 정오의 종이 울릴 거야. 준비됐나?"

가죽옷을 입은 이레몽거가 소리쳤다.

바깥에는 이레몽거들이 꽤 많았다. 모두 가죽옷을 입고, 헬멧과 두꺼운 장갑을 끼고, 양동이, 갈퀴, 커다란 그물과 삽을 들었다. 남녀 할 것 없이 근육이 발달했으며, 얼굴에는 주름과 흉터 딱지가 있었다.

"다들 잘 들어." 작업반 대장이 말했다. "작업도구를 잘 챙기고, 위험할 것 같으면 주저하지 말고 닻을 던져라. 줄은 30야드 미만으로 하고 더 길면 안 돼."

"이 아이는 스터리지 씨가 보낸 급행입니다."

"음, 얘는 신참인가? 바깥에서 너를 본 기억이 없는데. 신참이 시작하기 좋은 날씨는 아니야. 최대한 벽에 가깝게 붙어라."

"실례지만, 특별 지시를 받았습니다. 밧줄은 500야드, 닻도 따로 주라고 했어요."

"500야드? 이런 날씨에?"

"네, 대장."

"정말 고약한 짓이지만, 명령에 따라야지. 대신 튼튼하고 무거운 닻을 골라줘."

"실례합니다. 대장, 닻은 저 아이로 하라고 따로 지시받았어요."

"저 닻이라고, 확실해?"

"네, 맞습니다."

"이건 살인이야! 부관, 밧줄이 튼튼하게 네가 직접 묶어줘라."

그들이 말하는 닻은 아이였다. 내 추측으로는 열 살이 채 되지 않은, 더러운 기름때에 바싹 여윈 소년이었다.

"냄비 뚜껑만 살짝 열어본 게 전부에요. 그 찻잔이 도망갈 줄은 몰랐어요. 그런데 쓰레기산으로 쫓겨나다니, 이게 공정한가요?"

"네가 그랬니? 네가 그 부엌에 있던 소년이야?" 내가 물었다.

"다들 조용히! 네가 뉴게이트 감옥의 죄수들을 몽땅 풀어줬다고 해도 상관없어. 어쨌든 네가 닻이니까. 밧줄을 꽉 묶어라. 그리고 몸무게를 늘려야 해. 10파운드짜리 추를 옆구리에 매달면, 도움이 될 거야. 어때, 대단한 친절이지?" 대장이 말했다.

"감사해서 눈물 나겠네요. 전 누구의 닻이 되죠? 밧줄 길이는요?" 소년이 씁쓸하게 말했다.

"쟤야. 밧줄은 500야드." 가죽옷 입은 남자가 말했다.

"세상에! 넌 골칫거리 친구들과 무슨 사고라도 쳤니? 도대체 뭘 했길래?" 소년이 물었다.

"위층 이레몽거와 키스했어."

"이건 옳지 않아. 왜 나까지 대가를 치러야 하지? 난 누구와도 키스하지 않았는데. 네가 줄을 너무 잡아당기면, 최대한 버텨보겠지만 여차하면 내가 밧줄을 자를 수밖에 없어. 나쁜 감정은 없지만 나도 살아야 하니까."

"모두 입 다물고, 종이 울리기 전에 장비를 챙겨!" 대장이 발을 구르며 고함쳤다.

갈고리에는 커다란 놋쇠 헬멧들과 바람 빠진 사람들처럼 보이는 것이 걸려 있었다. 그건 고무로 만든 바디슈트로 예전에 필칭에서 봤던 가죽옷보다 훨씬 두껍고 음산해 보였다. 슈트 위에는 짐승의 날카로운 발톱 자국처럼 바느질로 기운 곳이 너무 많았다. 그게 무엇이든 저 두꺼운 슈트를 뚫는 데 성공한 듯했다. 이 옷을 입었던 사람은 지금 어떻게 되었을까?

대장은 주머니 속에 고양이를 넣듯 나를 들어 슈트 속에 밀어넣었다. 난 비명을 질렀지만 벗어날 수가 없었다. 그는 나에게 헬멧을 씌운 후 머리 위의 나사를 고정했다. 내 허리에 뭔가를 단단히 묶고 내 헬멧의 둥근 유리창을 열고 소리쳤다.

"500야드! 인양품을 가지고 돌아와야 해. 최대한 많이, 그리고 빨리. 하지만 빈손이라면, 곧장 다시 보낼 거야. 알겠나?"

나는 고개를 끄덕였다. 그리고 줄지어 대기 중인 이레몽거들의 뒤로 섰다. 나의 닻은 다른 닻들보다 체구가 작은 데도 밧줄을 잔뜩 짊어진 데다가 무거운 추를 하나 더 들고 있었다.

"모두 준비됐나? 힘내라, 친구들. 벽에 바짝 붙어!"

대장이 외쳤다. 그가 들고 있는 긴 금속 호루라기에는 '광역 경

찰대를 위한 특허품, 제이 허드슨 회사. 버밍엄, 바 스트리트 244번지.'가 쓰여 있었다. 아마 쓰레기산에서 주운 것 같았다.

모두 막대기와 양동이를 치켜들고 준비를 마쳤다. 벨이 다시 울렸다. 대장이 호루라기를 불었다.

"20명 앞으로! 문을 열어라!"

성문이 열렸다. 이레몽거들은 앞으로 돌진했고, 나는 비틀거리면서도 가능한 한 그들과 보조를 맞추었고, 내 뒤로는 닻이 뒤따랐다.

쓰레기산 속으로.

이레몽거 가문의 수장, 움비트 이레몽거

제16장

은제 타구

클로드 이레몽거의 이야기는 계속된다

방문객

눈을 뜬 곳은 병동의 침대였다. 마개는 내 가슴 위에서 겁먹은듯 아주 희미하게 속삭였다. 처음에는 루시가 생각났고, 그런 다음 굴뚝에 있는 로버트 버링턴이 생각났다. 그리고 '퍼시 데트몰드'라는 차망이 지른 비명, 무엇보다 최악은 로사무드 이모의 양동이와 그리고…

"앨리스 힉스!" 나는 소리쳤다.

"여기에 그런 이름을 가진 사람은 없다."

어두운 방 귀퉁이에 누가 앉아 있었다. 검은 양복을 입은 덩치 큰 남자는 로버트 버링턴의 굴뚝처럼 높은 중절모를 쓰고 있었다. 하지만 그렇게 마르지도, 키가 크지도 않았다.

"누구세요?" 내가 물었다.

그때 수호물이 내는 소리를 들었다. '잭 파이크.'

잭 파이크는 할아버지의 수호물 은제 타구의 이름이었다. 움비트. 우리의 법전이자 공포. 이레몽거의 세상에서 그분의 결정 없이는 태양이 떠오르지 않으며, 어떤 움직임과 숨소리도 허용되지 않는다. 우리가 어둠 속에서 어둠의 예복을 입고 살아가도록 허락하신 분이 바로 그분이다.

"진짜로 할아버지세요?" 나는 희미하게 속삭였다.

"할아버지가 곤경에 빠진 손자를 병문안하는 건 지극히 당연하지 않니?" 여전히 으슥한 귀퉁이에서 움비트가 말했다.

"뵙게 되어 기뻐요, 할아버지. 혹시 제가 아주 오래 기절했나요?"

"세계의 역사와 비교한다면 긴 시간은 아니지. 이레몽거의 역사에서 고작 몇 시간이었으니까."

"할아버지, 전 앨리스 힉스라는 소녀와 양동이를 봤어요."

"클로드 이레몽거, 집중해! 저기 네 옆의 탁자 위에 있는 것 좀 열어볼래?"

탁자 위에는 갈색 포장지로 싸인 꾸러미가 놓여 있었다. 나는 그걸 집어 묶인 끈을 풀었다. 그 안에는 뭔가 접혀 있었다. 새롭고 깨끗하고 어두운 것.

"긴바지네요! 이렇게 빨리요?"

"왠지 넌 실망한 것 같구나."

"아뇨, 전 여섯 달 후에나 긴바지를 입게 될 거라고 생각했어요. 그러면 피날리피와 결혼하게 되나요?"

"곧 그래야겠지. 너는 이제 도시로 갈 거야. 가문의 부름을 받았어."

"도시라고요? 하지만 전 병약해서 힙 하우스에 있을 거라고 들었어요."

"분명히 여러 말을 들었을 거야. 하지만 그건 너를 보호하고 다른 사람을 위해서였어."

"할아버지, 여쭤봐도 될까요? 그 소녀는 누구예요? 로사무드 이모의 병실에 있던 낡은 옷을 입은 소녀 말이에요." 머리가 빙빙 돌고 수많은 생각이 들락날락하며 쾅쾅 찧어대는 듯했다.

"그 질문은 아직 안 된다. 다른 것을 물어보렴."

"할아버지, 제가 도시에서 잘 지낼 수 있을까요?"

"글쎄, 넌 쉽게 아프고 부서질 수 있어. 하지만 감수성이나 통찰력이 매우 남다르지."

"제가 아파서요?"

"네가 사물의 소리를 듣기 때문이야. 그렇지 않니?"

"네, 저는 사물의 소리를 들어요. 사방에서 아주 작은 목소리가 너무 많이 들려요. 때때로 제가 듣는 것 때문에 다칠까 봐 두렵기도 해요."

"말해보렴. 네게 무슨 말을 하지?"

"음, '제임스 헨리 헤이워드'라고 말하는 것은 내 마개이고, 할아버지의 타구는 '잭 파이크'라고 말해요."

"이건 뭐라고 할까?" 할아버지가 동전을 꺼내 침대에 놓았다.

"음, 이건 그냥 동전이에요. 전혀 아무 말도 하지 않아요."

"그러면 이것은?" 그는 이번에는 작은 조약돌을 올려놓았다.

조약돌을 귀에 대어 본 뒤, 나는 말했다. "이것은 이렇게 말해요. '피터 월링포드. 월요일부터 금요일 오전 10시부터 오후 4시까지 영업함. 예약은 필수. 세 번 노크하세요.'"

"잘했구나, 클로드. 나는 네가 아기 때부터 듣는 재능이 있다는 것을 알았지. 다만 알리버가 이런 일을 알거나 관여할 필요는 없다고 생각했을 뿐이야."

"할아버지, 앨리스 힉스는 문고리가 아니라 소녀였어요! 제가 목격했어요. 오, 도대체 로사무드 이모와 이 세계에 무슨 일이 일어난 거죠?"

"침착해라! 클로드! 내가 너에게 깨달음을 주마. 이제 드디어 때가 됐구나."

그때 쉿 하는 소리와 함께 가스램프가 켜졌다. 할아버지가 어떻게 했을까? 그저 살짝 움직였을 뿐인데, 램프가 켜졌다. 방은 심해 밑바닥처럼 가스와 기름의 위험한 냄새가 났고, 깎아낸 듯한 절벽과 부서진 돌들의 잔해와 쓰레기 더미 한가운데에서 가장 위대한 할아버지, 핼쑥하고 시들은 얼굴의 쓰레기 제국 황제가 입을 열었다. "이제 이야기를 시작하자."

갑자기 그의 주머니에서 온갖 물건들이 튀어나오더니 갈팡질팡하고 좌충우돌하며 날쌔게 돌아다녔다. 할아버지가 똑바로 앉아 있는 동안, 작은 컵, 나이프, 포크, 냅킨, 바늘들, 핀들, 나사와 단추들이 그의 커다란 장화 양쪽으로 대열을 만들었다.

그러자 그의 코트 안주머니에서 커다란 검은 석판이 나타나더니 몇 차례나 재주넘기를 하면서 마루를 가로질러 내 침대 발치로 올라왔다.

"할아버지가 어떻게…? 사물들이 저절로 움직여요!"

"모든 사물은 겉보기와는 다르지. 이 네모난 까만 석판은 우리의 극장이자 삶의 현장이야. 이제 너에게 이레몽거 가문과 그 수호물들의 역사에 관해 보여줄 거야. 잘 보렴."

"아주 옛날 어떤 주머니칼이 있었다." 할아버지의 설명처럼 접이식 주머니칼이 앞으로 나섰다. 마치 노인이 다리를 질질끄는 것처럼, 주머니칼은 앞뒤로 움직여 금세 석판 앞에 도착한 후, 골똘히 생각에 잠긴 듯 보였다.

"가장 으뜸인 이 수호물은, 먼 옛날 위대한 선조 셉티무스 이레몽거가 세례 선물로 받은 것이다. 그때까지는 우리 가족은 무일푼인 넝마주이였다. 하지만 셉티무스님은 다른 이들로부터 고혈과 돈과 재산을 착취하는 데 천재였다."

이때 아주 슬퍼 보이는 단추들이 침대로 뛰어올랐고, 주머니칼은 그것들을 괴롭히고 찌르고 할퀴며 쓰레기로 만들었다.

"우리는 셉티무스님의 영도 아래 남들이 실패한 그 지점에서 출발했다. 그렇게 해서 우리는 성장하고, 그들은 움츠렸다. 우리는 더 많은 공간을 차지했고, 그들은 더 비좁은 곳에 살았다. 우리는 그들이 진 빚을 전부 사들여 우리의 것으로 삼았다. 사람들이 징징대며 읍소하면, 우리는 눈물 따위에 흔들리지 않고 그냥 빌게 두었다. 그들이 침을 뱉거나 저주하면, 우리는 벌금을 물렸다. 우리를 공격하는 놈들은 감옥으로 보냈다. 다시 말해, 위대한 셉티무스께서 런던의 쓰레기 더미 속에서, 더러운 진흙 속에서 작고 가치 있는 것들을 찾아낸 거야. 그는 칼로 자신의 살점을 베어 이레몽거의 피를 오물 위에 뿌렸다. 그래, 그 이후로 우리는 계속 그렇게 해 왔어."

할아버지의 마지막 대사에 대한 반응으로, 몇몇 크고 작은 물건들, 광택이 나거나 녹슨 물건들이 내 앞에서 절을 하고 내려갔다. 그렇게 석판은 다시 텅 빈 무대가 되었다.

사물을 믿지 말아라

"셉티무스님의 유언에 따라, 우리는 런던의 모든 쓰레기를 사들여 이곳으로 옮겨왔다." 할아버지는 석판 중앙에 형성된 작은 흙더미를 가리켰다. "우리가 모든 부서지고 버려진 사물들을 떠맡았어. 누구에게든 경멸받는 우리 가문이 런던의 쓰레기들을 전부 떠맡았어."

작은 흙더미는 석판만한 크기로 커졌고, 점차 그 경계를 넘어 침대 아래쪽을 거의 차지했다.

"역겹고 고약한 냄새, 산산이 갈라진 냄새, 태엽을 너무 감아 망가지거나 녹슨 부품들, 못생기거나 독이 든 것들. 이 폐품들을 우리는 위대한 사랑으로 품었다. 우리가 소유한 모든 것은 더럽고, 먼지가 쌓여 있고, 곰팡이가 슬고 악취를 풍기지. 우리야말로 곰팡이계의 거물이야."

흙더미는 내 침대를 거의 뒤덮고, 침대 옆쪽으로 쏟아져 방 전체를 채울 것 같았다. 그래서 할아버지의 모습은 보이지않았지만, 그의 말은 계속되었다.

"우리는 여기로 이사온 후 버려진 재화를 재활용해 힙 하우스를 세웠다. 가령 런던 사람이 버린 폐품과 뼛조각, 폐지, 잔반들에서 우리는 이득을 취했다. 그런데도 그들은 우리를 미워해. 우리가 비열하고, 도깨비처럼 탐욕스럽고, 사상이 진부하고, 사랑이 적다고 비난하면서 그걸 '이레몽거답다'라고 표현하더군. 심지어 우리가 필칭을 벗어나지 못하게 금지해서 더러운 쓰레기 성벽 안에 머물러야 한다. 클로드, 런던 사람들이 뭐라는지 아니? 이레몽거들이 필칭을 떠나면 런던이 멸망한다라고 주장해."

점차 거대해진 흙더미가 온 방으로 퍼져나가 거품이 일고 내 주위까지 잠식되었다.

"할아버지, 절 도와주세요. 멈춰주세요!"

"우리의 집은 이곳이야. 사물들이 그림자 속에서 숨어서 짐승처럼 기어 다니는 이 땅, 가장 가난하고 불가사의한 필칭 자치구, 거기서 더욱 외딴 쓰레기산 한가운데 있는 힙 하우스 말이다."

이제 흙더미, 부서진 잡석들, 악취 나는 폐품이 내 목까지 차오르고 있었다.

"할아버지, 저 빠져 죽을 거예요!"

내 턱까지 쓰레기가 차올랐다. 별안간 모든 더러운 것들이 사라지고, 오로지 할아버지와 나, 둘만이 병실에 있었다.

모든 사물의 길

"클로디우스 이레몽거, 마지막까지 집중해라." 할아버지가 부드러운 목소리로 말했다. "필칭으로 온 것은 런던의 쓰레기뿐이 아니야. 쓰레기를 운반하고 분류하고 재활용하기 위해 많은 가난한 사람들이 몰려 왔어. 영양실조이거나 불운하거나 범죄를 저질렀거나 빚에 시달리는 사람들, 외국인이거나 술에 취한 자들."

사람과 비슷한 모습으로 매듭지어진 천 조각들이 석판 위로 옹기종기 모여들었다.

"지혜로운 이레몽거들이 그들에게 일을 주었다. 생계를 꾸려도 결코 쓰레기산을 벗어날 수 없는 푼돈을 주면서. 그런데 쓰레기가 너무 많아지면서 그 공기를 마시고 살갗이 베인 피가 섞이면서 무언가 잘못되기 시작했다. 어떤 사람들은 칼에 베인 것처럼 얼굴에 금이 가기 시작했고, 또 때로는 녹슨 기계처럼 동작이 멈추곤 했다. 그들은 일단 실종자로 처리되었고, 우리는 연쇄 살인범에 대한 소문을 퍼뜨리고 시장에 싼 증류주를 대량으로 공급하면서 사태를 해결하려 했지. 그런데 실종자들의 빈 자리에 사물이 나타나기 시작했다. 예를 들어 어젯밤 멀쩡하게 잠자리에 든 남편이 사라졌는데, 침대 위에 빨래 방망이가 있는 것처럼. 그 열병은 계속 유행했고, 한 달에 두 명꼴로, 어떤 때는 훨씬 많은 사람들이 사물로 바뀌고 말았다."

"우리는 노동자들을 달래기 위해 자선을 베풀었다. 생계와 노약자의 부양은 힘들고, 빈민가는 늘어나고, 인구 밀도가 너무 높아졌으니 말이다. 그래서 우리는 가난한 가족이 어리거나 병약한 아이들을 베이리프 하우스로 보내면 그 대가로 돈과 티켓을 주었다. 특히 티켓은 잃어버리면 나중에 돈이 있어도 사람을 반환받을 수 없으니 잘 보관해야 하지. 그게 바로 우리 이레몽거 가문의 사업이야. 내 손자야."

무질서하게 남아 있던 누더기 조각들이 각기 다른 이름과 서명, 숫자가 표시된 빳빳한 골판지 티켓이 되었다.

수취 확인: 토마스 크냅(나이 4세)
총액 : 11파운드 2센트 5다임
요양 비용: 31파운드
서명: 프레데릭 크냅(아버지)

"토마스 크냅! 전 이 이름을 알아요. 부집사 브릭스의 구둣주걱이 '토마스 크냅'이라고 말했어요."

"그러니? 그럴 수도 있겠지. 설명이 더 필요하겠구나."

"클로드, 티켓을 받은 아이들은(간단히 '티켓'이라고 부르자) 우선은 베이리프 하우스로 옮겨져서 일했고, 얼마 후 현명한 이레몽거들이 티켓이 생각 없이 열심히 일하게 만들 수 있는 방법을 개발했다. 런던 먼지를 가루로 빻아 먹이면, 사람들은 잡념이 없어지고 기억력도 나빠지게 돼. 비버 향료, 엔진 오일, 런던 흙먼지, 템즈의 강물, 잿밥, 초석 등등을 잘 혼합해서 만들었지. 이 가루는 빵 반죽에 넣기도 쉽고, 달짝지근하게 해서 스푼에 따라 먹어도 좋아. 아무튼 아직까지는 아주 유익했지."

"아직이라뇨? 할아버지?"

"그래. 그 가루를 섭취하면 심각한 합병증이 있거든."

지금 티켓들은 멀리 날아갔고, 석판이 다시 일어나서 할아버지 옆으로 돌아왔다. 할아버지는 매우 괴로워 보였다.

"쓰레기 열병은 필칭에서 시작되어 첼시, 켄싱턴, 나이츠브리지 등 런던 전역으로 확산되고 있어. 사실 우리는 예방 방법을 알고 있어. 만약 사물로 바뀐 사람을 자기 옆에 둔다면, 게다가 이따금 만진다면 그 예방 효과는 더욱 높겠지. 그럴려면 육신이 있는 사람과 사물화된 사람을 연결하는 방법이 필요해. 가령 사물화된 사람의 신체 일부(아주 작은 각질 조각으로도 충분하단다)를 액체 형태로 녹여서 주사를 놓으면 돼. 그리고 사람의 혈액을 한 방울만 사물로 바뀐 사람에게 떨어뜨린다면… 그래, 그렇게 자신의 특정한 물건을 소유하면 되는 거야."

"그것이 우리의 수호물이군요! 그렇다면 토마스 크냅이 사람이었단 뜻인가요? 그럼, 제임스 헨리는 누구죠?"

"제임스 헨리가 누구냐는 전혀 중요하지 않아. 네가 중요해, 클로드. 이드워드 삼촌은 이제 늙었고, 우리에겐 사물의 소리를 듣는 사람이 필요해. 우리를 안전하게 지키려면, 말하는 물건과 보통의 물건을 구분해야 하니까."

"제임스 헨리 헤이워드를 그의 가족에게 돌려주고 싶어요. 그래야 해요."

"클로드, 그럴 수 없다. 주인과 그의 수호물은 함께 성장하면서 기묘하게 얽혀 있어. 어느 한쪽은 반드시 사물로 남아야 해. 네 마개를 그것의 가족에게 돌려준다면…."

"그의 가족이겠죠."

"그렇다면 제임스 헨리 헤이워드가 조끼 주머니에 클로디우스 이레몽거를 넣고 다니겠지. 넌 그냥 지금처럼 그를 친절하게 돌봐주면 되는 거야."

"속이 울렁거려요."

"너는 네 마개를 신뢰하겠지만, 실제로 제임스 헨리가 어떻게 행동할지 누가 장담하겠니?" 할아버지는 약간 지루해하는 말투였다. "실제로 네 사촌 리핏이 자기 수호물에게 희생되었지."

"리핏은 쓰레기산에서 죽었다고 들었는데요."

"그게 진실은 아니야. '알렉산더 에르크만'이라는 편지 칼이[18] 사람으로 돌아가서 기차에 숨어 런던으로 도망쳤지. 불쌍한 리핏은 아직 찾지 못했지. 왜 그런 일이 일어났냐고? 리핏보다 그의 수호물이 더 현명했기 때문이야. 그래서 절대 수호물을 믿으면 안 돼."

"아, 불쌍한 리핏! 그럼 우리가 수호물과 헤어지면 어떻게 돼죠?"

"클로드, 오로지 죽음뿐이다. 하나가 죽으면, 둘 다 죽는다. 그렇지만 서로 같이 있다면, 오로지 하나만 사물로 바뀌면 된다. 그게 법칙이야."

"그럼 양동이가 로사무드 이모가 맞군요."

"아니야, 네 이모는 회복 중이야. 때맞춰 네가 문고리를 돌려줬기 때문에, 내가 앨리스 힉스를 다시 놋쇠 문고리로 만들 수 있었지."

"하지만 앨리스 힉스는 작은 소녀예요."

"아니, 그건 놋쇠 문고리야. 넌 몰랐겠지만, 교실의 잉크병은 바

● 18   letter knife. 편지 봉투를 개봉할 때 쓰는 장식용 칼

로 나의 삼촌이란다. 내 동생 구브리엘은 감자 채칼이고, 나의 어머니는 이빨이 빠진 머그잔이야. 세상일이 다 그런 거야, 클로드."

"끔찍한 사업이에요! 우리 가족은 정말 괴물 같아요!"

"아니, 넌 가문의 사업을 계승하고 사랑하게 될 거야. 그렇지 않으면 네가 부서질 수 있어. 왜 나의 삼촌과 동생, 어머니까지 그런 모습이 되었을까? 내가 했지. 나는 사물에 대해 잘 알고, 언제든 부술 수 있어. 여태껏 내가 다룰 수 없었던 사물도, 또 사람도 없었다. 사람들이 자기 의지가 있다는 믿음은 허상이야."

"너무 두려워요, 할아버지."

"클로드, 이제 바지를 입고, 할머니를 뵈러 가라. 그리고 내일 아침 기차를 타고 베이리프 하우스로 떠날 거야."

"제가 할머니를 만난다고요? 확실한가요?"

"너와 이런 대화를 하니까 기쁘구나. 클로드, 정말 기뻐."

'잭 파이크.'

'제임스 헨리 헤이워드.'

그리고 할아버지는 떠나셨다.

30분 후에 기차는 런던으로 출발했다.

조용한 소녀, 오밀리 이레몽거

제17장

양철 물뿌리개

런던 포를리칭엄 파크를 떠나며
터미스 구르게 오일림 미르크 이레몽거가 쓴 편지

나의 사랑하는 가족과 친구들에게 내 추억의 물건을 남기고자 합니다.

나의 어머니와 아버지께는 조류 관절에 관한 스케치와 유화 작품을 드립니다. 또 내 동생들에게는 다음의 물건을 남깁니다.

고릴드는 오팔 커프스 단추를, 모니는 네가 좋아했던 깃털과 리본을, 휴는 대니얼 디포의 『로빈슨 크루소』, 존 번연의 『천로역정』, 새뮤얼 테일러 콜리지의 『노수부의 노래』를, 플립은 콜드스트림 경비대를 제외한 병정 인형 세트를, 막내 네그는 콜드스트림 경비대와 크리켓채를 가지도록 해.

보노비 사촌은 버링턴 아케이드에 있는 조스 홀 앤 손즈 회사의 코르셋 카탈로그를 다시 가져가고, 네가 내게 빚졌던 10실링과 4펜스를 탕감해 줄게.

사촌 클로드, 너에게는 우표 앨범과 조류도감들(E. 스탠리의 『익숙한 새들의 역사』, J.M. 보라스톤의 『육지와 바다의 새』, T. 버윅의 『영국 새의 역사』, J. 볼튼의

『시골마을의 조화』 등이 있어. 혹시라도 오밀리가 원하는 책이 있다면 네가 내 대신 빌려주길 바란다), 그리고 잉어 린텔과 매치박스 장난감을 남긴다.

사촌 오밀리, 너에게는 나의 영원한 사랑과 갈매기 워터링캔의 깃털(적어도 나는 이게 워터링캔의 깃털이라고 확신한다)을 바친다. 사랑하는 오밀리와 너의 수호물 양철 물뿌리개에게 나의 키스를 보낸다.

어떤 것도 난 가져가지 않을 거야.

정말 미안해.

T로부터.

평범한 학생 터미스 이레몽거

제18장
'H'가 새겨진 수도꼭지

루시 페넌트의 이야기는 계속된다

대장이 호루라기를 불었다. 이레몽거 인부들은 전진했고, 나는 비틀거리면서도 그들과 보조를 맞추려고 노력했다. 그런데 난 몇 걸음 내딛지 못하고 넘어지고 또 넘어졌다. 괜찮아. 난 속으로 계속 되뇌었다. 내 뒤엔 튼튼한 밧줄이 있고, 그 끝에는 내 닻과 또 다른 닻들이 성벽에 버티고 서서 우리를 잡아줄 거야. 아래를 봐. 아니, 네 발끝만 봐.

    나는 쓰레기산 속에 있었다. 성벽 주변에 있는 쓰레기더미는 얕아서 처음엔 단단한 땅 위를 걷고 있다고 착각한다. 하지만 비탈을 따라 깊이 들어갈수록, 마치 생물체를 밟듯 땅이 계속 흔들리고 움직였다. 조금씩 쉴 때마다 정강이까지 쓰레기가 차올라서 언제라도 가라앉을지 모른다. 끊임없이 쇳조각, 널빤지, 벽돌 등 발을 디딜 만한 뭔가를 찾아야 한다. 계속 가. 아래를 보지 말고, 발끝만 봐.

    처음에는 우리 뒤에 성벽이 있었고, 주위에도 다른 인부들이 많이 있어서 나 혼자는 아니었다. 이레몽거들은 머릿속 지도를 따라 견고하고 안전하게 설계된 보도블록 위를 걷는 것처럼 이리저리 뛰어다니며 대형 장갑을 낀 팔과 막대기를 휘저으며 쓰레기를 주웠다. 나는 한 걸음 한 걸음 소심하게 내딛는데도, 자주 미끄러졌고 가끔은 고꾸라졌다. 이레몽거 두 명은 대들보를 짊어지고 벌써 성벽으로 돌아갔다. 또 어떤 이레몽거는 오래된 엔진을, 또 다른 이레몽거는 낡은 비누 받침을 건져서 만족해 보였다. 계속 가. 아래를 보지 말고, 발끝만 봐.

눈앞에 펼쳐진 쓰레기더미는 거품처럼 쉴 새 없이 솟았다가 꺼지기를 반복했다. 저 멀리 커다란 그릇장인지 옷장인지 보였다. 드디어 찾았다 싶어도 곧 쓰레기의 수렁 아래로 가라앉아 잡을 수가 없었다. 쓰레기산 위를 날아다니는 새들도 거센 바람을 이기지 못하고 멀리 휩쓸려 갔다. 새 한 마리가 아래로 잠수했다가 부리에 쥐를 잡아채고 다시 날아올랐다.

더 멀리 갈수록, 쓰레기는 더욱 심하게 요동쳤다. 이제 내 주변의 이레몽거들은 다섯 명밖에 남지 않았다. 내 밧줄은 너무 길고 내가 가야 할 길도 너무 많이 남아 있었다. 무엇보다 밧줄이 끊기지 않도록 신경 써야 했다. 수시로 뒤를 돌아보고 밧줄의 상태를 확인했고, 가끔씩 줄을 두 번 잡아당겨 나의 존재를 닻에게 알렸다. 다행히 나의 닻이 계속 버티고 있었다.

헬멧은 너무 두꺼워서 내겐 아무 소리도 들리지 않았다. 내 주변을 호시탐탐 노리는 갈매기들의 날갯짓 소리조차 들리지 않았다. 오직 나의 힘겹고 가쁜 숨소리만이 들렸다. 숨을 내쉴 때마다 헬멧 유리가 뿌얘졌기 때문에, 내 앞에 흐르는 쓰레기더미를 보려면 숨을 잠시 참고 뿌연 김이 가시기를 기다려야 했다. 한 번은 내가 쇠사슬에 발이 걸려 넘어졌는데, 잠시나마 발밑에 있는 땅의 갈라진 틈 아래로 깊고 커다란 동굴이 보였다. 계속해서 움직여. 아래를 보지 말고, 발끝만 봐야 해.

저 깊고 깊은 아래에서, 내가 본 것은 조각난 집들, 우그러진 마차들. 그때 저 밑에서 누군가를 봤다고 생각했다. 그 순간에도 낙하하는 물건들을 뒤적이고 있는 것, 그건 동물? 아니면 어두운 곳에 사는 물고기? 아니면 사람일까?

한 발 한 발 내딛을수록, 점점 더 깊숙이 발이 빠졌다. 다시 위로, 그러다 다시 아래로. 그때 작고 빛나는 무언가 표면을 스치듯 지나갔는데, 내 생각에 아마 체인에 달린 작은 시계 같았다. 그건 계속 춤을 추듯 내 앞에서 잡힐 듯 말 듯 맴돌았다. 나는 그것을 따라잡으려고 헤맸다. 가까이, 좀 더 가까이. 정신을 차려 보니 나 혼자뿐이고, 이레몽거들은 저 멀리 희미하게 보일 뿐이었다. 날씨는 점점 험악해졌다. 석탄보다 어둡고 두꺼운 구름이 햇빛을 완전히 가렸다. 입김을 내뿜으면 김이 서렸고, 웅덩이는 얼음에 뒤덮였고, 차가운 금속에 닿을 때마다 손이 시리고 아팠다. 저 깊은 곳에 산 채로 묻힌다 한들 누구도 알 수 없다. 전혀 쓸모가 없어진 느낌, 부서지고 혼자 남은 느낌. 모든 희망이 사라지고 죽은 듯한 느낌.

  나는 화가 났다.

  나는 기진맥진했다.

나는 길을 잃고, 낙오되고, 내던져지고, 거대한 나락으로 떨어져 완전히 멸종하고 소멸된 느낌이었다.

쓰레기산은 정말 끝이 없었다.

난 속으로 생각했다. 미안해, 모든 망가진 사물들아. 누구도 너희들에게 신경 쓰지 않아서 미안해. 정말 유감이야. 이제 너희가 곧 나를 질식시키겠지. 그러면 너희가 나를 소유하게 될 거야.

그런데 바로 앞에 낡은 나무 계단이 나타났다. 계단 중 몇 개는 부서졌지만, 꽤 오래 전에는 아주 긴 계단이었을 것이다. 점점 세차게 불어오는 바람을 맞으면서도 흔들려도 가라앉지 않았다. 나는 손을 뻗어 난간 위로 간신히 올라간 다음, 계단을 따라 계속 올라갔다. 어느덧 나는 배의 돛대처럼 보이는 가장 높은 판자 위에 올라가 있었다. 그래, 여기에 내가 있어. 아직 살아 있어.

나는 저 멀리 힙 하우스를 보았다. 그것은 검은 섬, 아주 어둡고 거대한 오물이었다. 몇몇 이레몽거의 형체가 희미하게 보였고, 다행히 정문은 아직 열려 있었다. 제발 저 망할 정문을 닫지 말아, 나는 속으로 외쳤다. 여기에 나를 내버려둔 채 문을 닫으면 안 돼.

그런데 누군가 쓰레기산에 있었다. 저 아래에 있는 깊고 어두운 동물 같은 그림자가 아니라, 말쑥한 옷차림을 한 이레몽거가 있었다. 고급스러워 보이는 중절모, 연미복, 나비 넥타이, 흰 셔츠, 그리고 무릎이 드러나는 반바지. 누구일까? 대체 이 지옥 같은 곳에서 뭘 하고 있지? 오, 클로드, 잠시 나는 쓰레기산에서 춤을 추는 미친 소년이 클로드가 아닐까 생각했었다. 사실, 클로드일 리는 없었다. 아, 저 소년에게 말해야 해. 여기 있으면 죽을 거라고.

규정을 위반한 내게도 헬멧과 가죽옷을, 아주 약하지만 닻과 밧줄을 줬는데, 그는 밧줄도, 닻도 없었다. 그런데 그는 쓰레기산을 우습게 보는 것처럼, 앞뒤 좌우를 가리지 않고 마구 돌진하고 있었다. 마치 날려고 노력해도 실패하는 거대한 새처럼, 그는 쓰레기 더미에서 뛰어오를 때마다 팔을 이리저리 흔들어댔다. 어쩌면 갈매기 몇 마리와 함께 놀고 있는 것처럼 보였다. 아니, 갈매기들이 날아오를 때마다 그의 옷이 점점 찢겨지고 있었다. 그는 공격받고 있었다.

"이봐! 그만해! 그를 내버려 둬!" 내가 소리쳤다.

새들도, 그도 내 고함을 들을 수 없었다. 어서 다가가서 말려야 한다. 폭풍이 다가오고 있고, 쓰레기산이 점점 커져서 순식간에 넘칠지도 모른다. 새들은 매번 공격하기 전에 높이 솟구쳐 날아올랐다. 그러면 그는 새들이 다시 올 때까지 양팔을 벌리고 손짓했다. 수백 마리의 새들이 결국 그를 끝장낼 것이다. 그 소년은 피로 얼룩진 상태에서도 여전히 모자만은 꼭 잡고 있었다. 얼마나 우스꽝스러운 동작인가?

먼저 헬멧을 부숴야 해. 하지만 너무 크고 두툼한 장갑 때문에 헬멧을 잠근 볼트를 풀 수가 없었다. 난간의 오른쪽 끝에 아주 날카로운 철봉이 달려 있었다. 나는 머리에 헬멧을 쓴 채로 철제 난간에 내리찍었다. 퍽! 퍽! 퍽! 몇 번의 시도 끝에 간신히 금이 갔다. 퍽! 퍽! 쨍그랑! 금속 날이 헬멧을 뚫고 들어왔고, 내 뺨을 아슬아슬 피하며 살갗을 찢었다. 하지만 드디어 헬멧 유리가 깨졌다. 나는 깨진 유리를 꺼낸 사이로, 온 기력을 짜내 외쳤다.

"저기 사람이 있어요! 여기요! 날 봐요!"

그는 내 목소리를 듣지 못했지만, 내게는 그의 목소리가 들렸다. 이 악천후 속에서, 이런 쓰레기더미 속에서 그는 놀랍게도 노래하고 있었다.

"호밀리, 호밀리, 호밀리!" 처음에는 그렇게 들렸다. 아니, 다른 말이었다. "오밀리, 오밀리, 오밀리!"

그래, 그는 바로 '오밀리'라고 노래하고 있었다.

"여봐요! 저, 여기 있어요!"

그때 그가 동작을 멈추고 나를 바라봤다. 나는 미친 듯이 손을 흔들었다. 그는 나를 보고 모자까지 벗어가며 손을 흔들었는데, 그 순간 아주 큰 갈매기가 달려들어 모자를 약탈하듯 물고 갔다. 그때 그의 머리칼이 보였다. 아주 폭신하고 부드럽고 밝은 머릿결. 그는 바로 클로드의 친구, 터미스 이레몽거였다.

"당신, 터미스 맞죠?" 나는 울며 소리쳤다.

"누구세요?"

"난 클로드 이레몽거의 친구예요. 잠시만 기다려요! 당신에게 갈게요. 내게 밧줄이 있어요."

"아니! 난 돌아가지 않아! 그러고 싶지 않아!"

"여기 계속 있으면 안 돼요. 폭풍이 몰려와요."

"난 오밀리와 결혼하지 못해. 그들이 허락하지 않아. 그리고 클로드도 멀리 보낼 거야."

"내가 가고 있어요! 기다려요!"

"오, 나의 오밀리! 난 돌아가지 않아!"

저 높은 곳에서 벽돌과 뼈와 자갈들이 시커멓게 물결치듯 몰려왔다. 나는 그에게 아주 가까이 다가갔고, 몇 발짝 더 걸으면 된다. 그런데 무언가 내 허리에 묶인 밧줄을 끌어당겨 더는 갈 수 없었다. 나의 닻, 그리고 힘센 사람들도 힘을 합쳐 나를 안전한 성벽 쪽으로 끌어당기고 있었다.

"내 손을 잡아, 터미스. 파도에요, 어서요!"

그러자 그가 손을 뻗고 비틀거리며 내게로 다가오려 했다. 그런데 정작 그가 내민 것은 손이 아니라, 무언가 반짝이는 금속이었다. 나는 손을 뻗어 그 빛나는 금속을 잡았다.

"나를 붙잡아요. 우리를 잡아당길 거에요!" 나는 소리쳤다.

그는 아래로 점점 빠져들어갔다. 아무리 버둥대도 그의 발목에 뭐가 걸린 것 같았다. 그때 밧줄이 맹렬한 기세로 나를 끌고 갔고, 질질 끌려가는 내 손에는 금속 조각만 남았다. 이윽고 점점 멀리 보이는 그에게 커다란 그림자가 덮쳤고, 곧 이어 무시무시한 충돌음이 들렸다. 저 깊은 아래로 그는 가라앉았다.

♠

그들이 날 성문 안으로 들여보낼 동안에도, 나는 여전히 비명을 지르고 있었다. 내 손에 남겨진 금속 물건은 아무짝에도 쓸모없는 수도꼭지, 그것이 터미스가 남긴 유일한 물건이었다.

"안으로! 어서 들어가! 평생 이렇게 큰 파도는 처음이야!"

사색이 된 대장은 호루라기를 불며 사방팔방 뛰어다녔다.

"저 밖에 아직 사람이 있어요. 그를 찾아야 해요!" 나는 울며 외쳤다. 내가 뭐라고 해야 그들이 말을 들어줄지 생각했다.

"그는 순수 혈통이에요. 터미스 이레몽거라고 했어요."

"성문을 닫아라! 아니면 성벽이 무너질 거야! 그리고 꼬마야, 밖에 있는 건 모두 끝장났어. 안 됐지만 이런 폭풍우에는 움비트님, 아니 망할 여왕을 위해서라도 성문을 열 수 없어. 그저 이 저택이 버티기를 바랄 뿐이야."

그 순간 유리창이 산산이 부서지더니, 좀 전에 우리가 있던 자리에 녹슬고 휘어진 철제 침대가 날아와 꽂혔다. 정신을 차려 보니, 나는 인부들과 닻들과 함께 헬멧과 바디슈트를 입은 채로 지하층 직원 전용 통로에서 오물을 뚝뚝 흘리며 서 있었다.

그때 피그고트와 스터리지가 나타났다. 그리고 이드워드 이레몽거와 그와 똑같은 얼굴을 한 체구가 더 작은 남자가 있었다. 장님은 아니었고 목에 호루라기를 걸고 있었다. 그때 낯선 얼굴의 이레몽거들 가운데 붉은 월계수잎 휘장을 달고 있는 관리자 한 명이 눈에 띄었다. 고아원에서 이곳으로 나를 데려온 커스퍼 이레몽거였다. 왜 그가 여기에 있는 걸까?

"성벽이 뚫렸군." 집사가 말했다.

"아닙니다." 대장이 보고했다. "성문에 빗장을 걸었고 성벽은 잘 버티고 있습니다. 그런데 유감스럽게도 인명 손실이 있었습니다. 어찌된 영문인지 이레몽거 한 분이 구조 장비도 없이 밖에 나왔습니다. 제가 직접 목격하지 못했지만, 이걸로 확인했습니다."

그가 수도꼭지를 내밀자, 피그고트가 재빨리 낚아챘다.

"이건 터미스 주인님 거예요! 어떻게 이런 일이!"

"제 소관이 아니지만, 아무튼 죄송합니다. 그래도 성문은 굳게 닫았고 잘 버티고 있어요! 어떤 침입도 없습니다."

"문제는 폭풍이나 날씨가 아니야, 이 멍청아!" 호루라기를 든 사람이 쏘아붙였다.

"정말 제 잘못이 큽니다. 그 아이를 데려오지 말았어야 했어요." 커스퍼가 말했다.

"계속 말해. 이 망할 똥통아." 호루라기를 든 사람이 명령했다.

"너무 몰아세우진 말게, 팀피." 장님 이드위드가 끼어들었다. "커스퍼, 계속 말해라. 이 폭풍우 속에서도 네 목소리가 들릴 수 있다면 말야."

"아마 당신이 데리고 있는 인부 중에 있을 거에요. 제가 정말 끔찍한 실수로 그 아이를 집안에 들여서…." 커스퍼가 떨며 말했다.

"누구? 대장에게 정확히 말해. 아, 내 귀!" 이드위드가 말했다.

"사람…이 아닌, 그러니까…우리와 다른 존재요."

"그냥 말해, 이 사람아. 움비트님이 돌아오기 전에 어서 일을 마무리해야 돼. 움비트님이 알면 커스퍼 자네는 당장 해고야. 나라도 그럴걸!" 팀피가 소리쳤다.

"제가… 다른 사람을 잘못 데리고 왔어요. 너무 서둘렀죠. 오, 제가 바보예요. 필칭 사람들은 이름이 너무 이상해서… 고아원에서 빨간 머리 소녀를 찾다 보니…" 식은땀을 흘리며 말을 더듬대던 커스퍼는 뒤에 있는 누군가에게 손짓했다. 그러자 한 소녀가 앞으로 나섰다. 그녀는 가죽모자를 쓰고 낡은 고아원 유니폼을 입고 있었다. 아, 고아원에 빨간 머리가 또 있는 게 싫다며 나를 할퀴던 아이, 매리 스태그스.

그러니까 처음부터 내가 아니라 그녀였어. 난 이레몽거가 아니야. 과거에도 아니었고, 앞으로도 아니야. 내 피의 단 한 방울도 이레몽거가 아니야. 저 빨간 머리가 이레몽거다.

"제가 그녀를 아니까 잡아낼 수 있어요." 빨간 머리가 말했다.

"신속히 처리해. 소란은 금물이야. 힙 하우스에 이레몽거 아닌 사람이 온 적은 없어. 외부인이 병을 퍼뜨리며 여기 왔다니. 어서 나와, 도대체 어디 숨었지?" 피그코트가 끽끽거렸다.

난 돌아갈 곳도, 물러설 곳도 없었다. 뒤에 있는 문은 잠겨 있었다. 이레몽거들이 나를 잡으려고 모여 있었고 몇몇은 손을 등 뒤로 감추고 있었다. 무엇을 들고 있을까? 분명 나쁜 것이라고 나는 확신했다.

"모두 당장 헬멧을 벗어! 지금 당장!" 집사가 고함쳤다.

"어서, 얘야, 한 발짝 나와 보렴. 누군가 보자." 팀피가 외쳤다.

"가죽을 벗겨야지. 굽고, 삶고, 털을 뽑아버려야지! 네 내장까지!" 요리사의 아내인 그룸 부인이 입술을 다셨다. 그녀의 손에 있는 빛나는 물건은 분명히 칼이었다.

다들 헬멧을 돌리고 빼내려 씨름하는 가운데, 난 몸을 숙였다. 최후의 순간까지 헬멧을 벗고 싶지 않았다. 유리가 깨져도, 헬멧은 내게 남은 유일한 보호 상비였다. 내 닻이었던 주방 소년이 인상을 찌푸리며 나를 곁눈질했다. 나는 고개를 가로저었다. 제발, 말하지 마.

"그룸 부인이 너를 요리할 거야! 그녀는 마음먹으면 반드시 해내니까. 자기 아기도 삼킬 여자야." 주방 소년이 속삭였다. 그는 고자질을 하지 않았다. 정확히 말하면 그럴 틈이 없었다. 땅에 내려놓은 무거운 헬멧 하나가 저절로 바닥을 굴러갔다. 점점 더 빨리, 복도를 따라 미끄러지던 헬멧은 뒤쪽 벽에 달라붙었다. 헬멧을 따라가던 사람들은 벽이 서서히 움직이는 걸 보았다. 별안간 팀피가 비명을 질렀다. 목에 건 호루라기가 줄이 없었다면 날아갈 뻔했으니까. 그리고 덩치가 큰 이레몽거가 바닥에 쓰러지더니 뒤에 있는 벽으로 빠르게 미끄러져 갔다. 다른 물건들도 하나씩 차례로 날아갔다.

"회합이야! 폭풍보다 더 조용히 회합이 왔어!" 이드위드가 비명을 질렀다.

"회합! 회합!" 너도나도 비명을 질렀다.

그리고 나는 도망쳤다.

이레몽거 가문의 가모, 옴마발 올리프 이레몽거

제19장
대리석 벽난로

클로드 이레몽거의 이야기가 계속된다

회색 플란넬 바지

나는 제임스 헨리를 무릎에 올려놓고 쓰다듬으며, 그것에게('그에게'라는 표현이 옳을 것이다.) 누구인지 물어보며 가족을 찾아주겠다고 약속하고 용서를 빌었다.

"나를 용서해 줘. 어떻게든 너를 돌려놓을게. 헤이워드 가족은 어디 있을까? 너를 그곳에 데려다준다면, 그땐 내가 사물로 바뀔까? 제임스 헨리, 나의 친구여. 내가 사물이라면 뭘로 바뀔까? 루시퍼처럼 아주 거대한 것? 아니면 자전거 펌프처럼 쓸모 있는 것? 제임스 헨리 헤이워드가 어떻게 생겼는지 정말 궁금해. 얼굴이 둥글둥글할까? 아니면 동그란 마개라서 그런 상상이 드는 걸까? 미안해, 제임스 헨리. 예전엔 몰랐지만, 이제는 나도 진실을 알았어. 하늘에 맹세코, 그런 일이 다시는 없었으면 해."

'제임스 헨리 헤이워드.'

"그래, 네 마음 알아."

나는 병동 침대에 앉아서 물레를 돌리듯 머릿속에서 할아버지가 한 말과 사물들, 체취를 떠올렸다. 일단 저 밖으로 나가야 해. 그런데 어디로 가야 하지? 내 마개는 어떻게 될까? 그리고 저택 내부에 있는 사물들, 이 비좁은 감옥 같은 사물 속에 갇힌 사람들을 떠올렸다. 석탄통, 소파, 수도꼭지, 난간 기둥, 기압계, 줄자, 호루라기, 바늘… 이 모두가 사람이라니! 그리고 성냥 상자! 나의 루시 페넌트!

그들은 내일이면 나를 기차에 태워 도시로 보내겠지. 시끄러운 경적 소리로 매번 우리를 놀래키던 바로 그 기차에. 오, 루시, 나의 루시 페넌트!

간호사가 병실에 들어와 할머니께서 나를 찾는다고 말을 전했다. 나는 이제 회색 플란넬 바지를 입어야 한다. 안녕, 내 무릎! 내 종아리! 예전이라면 회색 플란넬 바지를 쓰다듬고 '오, 멋진 헤링본이네'라고 읊조리며 어른이 된 자부심을 만끽했겠지. 그리고 코듀로이 반바지와는 아쉬움 없는 작별을 했을 거야. 오, 사물들! 그런데 한편으론 이런 의문도 떠올랐다. 만약 할아버지 말씀이 옳다면? 제임스 헨리가 실제로 악당이라면? 그가 기회를 엿보고 주머니 속에 나를 넣고 괴롭힌다면?

일단은 할머니, 저 벽난로의 노부인을 만나야 한다. 그리고 접견실로 가서, 여전히 마가릿의 행방을 궁금해할 빅토리아 홀리스트 위에 앉을 것이다(아, 실제로 두 사람 모두 사람인 것이다!). 잠깐이라도 루시와 함께 앉아 있고 싶다. 앨리스 힉스가 다시 문고리가 되었으니, 루시에게 더 이상 걱정하지 말라고 말할 수 있다(오, 앨리스 힉스, 정말 미안해). 그래도 루시를 잃을 수는 없어!

회색 플란넬 바지를 입고 머튼 춉스 스타일로[19] 구렛나루와 턱수염을 기르면, 도시 이레몽거처럼 담쟁이덩굴로 뒤덮인 털북숭이처럼 보일 것이다. 그 수염이 나와 세상 사이에 울타리가 되어줄까? 아니, 루시 페넌트라면 놀라서 또 석탄통을 휘두를지도 모른다.

드디어 바지를 입었다. 내 기분이 어떠냐고? 더 위대한 사람이 된 기분? 나이 든 현자? 날 때부터 반듯한 자세와 건장한 체구, 게다가 넓은 가슴을 가진 기분? 아니, 솔직히 예전과 똑같이 느꼈다. 아주 조금 더 따뜻하다는 점만 빼면.

시간이 좀 더 필요해. 두어 시간, 아니 일주일. 어쩌면 내 회색 플란넬 바지는 코듀로이를 입은 과거의 자아를 벗어나 회색과 플란넬의 세계로 들어간다는 뜻이다. 내 혈관에 흐르는 최악의 것, 나의 내부를 관통하는 실들.

나는 이제 완벽하다. 머리를 빗질하고, 커프스 단추를 소매에 달고, 가르마를 타고(아직 정성껏 빗질할 수염은 없다), 양말을 신고, 조끼와 재킷을 입고, 구두끈을 묶고, 옷 주름을 펴고 리본을 묶었다. 즉 이레몽거의 전형적인 모습이 되었다. 불쌍한 제임스 헨리는 여전히 내 주머니 속에 있다.

자, 이제 꾸물거리지 말자. 지금 당장 할머니를 만나야 돼.

● 19 구렛나루를 넓게 턱까지 기르고 턱 가운데와 콧수염은 면도하는 스타일

제19장 대리석 벽난로   227

피와 대리석

병동을 나설 때, 이레몽거 간호사들이 내게 고개를 숙여 인사했다. 버릇없는 간호사가 내 새 옷을 툭툭 건드렸다가, 곧 수간호사의 제지를 받았다. 긴 바지를 입은 나는 그들의 공포와 존경의 대상이 되었다. 복도 여기저기서 몇몇 사촌들이 걸음을 멈추고 마치 긴바지 입은 이레몽거를 처음 보는 것처럼 놀라서 나를 쳐다봤다. 솔직히 꽤 괜찮은 기분이었다. 나는 중앙 계단을 올라가 할머니가 계신 별관으로 갔다. 미리 귀띔을 받았는지 수위는 나를 제지하지 않았다.

나의 할머니, 옴마발 올리프 이레몽거가 태어났을 때, 이레몽거 가문의 수장은 애드왈드 증조부였다. 완고한 성품의 애드왈드는 아기 때부터 할머니의 배필을 정해 두고 상속녀에 관련된 일을 전부 좌지우지했다. 여자들의 감정적 동요와 갈등 따위는 늘 골칫거리로 치부했던 애드왈드는 자기 딸을 가까이 두기 위해 거대한 벽난로를 수호물로 선언했다. 그 벽난로는 '오거스타 잉그리드 어니스타 호프만'이며, 내가 아는 수호물 가운데 가장 큰 물건이었다. 대리석 벽난로를 옮기려면 이레몽거 한 부대가 동원될 정도였다(실제로 그것을 옮기려다 하인이 조각상에 깔려 사망했다는 소문도 돌았다). 두 개의 여인상 기둥이 벽난로를 떠받치고 있었다. 나른한 표정의 아름다운 반나의 여인들은 실물 절반의 크기에 아름다운 살집을 지녔다. 옛날부터 나는 이렇게 아름다운 여인들을 대리석에 갇혀 있는 게 옳지 않다고 생각해왔다. 그래서 그들이 깨어나 걷고 내가 어디에 있든 나를 찾아오기를 소망했었다. 실제로 어린 내가 할머니의 면담을 기다리고 있을 때도, 그들이 두어 번 한숨을 내쉬는 것을 목격했었다.

할머니의 침실은 전면 유리창이 여섯이나 있는 아주 큰 방이다. 할머니가 출생하자마자 대리석 벽난로가 도착했고, 그 후로 그녀는 기나긴 생애 동안 그 방을 나올 수 없었다. 침대와 가림막 뒤로 화장실도 있었다. 인생의 모든 단계, 유아기, 아동기, 학교생활과 결혼, 자녀들이 성장한 증거들, 그 후 노년에 이르는 모든 삶과 그림자가 그 방에서 이루어졌다. 그녀가 세상으로 나갈 수 없으니, 세상이 그곳으로 와야 했다. 그래서 쓰레기산에서 수집한 물건 중 최상품은 할머니 방으로 보내졌다. 중국에서 건너온 청나라 꽃병들, 러시아 은제품과 파리의 고블랭과 태피스트리들, 그리고 빅토리아 시대의 화려한 소장품들이 침실에 즐비했다. 윌리엄 모리스 사가 제작한 벽지 위에는 프레데릭 레이턴이 그린 긴 드레스를 입은 젊은 여성의 그림이 걸려 있었다. 할머니는 현대 회화뿐 아니라 오래된 명화들도 수집했다. 조슈아 레이놀즈의 유화, 안톤 반 다이크의 기병대 그림, 게다가 한스 홀바인의 궁정화도 있었다. 어떤 물건들은 몇 년씩 침실을 장식했지만, 할머니의 변덕 때문에 대부분 물건은 하루이틀을 버티지 못했다. 그녀는 어떤 날은 베니스의 그림을, 또 다른 날은 중국 비단 자수를 요구했다. 물건이 제때 도착하지 않으면 그녀의 성질이 폭발했기 때문에 할아버지는 최선을 다해 그녀의 요구에 맞췄다. 비록 거대한 대리석 벽난로 때문에 방을 떠날 수 없었어도, 소망이 좌절되면 저택 전체에 그녀의 분노가 메아리쳤다.

그래서 할아버지는 할머니에게 가족의 수호물을 선택하는 일을 맡겼다. 가끔 할머니는 과중한 임무로 몸이 축난다며 불평했지만, 그 일을 정말 사랑했다. 그녀 자신의 삶은 너무나 제한적이지만, 이레몽거들의 인생을 직접 지휘할 자격이 있다고 굳게 믿었다. 그래서 할머니는 매일 아주 평범한 물건들을 나눠주며 가족 중 평범한 사람을 골라 트집잡고 냉담하게 굴기 일쑤였다. 예를 들어 불쌍한 포트릭 아저씨는 올가미를 수호물로 받고 인생이 망가졌다. 그러나 할머니는 양심의 가책을 느끼지 않았다. 그녀 자신은 영원히 침실에 갇혀 있는데, 어느 누가 그녀보다 더 가혹한 고통을 겪겠는가? 어린 시절, 감금 생활이 너무나 지겨웠던 할머니는 창밖으로 크리스탈 잔과 시계, 석고상 같은 귀중품을 내던졌다고 했다. 하루는 변덕이 솟구친 할머니는 손톱이 부서지고 피날 때까지 마룻바닥을 할퀴다가, 마침내 분을 못 이기고 오랜 시간 충직한 봉사를 바쳐 온 시종을 창문 밖 저 아래로 떨어뜨렸다. 이처럼 모든 것은 끝없이 바뀌었고, 오로지 할머니와 벽난로만이 그대로 남았다.

할머니는 젊고 아름다운 벽난로 조각상과 오랜 전쟁을 벌였다. 아직 어렸을 때, 그녀는 그 위대한 조각상을 우러러보고, 그 주변에서 놀며, 그 조각상과 똑같이 옷을 입었다. 그러나 어른이 되어 결혼했을 때부터, 할머니는 벽난로의 여인들을 질투하고 자기가 조롱받는다고 믿게 되었다. 왜냐하면 할머니는 나날이 늙고 마르고, 가슴이 납작하고, 구부정해지고, 뼈만 앙상하고 이빨이 흔들렸는데, 대리석의 여인들은 여전히 힘차고 관능적이고 둥글었다.

그러자 할머니는 몇 달째 벽난로에 천을 씌우거나 일 년 넘게 벽돌로 막아둘 때도 있었다. 뾰족한 바늘로 긁고 낙서하고, 심지어 망치와 끌로 여인상의 나신에 주름을 새겨놓았다. 하지만 이 모든 행동에도 불구하고, 근본적으로 할머니는 조각상을 사랑했다고 나는 생각한다.

최근 나는 계절이 몇 번 바뀌도록 할머니를 찾지 않았다. 지난번 아주 스치듯 봤을 때 할머니는 나의 아버지를 볼품없는 사람이라고 비난했다. 나의 어머니한테 결혼은 끔찍한 실수에 불과했고, 아버지만 아니었다면 어머니는 지금껏 살아 있었을 것이라고 할머니는 말했다. 그리고 나의 아버지에게 수호물로 칠판 지우개를 준 게 잘한 일이라며, 그래서 그가 자기 자신을 지워버린 것이라고 주장했다. 또한 나는 어머니를 닮았으나 음울한 얼굴을 한 질 나쁜 모방이고 결함 가득한 흉내내기에 불과하다며 울음을 터뜨렸다. 그리고 내가 끔찍한 역사 그 자체이므로 차라리 딸이 없었다고 생각하겠다고 말했다.

그런데 내가 또다시 할머니를 찾아왔다. 어른이 되어. 노크 소리는 너무 작아서 내 귀에도 들리지 않을 정도였다. 이 방문을 마치면 접견실로 가서 루시 페넌트를 찾을 작정이었다. 침실 안에서는 아무 대답이 없었다. 이번엔 더 크게 노크를 했다.

"누구냐?" 할머니의 신경질적인 목소리가 들렸다.

"할머니, 손자 클로디우스, 아이리스의 아들입니다."

"앞으로 와서 내게 키스하렴, 꼬마야."

나는 신발이 삐걱거리는 소리를 내며 침실을 가로질러 할머니의 바로 앞에 가 섰다. 어쩐지 오래되고, 축축하고, 약간 달콤한 방울양배추 냄새가 났다.

"볼에 키스 인사를 하려무나." 할머니가 다시 말했다.

나는 몸을 숙이고 할머니의 볼에 부드럽게 키스했다. 주름 잡힌 살가죽에 입술이 닿았는데 너무 투명해서 마치 거미줄에 키스하는 것 같았다.

"앉아, 클로디우스. 거기 앉아."

나는 옆에 있는 소파 끝에 걸터앉았다. 엠파이어 소파는 모두 똑바르고 단단해서 푹 꺼진 곳이 없었다. 나는 늙고 노란 눈동자와 마주치지 않으려 애썼다. 대신 방을 둘러보았고, 특히 벽난로와 여전히 아름다운 대리석 기둥 여인을 유심히 쳐다보았다. 폭풍이 울부짖는 소리와 할머니의 시계들이 째깍거리는 가운데, 나는 대리석의 목소리를 들었다. '오거스타 잉그리드 어니스타 호프만.' 호프만 양, 당신도 사실은 사람이구나. 그런데 당신은 대리석 벽난로가 되기 전에 어떤 사람이었을까? 저 많은 사물들이 다시 바뀐다면 특출하고 놀라운 인물들이 모습을 드러낼 것이다.

할머니의 발판

내가 마지막으로 본 이후로 침실은 꽤 바뀌었다. 새로운 커튼과 새로운 그림들이 있었고, 할머니의 침대와 욕조도 꽤 달라 보였고, 발판을 갖다 놓았다. 그녀는 등받이가 높은 안락의자에 앉아 있어서 체구가 더 작아 보였다. 그녀는 온통 검은 옷에 역시 검은 부츠를 신고 있었다. 종종 할머니는 신발이 저택 구석구석 구경할 수 있도록 하인에게 그녀의 신발을 신고 돌아다니게 시켰다. 또 장식이 주렁주렁 달린 하얀 모자를 쓰고 있어서 머리가 두 배쯤 커 보였다. 더구나 열 겹은 되어 보이는 진주 목걸이를 했는데, 그녀의 가느다란 주름진 목에 몇 겹을 두르고, 나머지 줄은 무릎 위에 칭칭 감아 올려두었다. 그 진주알의 무게 때문에 그녀는 목을 늘어뜨린 거북이 자세였다. 밖에서 폭풍 소리가 들려오기 시작했다. 아직 햇빛이 비치기는 했지만, 자갈, 찢어진 가죽 조각, 도자기 파편, 신문지 등 작은 물건들이 유리창에 날라와 부딪쳤다. 그러나 할머니는 그런 소음에도 초연히 앉아 계셨다.

"클로디우스, 이 늙은 할머니를 찾아오다니 정말 친절하구나. 많이 컸구나. 커튼이 쳐진 창문 틈새로 햇빛을 찾아가는 덩굴처럼, 네 자세가 똑바르지 않고 삐딱하지만 말이야. 아무튼 오랜만이구나."

"제가 더 일찍 왔어야 했죠. 그런데…"

"너는 더 일찍 오지 않아야 했어. 이 방에 들어오지 말아야 했어. 하지만 네가 떠나기 전에 한 번은 봐야 하니까 내가 부른 거야. 아이리스의 얼굴을 약간이나마 느껴야 하니까. 죽은 내 딸 말이야."

그녀는 한동안 침묵했고, 나는 자세를 똑바로 하고 무수히 많은 시계의 움직임과 초침 소리, 바깥에 몰아치고 퍼덕이는 폭풍우 소리, 그리고 벽난로 조각상이 자기 이름을 부르는 맑고 젊은 목소리에 귀를기울였다. 틱. 틱. 틱. 퍽. 툭툭. 탁. 그 가운데 하나는 할머니의 오래된 심장 박동기가 내는 소리일까? 틱. 틱. 틱. 틱.

탁. 피웅. 찰칵. 폭풍에 날아온 낡은 담요 몇 장이 방안을 엿보려는 듯 창문 앞을 맴돌다가 쉬익 하는 소리를 내며 아래로 떨어졌다.

"이제 긴 바지를 입었구나, 클로디우스."

"네, 할머니. 오늘부터요."

틱. 틱. 틱. 푸잉, 찰칵. 쾅.

"그래, 기분이 어떻니?"

"할머니, 솔직히 말씀드리면 약간 따끔거려요."

"너는 남들보다 일찍 긴 바지를 받았어. 그런데 이런 순간에 네가 하는 말이 고작… 좋지 않아, 클로디우스. 더욱 노력해야 해."

"네, 할머니. 죄송해요."

틱. 틱. 틱. 쾅! 푸잉!

작은 책이 창문에 날아왔다. 집 안에 들어오려는 새처럼.

"클로디우스. 피날리피를 만났다고 들었다. 널 만나고 싶지는 않아도 네 이야기를 안 듣고 사는 건 아니야. 그래, 피날리피는 어떻든?"

"아, 멋져요. 할머니, 고마워요."

"좋구나, 아주 좋아! 걔는 대걸레 자루처럼 평범한 아이지. 피부도 부드럽지 않고, 입술과 팔에 거뭇한 털이 있어. 남자처럼 굴고, 키가 너무 크고, 살집도 통통해. 우아함은 눈 씻고 봐도 없고, 전혀 음악적이시도 않아!"

"그렇지 않아요. 할머니."

"그래도 넌 그녀와 결혼해야 해. 어쨌든 걔는 귀족이고, 그건 변치 않는 사실이야. 그녀가 죽도록 널 좋아하지는 않겠지만 적어도 너보다는 오래 살 거야."

틱. 틱. 틱. 푸잉. 쾅. 딸랑딸랑. 퍽.

창문에 부딪히는 물건들이 너무 많았다.

"네 마개는 어떠니?"

"내 마개요? 그를, 아니 그것을 보여 드릴까요?"

"역겹게 굴지 마라. 당연히 그딴 것을 볼 생각은 없어. 어쨌든 내게 가져온 그 많은 물건 중에 내가 직접 골랐어. 바로 너를 위해."

"네, 할머니. 감사해요."

"그건 아주 어려운 결정이었어. 정말 오랜 기간 고민했단다."

틱. 틱. 틱. 쾅. 쾅. 쾅.

아주 힘차게 고양이가 튀어오르듯, 창문이 크게 흔들렸다.

"끔찍한 날씨에요. 그렇죠, 할머니?"

"물론 수호물을 고를 상황은 아니었어. 아이리스가 죽은 지 얼마 되지 않았거든. 내 딸은 여기 이 방에서 놀았어. 저 구석에서. 지금 그 아이가 벽난로에 기대어 있는 모습이 눈에 선하구나."

틱. 틱. 탁. 틱. 틱. 퍽. 바람이 울부짖었다.

차라리 뭔가 말을 끄내는 편이 낫다고 생각했다.

"제가 엄마를 전혀 알지 못해서 정말 안타까워요."

할머니는 아주 고집 센 촛불을 불어끄는 듯 끙 소리를 내셨다. 그런 뒤에 한동안 침묵했고, 다른 소음들이 방을 가득 채웠다. 햇빛을 다 가릴 정도로 밖에는 매우 심한 폭풍우가 몰아치고 있었다. 틱. 틱. 쾅. 으르렁. 그리고 비명이 들렸다. 갑자기 문이 열렸고, 나는 화들짝 자리에서 일어났다. 하녀 다섯 명이 들어와 할머니에게 인사한 다음 창문 셔터를 내려도 되는지 물었다.

"이렇게 일찍? 왜?"

"마님, 일곱 시가 넘었어요. 그리고 폭풍우가…"

"그럼 소란 피우지 말고 셔터를 내리고 가렴."

하녀들은 어쩔 줄 몰랐다. 먼저 창문을 열어야 바깥 셔터를 내릴 수 있었는데, 그때마다 거센 바람이 몰아쳐 실내를 난장판으로 만들었다. 바람이 웃으며 그 큰 방의 물건을 어지럽히고 벽에 걸린 그림들을 떨궜다. 폭풍이 침을 뱉 듯 나의 새 바짓자락이 온통 젖었고, 가르마는 한쪽으로 쏠려버렸다. 머릿속은 폭풍이 불러일으킨 소음과 악취 나는 숨결로 어지러웠다. 마침내 창문 셔터를 모두 내리고, 방은 완전히 밀폐되었다. 그리고 마치 행복한 승리를 거둔 것처럼, 시계바늘은 훨씬 더 자신만만하게 움직였다.

똑딱! 똑딱! 똑딱! 내가 손수건으로 몸을 닦고 있는 동안, 할머니는 못마땅한 표정을 지었다. 하녀들은 램프를 켜고, 그곳을 다시 정돈하고, 굽실거리며 절을 한 뒤, 마침내 나와 할머니만 남긴 채 나가버렸다. 다시 우리만 남아 있게 되자, 할머니는 불안한 기색을 내비쳤다.

"네 할아버지가 늦는구나. 그건 좋지 않은 징조야."

"아마 폭풍 때문일 거예요, 할머니."

"폭풍 때문에 영향받다니, 움비트답지 않아. 클로디우스, 내일 도시로 떠나니?"

"네, 할머니. 아침 기차를 타야 해요."

"나는 도시에 나간 적이 없다. 사실 나가고 싶지도 않아. 필요한 건 여기 다 있는데, 도시에서 무엇을 할 수 있고, 또 뭘 얻겠니? 아주 오래 전에 도시를 보고 싶어하던 때도 있었지만, 예전의 내 어리석음을 저주하고 싶구나. 나도 한때는 젊었다니… 클로디우스, 이상하게 들리니?"

"아뇨, 할머니. 전혀요."

"내겐 낯설게 들리는구나."

똑딱! 똑딱! 똑딱!

"피그고트입니다. 마님." 복도에서 가정부의 목소리가 들렸다.

"피그고트? 왜? 무슨 일이지?"

"잠시 들어가도 될까요?"

"내 손자가 찾아왔어. 우리는 아주 즐겁게 시간을 보내고 있지."

"마님. 새로운 소식을 보고드릴려구요. 전혀 예상치 못했던 상황이라서요."

"오, 피그고트, 문밖에서 그만 중얼대! 그럼 들어와서 보고해!"

방에 들어온 피그고트는 전혀 내가 알던 모습과 달랐다. 항상 풀 먹이고 다림질한 옷매무시가 아니라, 옷에는 온통 얼룩이 튀고, 이마에는 상처까지 나 있었다. 매우 다급한 상황처럼 보였다. 그녀는 나를 보더니, 늘 하던 대로 인사하지 않고 대신 조그맣게 비명을 질렀다. "오, 클로디우스 주인님! 여기 계셨군요!"

"피그고트, 오늘따라 왜 이리 요란 떨지? 너답지 않구나. 품행이 정숙해야지."

"네, 마님."

"도대체 왠 소란이야?"

피그고트 부인은 무릎을 꿇더니 마치 피아노를 치듯 두 손을 퍼덕이며 할머니의 오른쪽 귓가에 낮은 목소리로 정보를 속삭였다. 한동안 그녀의 속삭임만 들렸다. 중간에 드문드문 할머니의 얘기도 들렸는데, 머리 바로 위에 있는 시계 소리 때문에 무슨 얘기인지 알아들을 수 없었다.

"열차가 늦는다는 건 나도 알아!" 속삭임이 계속된다.

"회합 소식도 알고 있어!" 더욱 더 속삭인다.

"얼마나 규모가 크니?" 더 길게 속닥거렸다.

"반드시 해체해야 해. 도시 이레몽거들에게 즉시 회합을 해산하지 못하면 내가 그들을 산산조각낼 거라고 전해. 어떤 변명도 허락하지 않겠다!" 하지만 속삭임은 더 계속된다.

"터미스가?" 그리고 더 계속된다.

"확실하니?" 아직도 계속된다.

"오, 한심한 것!" 아직도 더.

"익토르와 오리쉬?" 아직도 더.

"그들이 그걸?" 아직도 더.

"안 됐어. 정말 유감이야." 잠시 멈췄다가 더 계속된다.

"뭐라고?" 좀 더.

"안 돼!" 여전히 더.

"그럴 리가. 이레몽거가 아니라니!" 좀 더.

"우리 중에?" 잠시.

"그것이 뭐라고?" 좀 더.

"어느 녀석이?" 좀 더.

"그 녀석이!" 고개를 끄떡인다.

"혼자!" 장황한 설명이 이어진다.

"안돼, 아니야!" 침묵이 흐른다.

"지금 어디?" 아주 조금.

"또 놓쳤다니!" 아주 조금.

"그럼 그걸 찾아! 그리고 죽여라!"

"네, 마님." 피그고트가 큰소리로 대답했다.

"회합이나 폭풍은 신경 쓰지 않겠어! 나는 그걸 가두고 죽일 거야! 피그고트, 그 일을 마무리할 때까진 내 앞에 나타나지도 말아! 제대로 못 하면, 넌 양잿물이나 마시게 될 거야."

"네, 마님."

"그리고, 피그고트? 이 문제를 일으킨 그 아이 말이야."

"네?"

"내가 그 아이를 봐야겠어. 아주 조용히 말이야."

"네, 마님."

"명령 체계가 똑바로 서야 해. 내 집안에서 무질서는 용납 못해. 내가 침실 벨을 제대로 울려야겠군. 자, 이제 가 보렴."

"네, 마님." 피그고트는 사시나무 떨듯이 덜덜 떨면서 사라졌다.

"다들 어리석기는!" 할머니는 눈앞에 가정부가 있다면 던져버릴 듯 험악하게 고함친 다음, 이내 잠잠해졌다.

"터미스에 관해 말하셨나요, 할머니? 다들 잘 있는 거죠?"

"클로디우스, 넌 터미스 일은 신경 꺼라."

"터미스도 곧 어른이 되면 좋겠어요."

"네 일에만 신경 써."

할머니는 오랫동안 나를 쳐다봤다. 얼마나 대단한 눈빛이었는지, 내 콧구멍과 귓구멍을 뚫고 내 속을 훤히 들여다보고 정보를 모으려는 듯했다. 그런 뒤에 할머니는 아주 깊이 숨을 들이마셨다. 뭔가 평화롭지 않고 행복하지 않은, 아마 반발심을 불러일으킬 말을 꺼내기 전에 곰곰이 생각하는 것 같았다.

"클로디우스, 넌 그 도시에서 뭘 할 거니?"

"아직은 정확히 알지 못하지만, 할아버지가 원하시는 대로요."

"마침내 훌륭한 대답이 나왔군. 넌 이제 어엿한 이레몽거야. 그에 걸맞게 행동할 것으로 믿는다."

"네, 할머니."

"네가 우리 가문을 자랑스럽게 만들어야 해. 넌 재능이 있어, 클로디우스. 너의 내면 어딘가에 말이야. 네 모든 것을 가족을 위해 쏟아부어야 해. 새로운 장을 여는 거야! 아이리스의 아들이 재능 있다는 게 이치에 맞아. 클로디우스 이레몽거, 너는 이레몽거의 혈통을 사랑해야 해. 그렇지?"

"네, 할머니. 좋은 혈통이니까요?" 나는 중얼거렸다.

"최상이지! 이보다 더 좋은 혈통은 없어! 심지어 작센-코부르크-고타[20]조차도 비교할 수 없어. 그들의 피는 아주 옅고, 우리의 피가 훨씬 진하다. 클로디우스, 네 핏줄을 외면한다면 네 몸은 곪고 썩을 거야. 하인 이레몽거 가운데 자신의 피에서 벗어나려던 녀석을 알고 있지. 그에게 무슨 일이 일어났을까?"

"잘 모르겠어요, 할머니."

"그의 다리에 패혈증이 생겼어. 고름으로 부어올랐지. 우리의 피엔 아주 위대한 비밀이 숨겨져 있거든. 너 역시 혈통에서 벗어날 수 없어."

"네, 할머니."

똑딱! 똑딱! 똑딱!

"내가 왜 너를 위해 마개를 골랐을까?"

"잘 모르겠어요, 할머니."

"왜냐하면, 클로디우스, 우리 가문의 전 재산이 너에게 달렸으니까. 물론 넌 몰랐겠지. 오랫동안 너한테는 비밀로 했으니까. 넌 아주 특별하게 사물을 다룰 수 있어. 세대마다 적어도 한 명은 아주 특별한 재능을 갖고 태어났고, 그들 덕분에 우리 가문이 번영해 왔어. 넌 아기 때부터 계속 비명을 질러대서 재능을 일찌감치 드러냈지. 너는 (아주 나쁘게) 성장했고, 이제 바지를 입고 도시로 떠날 거야. 네게 마개를 준 이유는 네가 두 갈래 길 중 하나를 선택해야 하기 때문이야. 너는 마개처럼 우리를 이 안에 가두고, 안전하게 지키고, 저 위협적인 쓰레기산을 든든하게 막아주는 장벽이

● 20 작센-코부르크-고타 가문은 독일과 폴란드의 여러 왕조를 배출한 베틴 가문의 일파로 벨기에 왕가를 이뤘으며 하노버 왕조의 빅토리아 여왕과 혼인하면서 영국 왕가와 친척 관계가 된다.

될 수 있어. 아니면 반대로, 마개가 뽑힐 때처럼 우리를 아무것도 아닌 곳으로 흘러가게 내버려둬서 사라지게 할 수도 있지."

할머니는 자신이 말한 이야기의 파장을 느끼려는 듯 잠시 말을 멈췄다. 똑딱! 똑딱! 똑딱! 시계 소리가 점점 크게 들리는 걸까? 아니면 실제로 시계 소리가 점점 커지는 걸까?

"우리 가문이 끝장난다면 어떻게 될까? 클로디우스, 네가 너의 할머니와 삼촌들과 이모들을 모두 비워내고 쏟아지게 한다면? 그리고 사촌들과 너의 아내 피날리피를 저 공허 속에 내던진다면? 그토록 힘들게 쌓은 우리의 재산과 영토를 파괴한다면? 다른 사람들이 이레몽거들은 쫓아내고, 저주하고, 침뱉고, 부수려 한다면? 그 모든 사태는 네가 우리 혈통을 배신할 때 일어날 일이야."

할머니의 얼굴이 벌개지고, 손이 떨렸고, 진주알이 달그락달그락거렸다.

"마개를 뽑아선 안 된다, 클로디우스!"

"할머니, 전 그런 짓을 하진 않을 거예요!"

"네가 마개를 뽑을지도 몰라!"

"아니요, 절대 그럴 리가 없어요."

할머니는 내 손을 붙잡고 얼굴에 갖다 댔다.

"우리를 용서하지 말거라, 클로디우스. 나를 사랑하니, 애야?"

"네, 할머니, 사랑해요."

"너를 사랑하는 사람들을 다치게 해선 안 돼."

"저는 약속…"

"네가 약속했어!" 할머니는 행복에 젖어 말했다. "자, 그럼, 나를 위해 여기서, 네 엄마가 놀았던 대리석 벽난로 앞에서 엄숙히 맹세해라. 클로디우스 이레몽거는 능력이 닿는 한, 가문을 위해 봉사하고 헌신하겠다고 말이다. 맹세하겠니?"

"네, 저는 맹세합니다." 나는 몸을 떨며 말했다.

그제야 할머니는 내 손을 놓아주었다. 나는 소파로 돌아갔다. 폭풍이 더욱 거세졌다. 아니, 내 심장이 새장 밖으로 뛰쳐나온 걸까? 나는 맹세했고, 그 서약의 말은 전부 진심이었다. 나는 진실로 이레몽거이며, 그 세상이 내가 아는 모든 것이었다. 그런데 할머니가 왜 그런 말을 했을까? 마치 나의 의심을 눈치챈 것처럼. 그래, 제임스 헨리에 대한 나의 두려움, 사물들에 대한 나의 슬픔, 무엇보다도 루시 페넌트, 벽난로를 청소하는 그 소녀에 대한 나의 애정. 할머니는 나의 모든 생각을 다 꿰뚫고, 그것을 버리라고 말씀하셨다. 결국은 어른이 되어야 한다고. 결국 나는 접견실에 가지 않기로 결심했다.

"할머니, 제가 잘할게요. 바지를 입으니까 아주 기뻐요." 마침내 나는 대답했다.

"그래, 넌 착한 아이야. 네게 줄 것이 있다. 여행을 축하하는 작은 이별의 선물이야." 할머니는 원형 탁자를 가리켰는데, 거기에는 리본으로 묶은 아주 작은 포장 꾸러미가 놓여 있었다.

나는 포장지를 풀었다. 그것은 은으로 만든 작은 손거울이었다.

"거기에 글자를 새겨 놓았어. 한 번 읽어보렴."

"나 자신이 누구인지 항상 알 수 있도록 하라."

"정말 좋은 소리야. 클로디우스, 어쨌든 네가 최고의 혈통을 지닌 이레몽거임을 항상 유념해라."

"감사합니다, 할머니."

"클로드? 난 너를 정말 사랑한다."

그때 나는 문 앞에 서서 반대편으로 가고 싶은 열망, 할머니와 그분이 한 모든 말에서 벗어나고 싶은 욕망이 솟구쳤다. 할머니는 꼭 그렇게 말해야 했을까? 이레몽거의 영원한 자산이 되도록 내게 다짐을 받아내야 했을까? 그래, 원래 그런 분이셨지.

"저도 사랑해요, 할머니." 나는 대답했다.

한순간 그분이 얼마나 타인들의 삶을 제멋대로 통제했었는지를 잠시 잊고, 얼마나 상냥하고 허약했는지만을 떠올렸다. 나의 유일한 할머니는 심지어 눈물까지 흘렸다.

할머니 방에서 나오자 밖의 소란은 점점 더 시끄러워지고 있었다. 긴 회랑에는 유리창이 온통 깨어져 있었고, 금이 간 천장 사이로 작은 흙덩어리와 파편들이 계속 떨어지고 있었다. 온 집안이 으르렁거렸다.

"기차는 도착 전인가요?" 나는 중앙 계단에 있는 수위에게 물었다.

"아직 도착하지 않았어요, 주인님." 그가 대답했다.

"정말 늦네요. 피해가 크군요. 회합이 있었다고 들었는데, 잡혔나요?"

"아직요. 어젯밤에 서택이 난리였는데, 일부는 회합 때문이고, 일부는 태풍 때문이었나 봐요. 어쨌든 도시 이레몽거들이 오셨으니 회합도 곧 잡히겠죠."

"여기가 안전하다고 생각해요?" 내가 그에게 물었다.

"저요? 전문가는 아니지만, 적어도 가장 높은 다락방이나 가벼운 바람에도 흔들리는 동관 쪽이 더욱 위험해 보여요. 그렇다고 아래층도 침수될 위험이 크죠. 저라면 여기 집 한가운데 그대로 있을 작정입니다. 클로드 주인님은 어찌하시렵니까?"

"위로 올라갈지, 아래로 내려갈지, 정말 모르겠어요. 일단 터미스에게 가보려구요."

"안녕히 주무세요, 클로디우스 주인님! 안전한 밤이 되길 바랍니다."

나의 친구 터미스

터미스의 방 앞 복도에는 평소보다 이레몽거들이 많이 몰려 있었다. 몇몇 제복을 입은 이레몽거들이 분주히 뛰어다녔고, 침울한 표정의 이모들과 삼촌들이 보였다. 복도 카펫은 빗물이 스며들어 축축했고, 터미스와 그의 가족 침실 입구에는 웅덩이가 고여 있었다. 터미스의 부모 익토르(탭볼)와 오리쉬(카펫 클리너), 그리고 형제들(U자 하수관, 청소솔, 도어 스토퍼, 모자핀, 메짜루나[21])은 모두 밖에 서 있었다.

무슨 일일까? 어쩌면 터미스도 바지를 입게 된 걸까? 틀림없다. 그건 아주 큰 행사였으니까. 오, 터미스가 어른이 된다니, 정말 멋지다고 생각했다. 우리는 서로 새 옷을 칭찬하고, 헤링본 천의 감촉을 느끼고 바짓단을 멋지게 접어올릴 것이다. 터미스가 어떤

● 21 허브나 고기류를 다지는 반달 모양의 칼

임무를 맡게 될지도 궁금했다.

"안녕하세요." 가족 사업이 최절정을 맞는 순간에 가장 어울리는 이레몽거의 표정을 지으며, 내가 먼저 인사를 건넸다.

"오, 클로드, 넌 여기 있으면 안 돼." 포뮬라 이모가 말했다.

"터미스를 잠깐 봐도 될까요?"

"아니, 클로드, 그냥 떠나는 게 낫겠다."

"이모가 보다시피, 저도 긴 바지를 입었어요. 그러니 여기 있을 자격이 있죠."

"그래? 잘됐구나. 하지만 제발, 지금은 아니야."

"터미스를 만나서 축복해 주고 싶어요."

"축복이라니? 클로드, 무슨 말이니?"

"터미스는 오늘 긴바지를 입는 거 아니에요? 어떤가 궁금해서요."

"클로드, 터미스가 어른이 된 게 아니야. 그는 실종되었어."

"실종이요? 그럼 우리가 빨리 찾아내야죠."

"쓰레기산에서 실종된 거야. 무어커스가 그에게 오밀리와 결혼할 수 없다고, 또 네가 긴바지를 입었다는 것도 말했대. 그래서 이 폭풍우 속에서 제 발로 걸어 나갔다는구나. 그리고는 쓰레기산이… 그 아이를 집어삼켰대."

"그럴 리 없어요. 그래요, 사실이 아닐 거에요!"

"가족들이 그의 수도꼭지를 마블 홀에 안치하러 갔어. 하인 이레몽거들이 수색하다가 발견했대. 그나마 수도꼭지를 찾아서 그나마 위안이 될 거야."

"아, 터미스. 어쩌다 이런 일이."

"이젠 가족들끼리 시간 보낼 수 있도록, 우리는 떠나자꾸나. 클로드, 네가 바지를 입고 나타나면, 익토르와 오리쉬가 더 비통해 할 거야."

"무어커스를 죽여버릴래요. 그를 어떻게 처벌할 생각이죠?"

"왜 무어커스에게 벌을 주겠니? 무엇보다 터미스가 폭풍우 속에 외출한 것은 무어커스의 잘못이 아니라, 터미스가 스스로 내린 결정이야. 그래서 수호물도 위대한 서랍장이 아니라 그 옆의 작은 선반장에 두어야 해." 포뮬라 이모가 말했다.

"어떻게 다들 그러실 수 있어요?"

"클로드, 집에 가라, 얼른 집에 가."

어른 이레몽거들이 운집해 있는 곳에서 나는 터미스의 어머니 오리쉬를 발견했다. 눈시울이 붉어지고 비탄에 빠진 그녀는 수도꼭지를 품에 안고 있었다.

"기다려요! 잠깐만요! 오리쉬 아주머니, 익토르 삼촌, 잠깐 제가 그의 수도꼭지를 봐도 될까요?" 내가 외쳤다.

오리쉬 아주머니는 수도꼭지를 꼭 끌어안았다. 그녀는 내가 던진 말에 상처받은 것 같았다. 상중인 이 레몽거를 고인의 수호물과 조용히 있게 하는 것이 장례 예법이었다. 하지만 나는 반드시 그 수호물의 소리를 들어야 했다.

"클로드! 도대체 넌 왜 그러니!" 포뮬라가 비명을 질렀다.

"이모, 잠깐만요. 전 그것이 금세라도 사람이 바뀔지… 아니, 차라리 그게 나을지도 몰라요."

"어떻게 네가 감히!" 익토르 삼촌이 소리쳤다.

나는 아랑곳하지 않고 오리쉬의 손에서 수도꼭지를 뺏어 그것의 소리를 들으려고 했다. 하지만 그것은 아무 소리도 내지 않았다.

"넌 말할 수 있어. 힐러리 에블린 워드-잭슨, 그게 네 소리야. 빨리."

"클로드 이레몽거, 당장 그것을 돌려줘!" 오리쉬 고모가 통곡했다.

"아, 오리쉬 아주머니, 익토르 삼촌, 정말로 터미스는 이미 죽었어요." 그 말만 남긴 채, 나는 그 자리에서 도망쳤다.

내 안의 엔진

애도하라, 애도하라, 이레몽거여! 그 집은 죄책감으로 가득했다. 모두가 하얗게 질려 떨었다. 이레몽거가 쓰레기산에서 실종될 때는 항상 이런 식이다. 하지만 그 모든 실종사건 중 이번만은 나 자신이 실종된 것이나 마찬가지다. 터미스가 그렇게 세상을 떠났다. 그리고 한때 힐러리 에블린 워드-잭슨이라 불리던 사람도 세상을 떠났다.

나는 결코 사물들의 이름을 듣고 싶지 않았다. 그 속삭이는 소리들. 사물에 갇힌 소리를 듣는 것을 혐오했다. 얼마나 남들과 똑같이 되고 싶었던가. 터미스가 죽었다는 사실도 알고 싶지 않았다. 그가 아직 발견될 수 있다는 희망을 잃지 않기를 원했는데, 이젠 그것이 불가능함을 확실히 알았다. 머릿속에 소용돌이치는 폭풍이 내 생각을 희롱하고, 점령하고, 할퀴었다. 쓰레기산에서 불어오는 사물들의 소리가 터미스의 죽음을 비웃는 듯 담장을 넘어오고 덧문을 두드렸다.

내가 무어커스를 응징해야 할까? 어떻게?

저택 내부 곳곳에 문이 폐쇄되었다. 모든 것이 잘못되었고, 내 심장을 갈기갈기 찢고 싶었다. 나는 자기 자신을 통제해야 한다고 생각했지만, 엄습해 오는 폭풍이 단 한순간도 날 잊지 못하게 한다. 그렇게 계속 조롱하고, 또 조롱해라.

오, 터미스, 정말 미안해. 그날 밤 불쌍한 오밀리는 어떤 심정일까? 터미스가 없는데, 내가 누구이고 무엇을 해야 할지 어느 누가 말해줄까?

그때 할머니의 거울이 생각났다. 그것을 꺼냈다.

나 자신이 누구인지 항상 알 수 있도록 하라.

고마워요, 할머니.

이제 기억한다. 한동안 잊고 있었다. 어디선가 엔진이 시동을 걸고 있다.

증기. 내게서 증기가 끓고 있다.

완벽한 무어커스 이레몽거와
환영받지 못한 롤랜드 쿨리스

제20장

무어커스의 수호물

루시 페넌트의 이야기는 계속된다

나는 도망쳤다. 가죽옷과 여전히 내 머리에 눌러 쓴 헬멧 때문에, 어디를 향해 가는 건지도 알 수 없었다. 두어 번은 날아오는 물건에 맞아 죽을 뻔했고, 계단 아래로 계속 굴러떨어져 온몸에 멍이 들었다. 아무튼 이 차림으로 계속 가지 못할 같아서 어느 탁자 밑으로 기어들어가 그 빌어먹을 것들을 벗어 버렸다.

그곳은 큰 냄비와 칼들이 벽장에 잔뜩 걸려 있는 부엌이었다. 그룸 부인이 들이대던 칼과 그녀가 했던 얘기들이 떠올랐다. 여기 계속 숨어 있다가는 로스팅 팬에 누워 그들에게 소리칠지도 모른다. '난 여기 있으니, 잘들 먹어요!'

그때 부엌에 들어오는 사람의 목소리가 들렸다.

"이쪽이야, 오디스. 나와 내기하자. 식칼은 가지고 있니?"

나는 팬트리로 피신했다. 그곳은 선반 위아래로 색색의 항아리들이 잘 정리되어 있었다. '루시 페넌트'라는 이름표가 붙은 호리병 속에서 내가 수영하는 모습을 잠깐 상상했다. 사람들이 후다

닥 뛰어다니는 소리는 요란했지만, 막상 펜트리 안에 들어오는 사람은 없었다. 저 멀리서 지하실 통로에서, 그 대단한 것(도대체 그것의 정체는 무엇일까?)이 장악한 것처럼 아주 엄청난 소음과 충돌음이 들렸다. 항아리가 선반에서 딸깍딸깍 소리를 내며 춤췄고, 겨자에 절인 피클병이 선반 끝을 향해 굴러가더니 일부러 그런 것처럼 쨍그랑 바닥에 떨어졌다.

사람들이 오기 전에 나는 아슬아슬하게 그곳을 빠져나와 식당으로 자리를 옮겼다. 여기서 나갈까, 아니면 숨어 있을까? 결국 찬장 안에 숨기로 했다. 그곳은 식탁보와 냅킨 따위를 보관하는 작은 찬장으로 별 관심 없이 방치된 장소였다.

찬장은 생각보다 깊고 꽤 높았다. 그 안에 숨어 있는 게 할 수 있는 전부였다. 왜 저들이 나를 추적하고 사냥하려 할까? 별안간 왜 내가 중요해진 걸까? 필칭에서 숨바꼭질하던 때를 떠올렸다. 그곳에선 항상 어디에 숨을지 알고 있었다. 그렇다면 이 커다란 저택에서 수백 곳은 더 숨을 수 있다. 그러니까 침착하게 행동해야 해.

30분 정도 흘렀을까? 열쇠 구멍으로 식당을 내다보았다. 사물들이 모여들고 있었다. 처음에는 오래된 동전 몇 개와 못이 굴러왔다. 그다음에는 더 큰 것들이 통통 굴러왔고, 금세 많은 옷들, 널빤지들, 프라이팬, 심지어 낡은 주석 욕조까지 움직였다. 게다가 저절로 회전하는 찻잔이 있었는데, 그 잔 위에 이상한 입술 모양이 달려 있었다. 바로 그 콧수염 찻잔이야!

그러더니 그 물체들이 회전하기 시작하더니, 서로 뒤틀리고 돌진하고 원을 그리며 더 높이 올라갔다. 그리고 하나의 사물-사람, 즉 회합의 형태를 띠기 시작했다. 한쪽 발에는 국자에 신발이 걸려 있고, 또 다른 쪽에는 낡은 뜰채가 꽂혀 있었다. 중간에는 낚싯대, 파이프, 막대기와 같은 길고 얇은 물체 사이에 나이프와 포크, 깨진 안경테, 연필, 펜들이 한데 모여 마치 사람의 몸통처럼 보였다. 방금 알아낸 바로는 사람의 배처럼 보인 것은 욕조였다. 그런데 하나로 뭉친 회합은 비명을 지르고 낑낑거리며 겁 먹은 듯 슬픈 소리를 냈다. 바깥에서 소음이 들리자, 회합은 움찔하며 벽 쪽으로 물러섰다. 뒤쪽 벽 선반에는 접시와 그릇, 양철 컵과 수저류 등이 보관되어 있었는데 맨 위 선반은 손이 닿으려면 사다리가 필요한 높이였다. 그때 누군가가 문 앞에서 힘껏 밀며 안으로 들어오려 했다. 저 회합은 천천히 여러 물건들로 분해되기 시작하더니 선반 위로 뿔뿔이 흩어졌다. 회합은 자신을 분해하고 숨을 생각인 것이다! 마지막으로 콧수염 찻산이 맨 위 선반 위로 올라갔다.

드디어 문이 간신히 열리고 이레몽거들이 우르르 들어왔다. 그들은 뒤쪽 선반에 있는 물건들을 전혀 눈치채지 못했다. 심지어 욕조조차 식탁 아래에 가까스로 숨었으니까 말이다.

"회합이 도망갔어. 도대체 어디로 가버린 거야?"

"어딘가에 숨어 있겠지. 하지만 우리가 곧 찾아낼 거야."

"오디스, 넌 그것이 덤웨이터를 쓸 수 있다고 생각해?"

"아마 가능하지 않을까? 오리스, 만약 그게 위층에 있다면 말이야."

"우리가 가장 먼저 찾아서 냉장실에 걸어두자. 피가 뚝뚝 흐르도록 말이야. 어때, 오디스?"

"윗분들이 우리가 그렇게 처리해도 좋다고 하실 거야. 안 그래?"

"그래야지. 그럼, 난 수프를 내올게."

수프를 따르고 식탁을 차리는 소리가 났고, 여느 때처럼 아무 일 없던 것처럼 저녁 식사를 하러 들어오는 수많은 이레몽거의 행진 소리가 들렸다. 하지만 오늘 저녁기도는 스터리지 집사가 아니라 브릭스 부집사가 주관했고, 피그고트 부인의 목소리는 아예 들리지도 않았다. 이레몽거 하인들은 서로 중얼거리며 해산된 집회에 대한 이야기, 밖에서 실종된 터미스와 과거 실종된 하녀 이레몽거들에 대해서도 얘기했다. 하지만 이름을 기억하지 못해서 기껏해야 '절룩발이', '볼에 보조개가 있는', '세탁소에서 일했던' 이레몽거라고 묘사할 수밖에 없었다. 수프를 쩝쩝 마셔대는 소리 사이로 그들의 목소리가 간간이 들렸다.

"성문이 조금 무너진 것 같은데, 과연 버틸 수 있을까?"

"그럴 거야. 통로가 막혔다 해도 문제 없어. 적어도 여기까지 밀려들지는 못해."

"2차 관문까지 뚫고 들어올 수가 없어."

"그럼, 내가 장담해."

잠시 후, 고아원에서 온 빨간 머리가 내게서 불과 몇 피트 떨어진 곳에 있다는 것을 나는 눈치챘다.

"제가 벽난로 청소를 할 거라던데, 그 일이 좋은 건가요?"

"오, 그럼. 좋지, 좋고 말고."

"드디어 넌 집에 온 거야. 정말 반가워."

"전 그냥 그런 것 같아요." 빨간 머리가 말했다. "전 이제 이레몽거라고 커스퍼님이 말하더군요. 그 빨간 쥐는 잡혔는지 궁금하네요. 그들이 그녀에게 무슨 짓을 할지도요."

"그녀가 이레몽거인 것처럼 침입했다니 정말 끔찍해"

"난 궁금하지도 않아. 내가 이레몽거 아닌 사람과 말했다니, 토할 것 같아."

"아주 오래 목욕을 했지. 그 이야기를 듣고 나서 몸을 벅벅 문질렀다니까. 심지어 비누 조각까지 먹었어."

"그럴 만하죠. 그녀를 떠올리기만 해도 온몸이 가려워져요."

"그래도 우리에겐 지금 네가 있고, 그게 위로가 돼. 너에 대해 말해줄래?"

"뭘 알고 싶어요?"

"모든 걸. 너에 대한 모든 걸 말해줘."

브릭스 씨가 벨을 울릴 때까지(평소보다 일찍 울린 것 같았다), 그런 식의 대화가 이어져서 속이 울렁일 정도였다. 다들 스푼을 깨끗이 핥았고, 식탁은 치워졌고, 마침내 마지막 발걸음 소리가 사라졌다. 나는 잠시 고민했다. 힙 하우스를 빠져나가야 하는데, 아래층 방들은 너무 위험했다. 위층으로 가야 한다. 클로드도 거기에 있으니까. 우리가 약속했던 대로, 모든 것이 엉망이 되기 전에 접견실에서 그를 만나야 한다.

나는 찬장 문을 열고 살금살금 나왔다.

또 다른 사건이 나를 기다리고 있었다. 사물들이 조용하게, 아주 천천히 조립되기 시작했다. 아직은 사물로 된 작은 아이처럼 보였다. 어쩐 일인지 내 소리에 반응해서 나를 향해 돌아섰다. 그것의 얼굴은 쭈그러진 찻 쟁반과 온갖 종류의 못, 핀, 볼트, 나사, 유리 조각과 도자기 파편들로 만들어졌는데, 잠시도 가만있지 않고 소용돌이를 치듯 움직였다. 그래서 아주 잠시 사람의 눈, 코, 입을 봤다는 착각을 일으켰다.

"날 해치지 말아 줘. 이레몽거들이 날 쫓고 있어."

그것은 내 말에 고개를 갸우뚱했다. 녹슨 포크가 낡은 양은 냄비를 긁어 소리를 냈다. 마치 말을 하려는 것 같았다. 가슴 한복판에는 콧수염 찻잔이 다시 나타나서 다른 물건들보다 빠르게 뱅글뱅글 돌고 있었다. 주전자 뚜껑, 프라이팬 뚜껑, 냄비 뚜껑, 병 뚜껑 등이 입을 크게 벌리려는 듯 위아래로 탁탁 소리를 냈다. 배가 고픈 것일까?

"나한텐 아무것도 없어. 문고리가 있었는데, 그것도 없어졌어."

그것이 더 가까이 다가와서 손을 내밀었다. 정확히는 낡은 파이프와 손잡이, 오래된 빗이 두세 개가 있었고, 손가락 대신에 낡은 연고병 하나, 찻주전자 주둥이 하나, 호루라기가 달린 파이프 하나가 있었다. 엄지손가락은 마법 랜턴의 놋쇠 렌즈, 그리고 새끼손가락은 엽총 탄피였다. 그것은 계속 긁어대고, 낑낑대고, 딸깍거려서, 오래 지체하면 금세 들통이 날 것 같았다. 나는 서랍을 열었다. 거기에 있던 냅킨 몇 개가 날아가서 뚜껑이 열린 냄비 안에 들어갔다. 식당 벽을 따라가며 서랍을 계속 열어 물건들을 그것에게 주었다. 그렇게 회합은 점점 거대해졌고 마치 좋아서 박수 치며 웃고 있는 듯했다. 바로 지금이야. 회합이 통로를 막아준다면, 이레몽거들에게 잡히지 않을 거야.

달려, 달려, 위층으로. 클로드에게로.

발소리들이 들렸다. 사람들이 내려오고 있다. 나는 그들로부터 멀리 떨어지기 위해 도망쳤다. 여전히 그들의 소리가 들렸다. 점점 더 가깝게. 나는 점점 더 아래로 내려갔다. 저 발걸음 소리에서 멀어져야 해. 그리고 외침, 저기서 누가 외치고 있어.

"폐쇄! 폐쇄! 해치를 내려! 침수될 거야, 올라와!"

나는 더 멀리, 더 깊숙이 달려갔다.

"나가! 나가라고!" 소리가 들렸다. "해치를 내린다! 올라와!"

그 말이 들리지 않는 쪽으로 나는 계속 달렸다. 어디로 뛰어가도, 이제 나밖에 없다. 마침내 멈췄다. 정말 혼자였다. 아주 저 먼 곳에서 마지막 소리가 들렸다. "폐쇄!"

그리고 문과 해치가 쾅 닫히는 소리, 그리고 망치로 문을 한참 두드리더니 멈췄다. 멀리서 우르릉거리는 소리뿐. 뒤늦게 상황을 파악했다. 지하층의 상당수가 방호문으로 폐쇄되었고, 나는 폐쇄 구역으로 잘못 들어온 것이다. 그게 내가 발각되지 않은 이유였다. 이레몽거들은 안전하게 대피했으니까. 이제 이 구역은 금세 쓰레기 더미로 침수될 것이다. 쾅쾅, 쿵쾅, 철썩, 우르릉.

그건 이레몽거들이 문을 두드리는 소리가 아니라, 쓰레기더미가 밀려 들어오는 소리다.

생각해 봐, 페넌트, 생각해, 루시. 분명 방법이 있을 거야.

그래, 아래층 벽난로는 10개 정도 있을 것이고 거기 있는 굴뚝 연도를 타고 가면 어떻게든 빠져 나갈 수 있을지 모른다.

프러시안 블루 룸에는 외롭고 차갑고 음울해 보이는 벽난로가 있다. 그곳은 쓰레기산에서 수집한 런던의 오래된 부츠와 신발들을 끓여서 프러시아 블루[22] 염료를 만드는 작업실이다. 그곳은 온통 라커칠과 옻칠을 한 것처럼 미끌미끌하고 빛나고 악취가 진동했다. 벽난로로 가는 동안 식초의 바다에서 수영하는 느낌이었다. 나는 벽난로 안으로 들어간 뒤 내부 벽을 타고 저택 위층으로 올라갔다.

♠

빛은 전혀 들어오지 않았다. 벽돌 가장자리에 긁혀 손과 무릎이 까졌지만, 꿋꿋하게 천천히 올라갔다. 아래로 떨어지지 않으려고 팔꿈치와 무릎으로 버티느라 온통 피투성이가 되었다. 굴뚝을 타고 들려오는 폭풍 소리는 무시무시한 메아리가 되어 미친 여인의 괴성처럼 들렸다.

"후우우우우우히히히!"

"날 놀라게 하지 마."

"후우우우우우히히히!" 정말 그렇게 들렸다.

때로는 빗방울 대신 못과 나사 조각들이 굴뚝 위에서 퐁당퐁당

● 22 1700년경 베를린에서 만든 어두운 청색 염료이며, 베를린 블루, 또는 프러시안 블루라고 불린다.

쏟아져 내 머리 위로 첩첩이 쌓일 때도 있었다. 또 강풍이 울부짖는 밤에 어느 이레몽거가 몸을 녹이기 위해 불을 피우는 바람에 그 불에서 나온 검은 연기에 질식될 뻔했다. 내가 바싹 구워져 연통에서 굴러떨어지면 그룸 부부가 얼마나 좋아할까? 루시에서 기름을 짜내고 페넌트를 훈제로 절여 마음껏 소시지로 만들지도 몰라. 가급적 바람의 방향을 따라 차가운 공기가 흐르는 쪽으로 기어갔다. 다행히 수직이 아닌 수평 구간이 나왔고, 중앙 굴뚝에서 다른 작은 굴뚝 연도로 접어들었다. 그런데 갑자기 연도가 아래로 꺾이는 바람에, 예상치 못했던 나는 멈출 새도 없이 불빛을 향해 굴러떨어졌다. 아이러니하게도 그곳은 또다른 벽난로였다.

내 앞에서 겨우 몇 피트 떨어진 곳에서 순혈 이레몽거가 잠자고 있었다. 내가 낸 인기척에도 저 잠든 이레몽거를 깨우지 못했다. 나이트캡을 쓰고 있어서 남자인지, 여자인지 구분도 되지 않았다. 램프가 희미하게 켜져 있어서, 흐릿하게나 그곳을 둘러보았다. 깔끔하고 잘 정리된 방. 침대 머리맡에 놓인 작은 주철냄비가 눈에 띄었다. 그건 분명히 이 이레몽거의 수호물일 거야. 크기에 비해 꽤 무겁지만, 오히려 그 묵직한 무게가 마음에 들었다. 일종의 무기로 쓰기로 했다.

클로드, 어디 있어? 어떤 문을 열어야 너를 찾을 수 있을까? 접견실? 그래, 접견실로 가서 클로드를 만나자.

그곳에는 그가 없었고 그냥 빨간 소파뿐이었다. 자, 기다리면 클로드가 반드시 찾아올 거야. 소파 뒤에 숨어 냄비를 바닥에 내려놓고 숨죽여 기다렸다. 클로드, 제발, 빨리 와줘.

그때 문이 열렸다. 그가 왔다! 일어나! 아니, 루시, 이 바보! 먼저 누구인지부터 확인해야지. 클로드? 아냐. 그가 아니다. 회색 플란넬 긴바지를 입은 사람이다. 지금 왔다갔다 서성이고 있다. 누군가를 기다리고 있다. 저리 가. 하지만 그는 소파에 앉았다. 아니, 소파 밑으로 손을 넣어서 나를 붙잡았다! 아니, 그건 냄비였어. 그가 냄비를 가지고 드디어 방 밖으로 나가고, 문이 다시 닫혔다.

아무래도 여긴 안전하지 않을 것 같았다. 나는 일어나 문을 열고 함정 밖으로 빠져나갔다.

내 뒤에 들리는 발소리? 그럴 줄 알았어. 어느 쪽으로 가지? 여기로 들어가자. 숨어 있는 동안, 누군가 뛰어가고 있다.

어서 클로드를 찾아야 해.

클로드를 찾으려고 방문을 열 때마다, 다른 이레몽거가 잠들어 있고 침대 머리맡마다 그들의 수호물이 놓여 있었다. 물론 처음부터 그런 짓을 할 작정은 아니었다. 루시 페넌트, 넌 정말 나쁘구나. 나는 이 침대에서 저 침대를 돌아다니며 수호물들을 챙겼다. 넥타이핀, 에그컵, 올가미, 버섯 모양의 재봉키트. 수호물 네 개를 획득하고 나니 이 아이디어가 마음에 들기 시작했다. 그때부터 나는 무척 진지하게 도둑질에 임했다. 잠자는 이레몽거들은 정말 무방비 상태였다. 어떤 소년은 아예 수호물을 신은 채 자고 있었다. 여자 신발이 분명했는데, 다행히 잘 벗겨졌다.

폭풍은 계속되었고, 배관 파이프는 덜컹거렸고, 저택은 마구 흔들리며 호령했다. 한 번은 불쌍한 하인들이 달려와 덧문을 닫으려고 힘들게 씨름하는 동안, 갈매기 떼가 집안에 들어와 새똥을

싸댔고, 그 뒤를 따라 물건들이 연신 날아왔다. 처음에는 몇몇 종이들, 신문지들, 표지가 펄럭대는 책들, 조금 후에는 더 큰 것들, 벽돌과 가재 도구들, 깨진 창틀 따위가 유리창을 깨고 날아왔다. 하인들이 탁자를 뒤집어 바리케이드를 만들어 문을 막았지만, 수천 개의 물건이 밀려오는 압력을 떠받치기 힘겨워 보였다.

"집이 뚫렸어! 어서 가서 지원을 요청해! 오래는 못 버텨!"

그때 부리 끝이 붉은 커다란 갈매기 한 마리가 바리케이드를 잡고 있던 하인에게 다가왔다. 그 새는 앞으로 머리를 기울이더니 그의 신발을 부리로 쪼기 시작했다. 그런 뒤에 조금 더 앞으로 뒤뚱거리며 아예 신발끈을 덥석 물었다.

"쉿! 저리 가!" 하인은 새를 쫓아내려고 소리쳤다.

다음 순간 갈매기는 그의 풀린 신발끈을 있는 힘껏 잡아당겼다. 이제 다른 갈매기들까지 몰려와 다른 쪽 신발끈을 노리고 가세하기 시작했다.

"못 참겠어! 나 좀 살려줘!"

스터리지 씨가 하인 몇 명을 더 데리고 돌아왔다. 스터리지 씨가 그 육중한 몸무게로 문을 세게 막는 바람에 갈매기 몇 마리가 희생되고 말았다.

"복도에 있는 사람들을 모두 깨워서 대피시켜라. 여기 복도를 봉쇄해야 해! 움직여! 움직이라고!" 집사가 소리쳤다.

소동이 벌어진 틈에 나는 슬그머니 빠져나와 중앙계단을 살금살금 내려갔다. 제복을 입은 한 남자가 책상에 곤히 잠들어 있었다. 쓰레기더미가 밀려든다면, 그는 잠결에 익사할지도 몰랐다.

대리석 계단에서 또 발소리가 났고, 나는 아까 그 남자의 의자 뒤로 숨었다. 누군가 급하게 달려와 책상 앞에 잠시 멈췄다가 또다시 떠났다. 아까 그 회색 플란넬 바지다. 나는 몰래 복도로 잠입했다. 그곳과 이어진 방은 예쁜 꽃이 그려진 도자기 문고리가 있는 웬지 아주 중요한 곳처럼 보였다. 거긴 보물의 방이였다! 금테 액자에 걸린 명화들, 반짝반짝 빛나는 테이블과 그 위에 놓인 온갖 진귀한 소장품들. 거의 벌거벗다시피한 여인상들이 있는 거대한 대리석 벽난로. 이곳은 어디일까? 두 걸음도 채 못 가서, 늙은 목소리가 내게 소리쳤다. "누구냐?"

네 개의 대형 그림이 걸려 있는 벽 아래에 한 늙은 부인이 있었다. 그녀는 깨어 있었지만, 침대 커튼이 드리워져서 서로의 모습을 볼 수 없었다. 나는 급히 아주 보기 흉한 의자 뒤에 숨어서 빼꼼 내다보았다.

"누군가 여기 들어왔어. 누구니? 네 모습을 드러내라."

커튼에서 머리 하나가 튀어나왔는데, 몹시 시들고 늙고 야윈 얼굴이었다.

"혹시 당신인가요? 기차가 벌써 도착했나요? 아니야, 움비트가 아니야. 화내지 않을 테니까, 당장 나오너라. 피그고트! 또 너야? 그거 찾았니? 회합 해산만으로는 충분하지 않아. 아냐, 피그고트는 그걸 찾을 때까지 여기 오지 않을 거야. 그럼 누군가 다른 사람이겠지? 어쩌면, 그래 그럴 수도…" 그녀의 목소리가 조금씩 낮아졌다. "그것 …인가? 우리가 놓쳤다는… 그렇지? 여기 잘못 들어온 게로구나. 바로 그것."

한동안 노인은 말이 없더니 침상에서 수척한 몸을 일으켰다.

갑자기 노인은 힘 없고 겁에 질린 목소리로 말했다. "여기에는 오로지 나뿐이야. 나와 내 추억들 밖에 없지. 네 숨소리가 들리는구나. 가까이 와 보렴. 새롭고 젊은 사람을 만나는 건 기분 좋은 일이야. 내가 널 만져봐도 되겠니? 이레몽거들은 피부가 좋지 않은데, 너는 어떨까?"

그런 말을 하면서 노인은 아주 천천히 내게 다가왔고, 나도 천천히 움직였다. 이 커다란 검은 안락의자 뒤쪽은 안전하지 않다는 것을 깨달은 나는 엉금엉금 기어서 다른 의자 옆으로 옮겼다.

"자리를 옮겼니? 수줍음이 많구나, 그렇지? 걱정할 게 없어. 난 그저 늙은이잖니. 저 벽난로를 봤니? 힙 하우스를 통틀어 저렇게 훌륭한 물건은 없어. 한 번 가까이 와서 구경할래?"

그때 뭔가가 연통을 타고 벽난로 쪽으로 철썩 소리를 내며 떨어졌다. 재가 가라앉은 후에 보니, 그것은 낡고 더러운 드레스였다. 그걸 보고, 노인은 말했다. "폭풍 때문에 내 침실과 벽난로가 엉망진창이 되었군. 내일 덧문을 열면, 쓰레기더미가 한가득이겠네. 결국 사람이 아니라 폭풍이었어."

그녀의 말에 나는 늙은 새가 속아넘어간 줄 알았는데, 느닷없이 자물쇠를 잠그는 소리가 들렸다.

"이 괴물! 내가 문을 잠그고 초인종 줄을 당겼으니까, 곧 열 명은 올라올 거야. 카펫은 태우고 네 녀석이 숨은 의자는 창문 밖으로 던져버릴 거야. 어서, 나와! 이리 나오라고!"

노부인은 부지깽이를 손에 쥐고 이리저리 흔들어댔다. 사람들이 몰려들어 문을 쾅쾅 두드리며 외쳤다.

"마님! 마님! 마님!"

"여기 있어! 내가 그것을 가두었지. 여기! 내 방에!"

"열쇠가 끼었어요. 자물쇠를 풀면 저희가 금방 들어가서 마님이 다치지 않게 지켜드릴께요."

"내가 다친다고? 어림없어! 저것이 너희를 속이고 또 달아나지 않도록 내 눈앞에서 저것을 끝장내라! 준비됐어? 하나, 둘, 셋! 이제 저것을 잡아!"

노부인이 문 앞에서 열쇠를 돌리고 지시하는 동안, 벽난로 앞에 있던 나는 황급히 다시 굴뚝 연도로 올라갔다. 잠시 아래를 내려다보니, 아래에서 빛나는 횃불이 보였고 "그것! 그것!"하고 부르짖는 외침이 들렸다. 그리고 잠시 후 명령이 들렸다.

"벽난로에 불을 피워라!"

조금씩, 앞으로 계속 움직였다. 잠시 후 연도가 구부러진 곳에 도착했다. 아마 통로의 교차 지점으로 길을 잃은 듯했다. 검댕에 미끄러진 나는 또 다른 벽난로 위로 떨어졌다. 정확히 말하면 나는 벽난로 조각과 철제 받침대와 바닥 사이에 갇혀 있었다.

♠

나는 떨어지면서 등을 다쳐 움직일 수가 없었고, 작은 벽난로에 끼어 옴짝달싹할 수도 없었다. 내 주머니에서 굴러나온 수호물들이 바닥에 널려 있었다. 어디일까? 처음에는 창고인가 싶었다.

그 방에는 각기 다른 다섯 개의 자물쇠가 채워져 있었다. 선반에는 물건들이 여럿 놓여 있었지만, 각각의 논리적인 연관성을 찾을 수 없었다. 리본 몇 개, 새총, 항아리에 담긴 도장들, 하모니카, 단추들, 장난감 병사들, 파이프들, 담뱃갑들, 목검, 쥐덫, 파리잡이 끈끈이, 잉크병… 이게 다 누구 물건일까?

인기척이 느껴졌다. 누군가가 거기에 있었다. 18세쯤 된 젊은 남자가 검은 옷을 입고, 음산하고 심술궂은 얼굴에다 피부도 정말 노랗다. 콧수염이 약간 있고 이마에는 반점이 있다. 그런데 그의 발목 주위에 긴 사슬이 달린 족쇄가 채워져 있었다.

"주인님! 여기 뭔가 새로운 게 있어요. 아주 새로운 것이에요."

멀찍이서 다른 목소리가 대답했다. "오, 맙소사. 토스트랙, 도대체 뭔데? 너를 두들겨줘야겠어!"

"그러면 나도 당신을 걷어찰 거에요."

"넌 예의범절을 지키겠다고 내게 약속하지 않았나?"

"주인님은 나를 풀어주겠다고 약속했지만, 오히려 쇠사슬에 묶었죠. 그러니 우리 모두 타고난 거짓말쟁이예요. 이리 와보세요. 폭풍이 끌고 온 걸 보세요."

"너한테 점잖게 대하려고 노력 중이야, 토스트랙. 될 수 있는 한 우리는 문명인이 되어야지, 안 그래?"

"난 당신을 미워하고, 당신도 나를 미워하죠. 그게 우리 모습이에요."

"아니야, 토스트랙. 난 네가 마음에 들어. 너는 내게 아주 큰 의미이니까."

"글쎄, 난 당신을 혐오해요."

"내가 네 코를 부러뜨렸었지. 잊지 마."

"내가 주인님을 한 달 동안 두통을 앓게 했죠. 다음 번엔 두개골을 부숴뜨릴 거에요."

"자, 토스트랙, 그럼 내가 사과의 뜻으로 새롭고 귀중한 것을 찾아줄게. 너의 수집품에 넣을 만한 것으로." 실크 가운을 걸치고 가슴에 메달을 단 젊은 남자가 나타났다. 아까 남자와 달리 호남형이었다. "음, 이것 봐라, 여기 있는 게 뭐지?"

"여기에 갇혔어요. 도와주세요." 내가 말했다.

"저것은 먹고 싶지 않게 생겼어요." 못생긴 녀석이 투덜거렸다.

"먹을 수는 있을 것 같아. 음, 다음 질문은, 우리가 저것을 꺼내주고 싶은가이지. 우리한테 어떤 이득이 있지?"

"다쳤어요! 정말 피까지 나요!"

"글쎄요. 기분전환이 될지도 모르죠." 토스트랙이 말했다.

"저기 바닥에 있는 것들이 뭐지?" 잘생긴 남자가 말했다. "넥타이핀? 어디서 봤더라? 저건 신발? 이런, 저건 보노비의 신발이야. 그런데 왜 여기에 있지? 아하, 네가 도둑이구나, 그렇지? 그러고 보니 여기에 내 수호물을 훔치러 들어왔군."

"글쎄요, 난 아직 여기에 있어요." 토스트랙이 말했다.

"토스트랙, 진정해. 아무도 널 훔쳐가지 않아." 잘생긴 남자가 말했다.

"그가 당신의 수호물인가 봐요. 그래요? 하지만 그는 사람인데요." 내가 물었다.

"하지만 과거에 그는 사람이 아니었어. 안 그래, 토스트랙? 예전에는…"

"토스트랙? 토스트 랙(토스트 꽂이)!"[23] 내가 먼저 맞췄다.

"그래, 은색 토스트 꽂이. 난 은으로 만들었어." 토스트랙이 말했다.

"하지만 어떻게 해서, 어떻게... 사람이 되었죠?" 내가 물었다.

"우리도 그 이유를 몰라. 사실은 나는 토스트랙이 아니라, 롤랜드 쿨리스야. 그게 내 이름이야. 하지만 이 인간은 절대 나를 그렇게 부르지 않아!" 토스트랙이 소리쳤다.

"넌 토스트랙이야. 네 분수를 알아야지."

잘생긴 남자가 빈정댔다.

"내가 다 부숴버릴 거야! 꼭 그렇게 할 거야!"

토스트랙이 소리쳤다.

"진정하고, 여기, 약을 마셔. 딱 한 모금만."

잘생긴 남자가 병을 건네주자, 롤랜드 쿨리스가 그걸 낚아채서 마셨다. 그때 나는 그 약냄새를 맡을 수 있었다. 아주 익숙한 냄새. 그때 그 시럽 약.

"할머니는 그를 이런 식으로 달래야 한다고 말씀하셨어. 어쨌든 토스트랙이 수호물인 걸 아는 사람이 또 늘었군. 도대체 넌 누구야? 내 방에서 뭔 짓을 한 거지?" 잘생긴 남자가 말했다.

"전 굴뚝에서 떨어졌어요. 제발 도와주세요. 뼈가 부러진 것 같

● 23 수호물 이름인 토스트랙(Toastrack)과 토스트 랙(toast rack)이 발음과 철자가 같다는 데서 착안한 언어유희다. 토스트 랙은 식빵이나 크로플이 눅눅하지 않게 세워서 보관하는 거치대의 일종이다.

아요."

그는 내 앞에서 서서 파이프를 피우며 고개를 가로저었다. 그리고 더 가까이 와서 살폈고, 심지어 내 머리카락을 잡아당겼다.

"오… 세상에."

"뭐라고요? 뭐가요?"

"네가 누군지 방금 알아냈어."

"아니, 전… 당신이 누구를 생각하든… 아니에요. 사실 하인이에요. 그리고 도둑이죠. 네, 하인과 도둑."

"넌 여기에 속한 사람이 아니야, 그렇지? 사람을 불러와야겠어. 토스트랙, 내가 돌아올 때까지 저걸 지켜봐. 놓치면 본때를 보여 줄 거야."

"시럽을 더 주세요!" 롤랜드 쿨리스가 말했다.

"그래, 적어도 두 병 줄게!" 잘생긴 사람은 품에 숨긴 열쇠를 꺼내 문의 자물쇠를 전부 풀었다. 그가 문을 열자마자, 반대편 사람이 그 틈을 타고 발을 밀어넣는 바람에 문을 열 수도, 닫을 수도 없었다.

"거기 누구야? 뒤로 물러서! 아니면 채찍으로 때리겠다!"

나는 문에 끼인 그 신발을 봤다. 접견실에서부터 봤던 눈에 익은 신발이었다. 그리고 회색 플란넬 바지. 그 위로 시선을 돌리니 마침내 바지를 입은 주인공이 보였다. 클로드.

"클로드!" 잘생긴 남자가 소리쳤다.

"클로드!" 내가 외쳤다.

"롤랜드 쿨리스. 그게 나예요. 날 신경 쓰는 사람이 있다면요."

그때 클로드가 내게 가져갔던 냄비로 잘생긴 남자의 머리를 힘껏 후려쳤다.

이레몽거 저택의 관리자, 삼촌 팀피 이레몽거

제21장

돼지코 호루라기

클로드 이레몽거의 이야기는 계속된다

극적인 등장

내가 무어커스를 때렸다. 증오와 미움을 담아, 사촌 구스트리드(거니 씨)의 냄비를 집어 그에게 휘둘렀다. 한 방 맞은 무어커스는 머리를 감싸며 바닥에 뒹굴었다. 기분이 한결 좋아졌다. 솔직히 그건 인정한다. 그리고 기뻤다. 그를 때리니까 그를 향한 적개심도 줄어든 듯했다.

"이것은 터미스와 힐러리 에블린 워드-잭슨의 몫이야. 무어커스, 세상의 모든 주먹을 다 휘두른다 해도 충분하지 않아."

"머리에서 피가 나잖아! 날 죽일 셈이야?"

무어커스가 징징댔다.

"지금 당장 네가 입을 닥치지 않으면, 그럴지도 모르지."

"클로드! 클로드!"

벽난로에 갇혀 있던 루시가 나를 불렀다.

나는 루시를 꺼내줬다. 그들이 무슨 짓을 한 걸까? 그녀는 상처가 심했고 정말 슬픈 몰골이었다.

"루시 페넌트, 마침내 찾았어! 접견실과 위아래층 가리지 않고 뒤졌는데 널 찾지 못했어. 할머니가 너와 마주치고 소란 피우는 바람에 알게 됐지. 어쨌든 네가 굴뚝 연도로 사라졌으니, 어디 굴뚝으로 이어질지 계산했어. 처음엔 크로스핀과 플리파의 굴뚝으로 갈 줄 알았는데, 거기는 다들 자고 있더군. 그래서 무어커스 방을 생각했고, 여기 문 앞에서 네 소리를 들은 거야. 무어커스가 사람을 부르러 나간다는 말을 듣고 문이 열리면 내 발을 밀어넣고, 거니 씨의 냄비(웬일인지 접견실에 굴러다니더군)로 내리칠 생각이었어. 그래서 내가 여기에, 무어커스는 저기에, 또 너는 여기에 있는 거야. 아, 저쪽에는 보노비의 '세실리 그랜트', 온질라의 '헨리에타 나이스미스', 그리고 루사 고모의 '리틀 릴'이 모두 모여 있네. 그런데 저 사람은 누구지? 처음 보는데?"

"토스트랙. 그렇지만 제발 다른 사람한테 말하지 마."

무어커스가 훌쩍거리며 말했다.

"그는 롤랜드 쿨리스, 무어커스의 수호물이래. 어떤 이유인지… 사람이지." 루시가 말했다.

"어떻게… 그들이… 함께… 있을 수가 있지? 그건 불가능한데."

"어찌 된 영문인지 나도 몰라." 무어커스가 신음하듯 내뱉었다.

"쟤는 수호물일 때가 훨씬 멋있거든. 훌륭한 수호물이 그냥 평범한 사람이 된 거야. 할머니 말씀으로는 적당한 시기가 되면 다시 멋있는 수호물로 바뀔 거랬어. 필칭에서 특별한 의사들이 왔는데, 뾰족한 수가 없대. 나는 곧 바지를 입고 나의 호리트와 결혼할 텐데, 이런 상황을 보면 뭐라 할까?"

"하지만 정말 최고의 소식이야!" 내가 외쳤다. "잘하면 제임스 헨리 헤이워드, 내 친구인 마개와 내가 동시에 존재할 수 있다는 뜻이야. 수호물과의 거래를 깨뜨리는 방법이 있는 거지. 무어커스, 넌 도대체 어떻게 해냈어?"

"평소와 똑같이 잠자리에 들었는데, 아침에 갑자기 수호물이… 아, 그때의 충격이라니…"

"하지만 네가 뭔가 다른 일을 했었을 거야. 생각해 봐, 무어커스."

"전혀 없었어."

"생각해 봐, 무어커스. 내가 저 냄비를 또 휘두르면 기억하겠니?"

"그래, 냄비에 맞으면 기억이 날 거야." 롤랜드가 말했다.

"제발, 제발, 클로드." 무어커스가 빌었다.

"롤랜드 쿨리스, 수호물로 지낼 때 어땠는지 기억나니?"

"맹세코 기억나지 않아."

"수호물이 되기 전에는 네가 누구였는지 기억나니?"

"전혀 기억이 나지 않아."

그는 잠시 생각하더니 슬퍼하며 말했다.

"아마 적당한 때가 되면 기억이 되살아날 거야, 롤랜드."

"클로드, 난 이 집에서 나가야 해. 그들이 날 죽이겠다고 했어."

"너를 죽인다고?"

"그건 맞아. 스터리지가 그녀를 찾으면 죽인다고 했어. 하지만 힙 하우스에서 나가려면 기차뿐인데, 기차가 아직 돌아오지 않았어. 터널이 무너졌나 봐. 우리는 모두 여기에 갇혔어. 폭풍우가 지나가고 터널이 다시 뚫릴 때까지 말이야." 무어커스가 말했다.

"정말이니? 클로드, 쟤 말이 맞아?"

"어딘가 다른 통로를 찾자." 내가 말했다.

"그런 길이 있을 리가 있나. 너도 알잖아."

무어커스가 빈정거렸다.

"냄비로 그를 때려버려." 롤랜드가 소리쳤다.

"롤랜드 쿨리스, 네가 이걸 들고 있는 게 낫겠다."

나는 롤랜드에게 냄비를 넘겨줬다.

"루시, 따라와. 걸을 수 있니? 내가 도와줄게."

"사람들한테 금방 잡힐걸. 그리고 클로드, 너야 무사할지 모르겠지만, 아무튼 나라면 그런 멍청한 짓은 안 할 거야." 무어커스가 말했다.

"이게 족쇄 열쇠니, 롤랜드?" 나는 무어커스의 조끼에서 열쇠를 꺼내들고 물었다.

"그런 것 같아. 열쇠를 자주 보지 못했지만 말이야." 롤랜드가 말했다.

나는 롤랜드에게 열쇠를 건네줬다.

"안 돼, 토스트랙. 너는 내 것이란 말야!"

무어커스는 숨이 넘어갈 것 같았다.

"이제 우리는 어디로 가야 하지?" 루시가 내게 물었다.

침수된 저택의 지하로

지금 그녀가 다시 내 옆에 있다. 우리는 밖으로 나가 소리치고 춤추고 우리답게 행동할 것이다. 나는 열다섯 살 반이고, 이제 성인으로 더 많은 자유를 누릴 것이다.

우선 힙 하우스의 지하 바닥까지 내려가야 한다. 그래야 바깥으로 나갈 수 있다. 어쩌면 터널을 따라가면, 외부로 통하는 길이 나올지도 모른다. 힙 하우스, 우리의 저택은 벽돌과 회반죽이 아니라, 추위, 고통, 사방에 깃든 적개심, 어두운 사상, 고통과 비명, 땀과 침으로 세워졌다. 벽지에는 타인의 눈물이 젖어 있다. 우리의 집이 울 때 세상 누군가는 우리가 했던 짓을 기억하며 따라 울었다. 저 끔찍한 밤에 이 저택이 얼마나 울고, 비명지르고, 소리쳤던가. 저 끔찍한 폭풍우 한가운데 쓰레기 더미가 덮쳤을 때, 이 저택이 얼마나 저주하고 비난하고 상처받았던가. 우린 이곳을 떠나야 한다.

또 저 아래로 가서 루시 페넌트의 수호물을 찾아야 한다. 어떻게 해서든 우리는 루시의 성냥 상자와 제임스 헨리를 되살려야 한다. 롤랜드 쿨리스가 그럴 수 있었다면, 분명히 우리에겐 희망이 있다.

"우린 아래로 내려갈 거야, 루시. 터널을 찾아야 해."

"아마 물에 잠겼을 거야, 클로드. 내가 마지막으로 거기 있었을 때, 비가 억수같이 쏟아졌거든."

"하지만 그때 중앙동 지하실은 안전했지?"

"그랬지. 하지만 시간이 꽤 지났어."

"그러면 한번 해보자. 무엇보다 네 수호물이 아직 저 아래에 있어."

"성냥 상자를 위해 익사할 위험을 무릅쓸 수는 없어."

"그건 단순히 성냥 상자가 아니야. 여기 있는 나의 마개는 사실 사람이야. 마개에 갇힌 사람이라고. 성냥 상자를 찾지 못하면 네가 오래 못 버틸 수도 있어. 로사무드 이모도 수호물을 잃고 양동이로 변했었어."

"저 아래에는 그룸 부부가 있고, 피그고트 부인도 있어. 모두 다! 그들이 내가 저 아래로 내려갈 거라고 알 거야."

"그들은 벌써 위층에 올라갔을 거야. 그리고 루시, 그곳에 플로렌스 발콤비도 있어."

"플로렌스?"

"하지만 그녀는 이제 콧수염 찻잔이야. 그리고 회합의 일부가 된 거야. 분명 그녀는 지하실에 있을 거야."

"이런, 나도 그 찻잔을 봤는데! 좋아, 널 따라갈게."

그동안 그녀는 너무 시달렸고, 상처도 지독했다. 그들이 그녀를 붙잡아 루시의 일부를 떼버린 듯했다.

"자, 가자! 나는 절대 네 곁을 떠나지 않을 거야. 새로운 길을 개척해야지."

"너 갑자기 왜 그렇게 강해졌어?"

"루시. 네 덕분이야. 네가 날 강하게 만들었어."

"난 이레몽거가 아니야, 클로드. 피 한 방울도 섞이지 않았어."

"나도 알아. 그래서 너를 더 사랑해."

"나는 도둑이야. 아주 오래전부터. 내가 그 수호물들을 훔쳤어."

"나도 알아. 그래서 네가 더 좋아."

"쓰레기산 속에 내가 있었는데, 터미스가 추락하는 걸 구하지 못했어. 내가 실패했어."

"오, 루시, 너는 노력했어. 안 그래? 넌 정말로 힘껏 애썼잖아."

"그랬어. 그러려고 했어."

"난 너의 그런 면을 사랑해."

"정말이니?"

'알버트 폴링.'

"오, 이런, 맙소사. 팀피 삼촌이 왔어."

터미스의 타조

삼촌 팀피가 우리 앞에 나타났다. 황마포 램프에 비친 그의 얼굴은 삭은 달처럼, 적의로 가득 찬 행성처럼 빛났다. 그의 콧구멍은 우리를 찾았다는 자부심으로 벌름거렸고, 우리에게 상처주고 싶은 열망으로 넘쳤다.

"멈춰라. 드디어 내가 잡았군. 이드위드가 아니라 내가 해냈어. 그의 얼굴에 웃음기가 싹 사라질걸? 내가 이 저택의 책임자이고, 언젠가는 총재가 될 테니까. 똑바로 서! 클로드 이레몽거, 넌 혈통을 더럽혔어."

"우리를 보내주세요, 팀피 삼촌."

"어림없는 소리! 그녀를 내게 넘기고, 넌 포기해."

"아뇨, 삼촌이 물러서세요."

"그렇다면 내가 뺏을 수밖에."

"제가 삼촌을 쓰러뜨릴 수밖에 없군요. 맹세코."

"어디 해보렴. 넌 오염된 공기에 지나지 않아. 내가 끝장내지."

그는 알버트 폴링을 힘차게 불었고, 그에 반응해서 저 멀리 복도를 따라 와글와글 시끄러워지기 시작했다.

"저게 뭐지? 그가 뭘 부른 거야?" 루시가 소리쳤다. 그런데 팀피의 얼굴에 떠오른 공포를 보니, 그도 무슨 일인지 몰랐던 것이 틀림없다. 그가 알버트를 한 번 더 불자, 이번엔 가까이에서 아주 거대한 우르릉 소리가 들려왔다.

"뭐가 오고 있죠, 팀피 삼촌?"

"난…난…나도 모르겠어. 뭐라 말할 수 없구나."

뭔가 거대한 것이 우리에게 달려들고 있다. 복도가 너무 컴컴해서 하나인지 여럿인지조차 가늠이 되지 않았다.

"도와줘! 날 도와줘! 회합일까? 누구지?" 팀피가 아우성쳤다.

"뒤로 물러서." 나는 루시를 벽 쪽으로 밀었다.

팀피 삼촌은 통로 한복판에 꼼짝 않고 서 있었고, 램프에 비친 얼굴은 공포에 질려 가면 같았다. 그때 주름진 분홍빛 피부와 흑백이 뒤섞인 깃털 덩어리가 돌진해왔다. 커다란 발톱을 바닥에 박고 멈춰선 괴물. 삼촌이 들고 있던 램프가 벽으로 튕기며 찢어진 벽지에 불을 붙였다. 불길은 벽을 타고 천장까지 번졌다. 그 불빛 아래, 우리는 거대한 타조가 겁에 질려 쓰러진 팀피를 성난 부리로 마구 쪼아대는 것을 발견했다. 터미스의 타조다!

"살인! 이건 살인이야!" 팀피가 꽥꽥거렸다.

팀피는 불길을 피해 보이지 않는 어둠 속으로 뛰어들었고, 타조는 끽끽대며 그를 따라갔다. 터미스는 그런 잔인한 현실을 겪은 후에 드디어 그의 복수를 실현한 것이다.

"클로드, 불이야! 이곳은 순식간에 불에 휩싸일 거야."

"그렇다면 우리는 아래로 가자. 물 웅덩이가 있는 곳으로."

우리는 층계를 따라 내려갔다. 루시는 비틀거리면서도 잘 따라왔다. 계단에서 조금 떨어진 곳에 마블 홀로 이어지는 하인 전용 통로가 보였다.

"저 아래 사람들이 있을 거야. 틀림없어. 우리는 더 멀리 가야 해."

"굴뚝처럼 오래 가야 한다면, 난 더는 걸을 수 없을 것 같아."

"다른 방법을 찾아보자."

"근처에 식당이 있을까?"

"대연회장이 있어. 왜?"

"그럼 거기 덤웨이터가 있겠네? 그룸 부부가 말하는 걸 들었어. 그걸 타고 내려갈 수 있을까?"

"루시, 잘했어. 좋은 생각이야."

대연회장에서

최고급 플록 벽지[24]와 크리스털 유리, 가볍고 반짝거리는 샹들리에. 그런데 지금은 화려한 대연회장이 너무 어둡고 긴 무대 장치처럼 보였다. 마치 리바이어던의 배 속에 들어온 듯했다. 뭔가에

● 24 모직 산업이 발달한 영국에서 실 보푸라기를 붙여 벨벳 느낌으로 만든 최상급 벽지를 일컫는다.

걸려 넘어졌다가, 불현듯 그곳에는 우리만 있지 않다는 걸 깨달았다. 사방에 널린 수호물들이 중얼거리고, 황급히 입을 다물거나, 공포에 질려 속삭였다. 모든 말하는 사물들은 말끝마다 물음표를 붙였다. 내 마개도 아주 소심하게 '제임스 헨리 헤이워드?'라고 어리둥절했다. 이토록 많은 이레몽거들이 대연회장에 모여 있었다니!

"오, 클로드. 도와줘! 이제 어떡하지?" 루시가 속삭였다. 나 역시 할 수 있는 말은 오로지 장탄식('오!')뿐이었다.

"제발, 클로드, 뭔가 해봐."

이레몽거들은 모두 우리를 보고 있었다. 이 상황을 어떻게 설명하지?

"끔찍한 밤이군요. 전 방금 타조를 봤어요. 터미스의 타조가 복도를 뛰어다니는 통에 화재가 나서 중앙통로까지 번졌어요."

모든 시선은 전혀 한눈을 팔지 않고 우리를 향했다.

"다들 괜찮으세요? 뭐 새로운 일이라도?"

그들은 여전히 뚫어져라 쳐다봤다. 나는 말을 계속해야 했다. 말을 멈추면, 그들이 루시를 잡으러 몰려들 거라고 확신했기 때문이다.

"이레몽거의 말문을 닫게 만드는 그런 밤이네요. 혹시 제 말투가 이상한가요? 좀 흥분했나 봐요. 우연히 이 누더기를 걸친 이레몽거를 만났어요. 하녀 이레몽거가 복도에 쓰러져 있어서 구하느라 애를 먹었네요. 그래서 제 생각에…"

"오, 입 좀 다물어, 클로드!" 알리버 삼촌의 목소리가 들려왔다.

"왜 야단법석이야? 폭풍우로 병동이 폐쇄되어서 연회장을 임시 병동으로 쓰고 있다. 빨리 네 할 일이나 찾아."

천천히 긴장이 풀리자, 누구도 식사하는 게 아니란 걸 깨달았다. 알리버 삼촌이 식탁 앞에 들고 있는 것은 나이프가 아니라 메스였다. 다른 친척들은 붕대 대신 최고급 리넨 식탁보를 두르고 있었다. 그 찢어진 천에는 배어나온 피가 붉은꽃처럼 번져 있었다. 상처 입은 자, 멍든 자, 눈물 흘리고 신음하는 자. 슬픈 표정의 창백한 얼굴들이 흔들리는 샹들리에가 혹여 그들 머리 위로 떨어질까 걱정하고 있었다. 부상 입은 이레몽거들은 하느님께 도움과 자비를 간청하고 있었고, 그들의 수호물들이 내는 온갖 물음들과 속삭임이 끊이지 않았다. 이 저택은 오늘 밤에 무너질지도 몰랐다. 그래서 누구도 루시가 이레몽거한테 쫓기는 인물로 상상하지 못했다. 나는 (긴바지를 입은 성인답게) 조금 더 용기를 내어 주위를 둘러보는 여유를 부렸다. 아니나 다를까, 저쪽 구석에 식기를 나르는 덤웨이터가 보였다. 하지만 꽤 거리가 멀어서 루시의 정체가 발각된다면, 그래서 누군가 '저것을 잡으라'고 비명을 지른다면, 그것이 도화선이 되어 우리의 희망은 허사가 될지도 모른다.

조금씩 천천히 한 걸음만 더. 그런데 절반쯤 갔을 때, 누가 우리를 불렀다. "멈춰요! 거기 멈춰요!" 호통을 친 사람은 병동 간호사인데, 분명 아주 큰 체구와 큰 입, 그리고 큰 폐활량의 소유자임이 분명했다.

"거기 너, 대답해야지."

"저요?" 나는 간호사에게 물었다.

"물론 클로디우스 주인님은 아니시죠. 실례합니다. 주인님 뒤에 서 있는 너 말이야. 어디 소속이야?"

"저는 아래층에서 오쿰과 함께 일해요. 양털 빗질 담당인데, 홍수가 나서 올라왔어요." 루시가 재빨리 꾀를 짜서 대답했다.

"여기는 순혈 이레몽거를 위한 장소이지 네가 들어올 곳이 아니야. 아무리 폭풍우가 휘몰아쳐도 말이야."

"몰랐어요. 당장 떠날게요."

"잠깐만!" 간호사가 다시 붙잡았다. "네가 양털 빗질을 한다며? 그럼 손재주가 좋겠구나. 이리 와서 붕대 감는 걸 도와라."

루시는 눈에 띄지 않으려고 고개를 숙인 채, 간호사를 따라갔다. 그런데 친척들의 신음과 수호물들의 물음 가운데 귀에 익은 소리가 들렸다. '글로리아 엠마 어팅?'

무시하자, 계속 걸어야 해.

"클로드, 클로드, 왠일이야?"

피날리피는 다른 여자 사촌들과 함께 옹기종기 모여 있었다.

"클로드, 평생 이런 광경은 처음이야. 많은 사람들이 추락했고 사촌 호리트도 쓰레기 폭풍에 휘말렸다니까. 그런데 너와 함께 있던 사람은 누구야?"

"그냥 하인 이레몽거야. 저 아래층에서 물건들 아래 깔려 있길래 내가 구해줬지."

"하인을 위해 그런 수고를 하다니, 넌 분명 좋은 사람이야. 나라면 안 그랬겠지만."

"난 알리버 삼촌을 도와주러 갈게."

"그냥 나랑 같이 있지 않을래? 그래야 마음이 놓일 것 같아."

"글쎄… 그래, 피날리피. 하지만 먼저 삼촌을 도와드려야…"

"세상에, 클로드 이레몽거. 너, 긴바지를 입고 있구나."

불행히도 이 발견은 피날리피의 마음을 완전히 사로잡았다. 그녀는 벌떡 일어나 나를 위아래로 훑어보더니 꽉 끌어안고 애정 공세를 펼쳤다. 루시가 충분히 멀찍이 떨어져 있는지 걱정되었다.

"고마워, 피날리피. 잠깐만 갔다가 돌아올게."

"이제 널 다르게 생각할 거야. 다시는 널 당연시하지 않을 거야."

"피날리피, 난…"

"포이! 테비! 얘들아, 클로드가 긴 바지를 입었어!"

"제발, 피날리피!"

하지만 너무 늦었다. 사촌들이 몰려들었다. 비록 몇몇은 붕대를 감고 있었는데, 대부분 새 옷을 입은 내게 칭찬과 격려를 해주었다. 루시는 어디에 있을까?

"그는 정말 굉장하지 않니?" 피날리피가 말했다.

"그래, 핀(피날리피의 애칭). 이제 곧 결혼하겠네. 축하해."

"어떻게 이렇게 일찍 어른이 되었지, 클로드? 깜짝 놀랐어. 처음부터 이럴 줄 알았니?"

피날리피는 내가 진땀이 흐를 정도로 팔짱을 꽉 잡았다.

"할아버지께서 내게 바지를 주셨어." 나는 더듬거리며 말했다.

"할아버지라고! 할아버지께서 직접!" 그들이 웅성댔다.

"네가 다크 호스라니! 나의 클로드 이레몽거!"

찾았다! 저기서 루시가 붕대를 감고 있었다!

"알리버 삼촌이 도움이 필요해. 방금 저기서 손을 흔드셨거든. 조금 후에 다시 아가씨들한테 돌아올게."

"우리한테 '아가씨들'이라고 불렀어. 일 마치면 곧바로 와 줄 거지?"

"물론이야, 피날리피."

나는 자리를 떠나 알리버 삼촌한테 가는 척하고 루시에게로 가려 했다. 그런데 먼저 삼촌이 나를 발견하고 손을 흔들었다.

"이드위드 총재님이 많이 다쳤어. 많은 찻잔들이 그를 겨냥이라도 한 것처럼 날라왔단다. 풀 코스로 티 파티라도 한 것 같아. 게다가 깨진 차망에 왼쪽 귀가 심하게 베었지."

"불쌍한 이드위드 삼촌, 의식은 회복했나요?"

"도자기 파편을 제거하고 그의 상처를 꿰매기 전에 클로로폼으로 진정시켜야 했지. 하지만 곧 정신을 차릴 거야. 봐라, 클로드, 벌써 움직이고 있구나."

이드위드 삼촌은 몸을 약간 떨더니, 엉망으로 긁힌 손을 뻗어 옆에 놓인 코털 집게를 잡았다. 그리고 간신히 입을 열어 속삭였다. "헤이...워드?"

"안녕하세요, 삼촌? 좀 어떠세요?"

"난 거의 소쿠리처럼 구멍 났어, 클로드." 이드위드가 속삭였다.

"그렇게 나쁘지는 않아요. 후추통 하나만 더 꺼내면 봉합 수술이 끝날 겁니다."

알리버 삼촌의 설명에 그는 다시 기운을 차리고 미소를 지었다.

"클로드, 저 아래 회합이 다시 커지고 있어. 만약 회합이 밖으로 빠져나가 나머지 쓰레기 더미들과 결합하면, 정말 거대한 괴물이 되어 우리를 쓰러뜨릴 거야."

"그것을 막아야죠. 어쩌면 벌써 해체되었을 거예요."

"무릎에서 접시 파편을 꺼내야 해요, 총재님." 알리버 삼촌이 말했다. "클로드, 잠깐 잡아 줄래?"

"클로드, 사랑하는 아이야. 가까이 오너라. 좀 더 가까이." 이드위드 삼촌이 말했다.

거의 그의 입술과 이빨이 내 귓가에 닿을 정도였다. 그가 제랄딘 화이트헤드를 집어들었는데, 아마도 위안을 찾기 위해서라고 생각했다.

"이번은 좀 아프실 겁니다." 알리버가 메스를 푹 찔러넣었다. 이드위드는 울부짖고 몸부림치며 코털 집게로 내 귀를 비틀었다.

"어디 있니? 너와 함께 있던 그것 말이다. 네가 그걸 좋아한다는 건 모두 알고 있어. 어서 말해."

"꽉 잡으세요! 마지막 한 조각만 꺼내면 돼요." 알리버가 소리쳤다.

"아악!" 이드위드가 비명을 질렀고, 그의 고통이 깊어질수록 제랄딘을 꽉 조였다. 얼마 지나지 않아 그의 손아귀 힘이 약해졌고, 내 귀가 조금 찢어졌지만 제랄딘은 천천히 식탁 위로 떨어졌다. 이드위드 삼촌은 완전히 마취되어 잠들었다.

"치료는 끝났다. 어쨌든 아주 나쁘지 않았어, 그렇지?" 알리버가 말했다.

"이드위드 삼촌이 고통 때문에 기절했나 봐요."

"그런데 클로드, 네 귀가 왜 그러니?"

"약간 긁혔을 뿐이에요. 전 이제 갈게요. 도움이 됐다니 기뻐요."

나는 대연회장 주위를 돌며, 친척들과 인사하는 척하며 루시를 찾았다. 그리고 그녀가 떨리는 손으로 환자의 다리에 붕대를 감고 있는 모습을 발견했다. 나는 그녀를 일으켜 세웠다.

"그 아이는 여기서 환자를 돌보는 중이에요." 간호사가 말했다.

"입씨름 하지 마. 나는 이제 긴바지를 입고 있고 말대꾸는 듣고 싶지 않아."

"클로디우스 주인님은 존중합니다만, 응급 의료상황이에요."

"넌 순수 혈통 이레몽거와 싸우겠다는 거야?"

"이대로 보낼 수 없습니다. 제가 일을 끝날 때까지 이 방에 있어야 해요."

나는 루시의 오른손을 잡았고, 간호사는 일어나서 루시의 왼손을 잡았다. 루시는 가운데서 두려움에 질려 우두커니 서 있었다. 점점 많은 사람이 우리를 보며 왜 하인을 두고 순혈 이레몽거가 소란을 피우는지 궁금해했다. 저 멀리 식탁에서 이드위드가 천천히 몸을 일으키고 있었다.

"똑똑히 들어, 간호사. 이 더러운 생명체의 정체를 알아?" 오로지 그녀와 나, 루시만이 들을 수 있는 목소리로 말했다. 우리를 쳐다보던 이레몽거들은 이미 흔들리는 샹들리에로 시선을 돌렸다.

"하녀겠죠. 그런데요?"

"제발, 침착해야 해. 네가 상상하는 것 이상이야. 이 더러운 보닛 아래에 있는 머리카락이 홍당무색이잖아. 그게 단서야. 흙 묻은 얼굴을 관찰해 보라고."

루시는 완전히 당황해서 나를 뚫어져라 쳐다봤다.

"자, 얘는 다들 찾고 있는 바로 그것이야. 모두를 놀라게 할 생각은 없어. 그녀를 저쪽 비상구로 데려가서 아래층으로 데려갈 거야. 팀피 삼촌, 스터리지, 피그코트가 거기서 기다리고 있지. 아주 신속하게 처리해야 해. 더 분명히 말할까? 네가 붙잡고 있는 이것은 우리의 피가 전혀 없는 바로 그것이야."

간호사의 몸이 서서히 떨리고 눈물이 천천히 솟아나 뺨 아래로 뚝뚝 떨어졌다. 이제 그녀는 마구 흐느끼기 시작했다.

"전… 저는 몰랐어요." 그녀는 흐느꼈다.

"자, 간호사, 아무도 널 비난하지 않아."

"제가 저걸 만졌어요… 제가 만졌는데."

그녀는 재빨리 손을 놓았다.

"깨끗이 씻으면 괜찮을 거야." 나는 조용히 그녀를 달랬다.

"전 한 번도, 이제껏 단 한 번도…"

"충격받았구나. 이해해. 자, 여기 의자에 앉아."

"감사합니다. 클로디우스 주인님. 아, 정말 몸이 안 좋아요."

"그럼, 이걸 데려가도 되겠지?"

"부디 그렇게 해주세요. 저 끔찍한 것과 너무 오래 있었어요. 아, 내 심장!"

나는 놀란 간호사에게서 루시를 데려와 비상구를 향해 최대한 빨리 걸었다.

"오, 클로드. 너무 놀라서 당장이라도 소리지를 것 같아."

"안 그러는 게 좋을 거야. 상황이 좋지 않아."

마침 덤웨이터가 제자리에 있어서 우리는 자연스럽게 안으로 몰래 들어갈 수 있었다. 그곳은 아주 좁아서 바싹 붙어 있어야 했다. 작은 승강기 양쪽에 있는 밧줄을 조금씩 당겨서 천천히 내려가기 시작했다. 대연회장에서 피날리피의 외침이 조금씩 멀어지고 있었다.

"클로드! 클로드 이레몽거, 어디 있니? 난 너를 원한다고!"

지하로 내려가는 덤웨이터

대연회장의 시끄러운 소리로부터 멀어질수록, 저택 아래층에서 들리는 불쾌한 소음에도 익숙해졌다. 만약 '로버트 버링턴'이라는 이름으로 모여든 회합이 아래층으로 이동한다면, 그래서 온갖 물건들로 부풀어오르고 뚱뚱해진다면, 또 그 이름들이 퓨질리어[25] 연대처럼 호명된다면, 나는 귀머거리처럼 아무것도 듣지 못할 것이다.

"너의 피날리피는 네게 정말로 반했나 봐."

"그냥 긴바지를 좋아할 뿐이야. 반바지를 입은 나를 좋아하지는 않아."

'제임스 헨리 헤이워드.' 내 마개가 나를 부르고 있었다.

● 25 17세기 후반부터 등장한 영국 근대 보병연대의 하나로 퓨질(Fusil)은 경량화된 부싯돌 점화식 머스킷을 말한다.

"어쨌든 너에게 푹 빠졌던데, 안 그래?"

"너 질투하는 거니?"

'제임스 헨리 헤이워드.' 그는 점점 더 큰 소리로 투덜댔다.

"그럴 리가."

"루시, 만약 쓰레기 더미들이 지하실로 쏟아져 들어오면, 그 소리가 너무 클 거야. 난 귀머거리가 될 테고 네 말도 못 알아듣겠지."

'제임스 헨리 헤이워드!' 내 마개가 아래를 향해 소리를 질렀다. 회합을 부르고 있었다.

"루시, 나는 들을 수 없어서 너에게 의지해야 해."

"내가 지켜줄게, 클로드!"

'제임스 헨리 헤이워드!'

"지금 소음이 들리기 시작해, 루시. 내 마개가 그들에게 응답하고 있어!"

'제임스 헨리 헤이워드!'

"모든 사물들의 이름들이 메아리치고 있어." 나는 외쳤다. "그것이 온다! 그게 오고 있어, 루시!"

'제임스 헨리 헤이워드!'

그때부터 나는 아무 소리도 들을 수 없었다. 마치 물에 가라앉은 것처럼 그녀가 하는 말을 들을 수도, 분간할 수도 없었다. 오, 내 머리! 한순간에 머리는 물 속에 잠긴 듯 멍해졌다. 고요 속의 평화는 어디에도 없었다. 모든 것이 물에 잠기고 또 잠겼다.

힙 하우스의 하녀 메리 스태그스

제22장
나무 이쑤시개

루시 페넌트의 이야기를 끝맺는다

나는 억센 빨간 머리에 둥근 얼굴과 들창코를 가지고 있어. 초록빛 눈엔 점이 있는데, 눈뿐 아니라 온몸에 구두점이 찍혀 있어. 주근깨가 많고, 반점, 사마귀, 그리고 티눈도 두어 개 있어. 치아는 새하얗진 않고 덧니도 있어. 나는 아주 솔직해. 어떤 일이든 전부 말할 거고, 무엇보다 거짓말은 전혀 없이 오로지 진실에 충실할 거야. 그래, 나는 최선을 다할 생각이야. 콧구멍은 남들보다 살짝 크고 손톱을 깨무는 습관이 있어. 때로는 벌레에 물려 벅벅 긁기도 하지. 내 이름은 루시 페넌트다. 그래, 내 이름은 루시 페넌트라는 사실을 절대 잊지 않을 거야.

"난 너를 정말 사랑한다고 생각해. 클로드 이레몽거, 이 바보야."

"루시! 루시!"

그는 내 말을 들을 수 없다. 그는 머리털이 곤두섰고 식은땀을 흘렸다. 머릿속에서 오고 가는 소리가 그를 괴롭혔다. 그가 나를 보게끔 그의 턱을 잡아 내 쪽으로 돌렸다.

"괜찮을 거야. 네가 길을 잃어도, 내가 너를 찾을게. 비록 다른 무엇으로 바뀌더라도. 내 말 들리니?"

그는 고개를 끄덕였지만 나는 확신할 수 없었다. 우리는 엄청난 소리와 바람을 일으키면서 저택의 맨 밑바닥에 도착했다. 해치가 열리는 맞은편이 힙 하우스의 부엌이었다. 해치를 밀어 올리고 밖으로 기어 나왔다. 거기엔 아무도 없었고, 모든 것이 부서지고 깨졌다. 부엌은 전투 현장이나 마찬가지였다.

"아주 좋아. 그렇지, 클로드?"

그는 고개를 약간 끄덕였다. 좋아, 그럼 피그고트의 방을 먼저 가자. 클로드는 술에 취한 듯 비틀거렸고, 그의 귀 주변에 피가 말라붙어 있었다. 최대한 빨리 가야 해. 수호물을 되찾으면, 그다음부터 모두 괜찮을 것이다.

땅바닥은 온통 물건들로 뒤덮여 있었고, 클로드가 발을 헛디뎌 그 위로 미끄러졌다. 어서, 클로드. 한 바퀴 돌아서 복도를 따라가야 해. 그는 미끄러졌다가 다시 일어났다. 그는 두 손으로 귀를 감싸 안았다.

모퉁이를 돌아서 계단을 올라갔다. 그때 피그고트의 방에서 소리가 들렸다. 그건 종소리였다. 하인 이레몽거들의 수호물들이 내는 종소리들이 사방으로 울려 퍼졌다. 점점 더 커진다.

저기가 피그고트의 문이야. 열어 봐. 그래, 좋아. 들어가자.

"루시!"

피그고트의 목소리였다. 서랍들이 계속 열리자, 피그고트는 수호물이 빠져나가지 못하도록 젖 먹는 힘까지 내서 서랍닫기를 반복하는 중이었다. 그녀의 올림머리는 거의 풀렸고, 페티코트도 너덜너덜해졌다. 하지만 아무리 노력해도 벽 전체에 있는 서랍들을 일일이 닫지는 못했다. 그녀의 손아귀에서 부츠가 튀어나왔고, 그 다음에는 베개, 참빗, 자전거 바퀴가 연이어 탈출했다. 그렇게 자유를 얻은 수호물들은 바닥을 굴러가 문지방을 넘어서 자유를 찾아 밖으로 나갔다. 사물들이 움직이다니! 정말 아름다운 광경이었다!

"자, 다들 계속해." 내가 외쳤다. "계속 가렴! 사랑스런 사물들아, 자유롭게 날아라! 도망가! 자유를 향해!"

피그고트가 모욕과 혐오감에 휩싸여 돌아섰는데, 그녀가 몸을 돌리는 기회를 틈타 정말 많은 서랍이 속사포를 쏘듯 벽에서 튀쳐나왔다. 이제 사물들은 모든 곳에서 쏟아졌다.

"또 너구나! 네가 모든 걸 망쳐놨어! 내가 가진 모든 것을!"

클로드는 눈을 크게 뜨고 아름다운 사물들의 폭풍우를 보고 씩 웃었다. 줄자가 공중을 날며 장어의 치수를 재고 있었다! 의자는 네 개의 다리로 달리며 흙덩이를 걷어찼고, 신발 깔개는 뒤집힌 채로 시계태엽을 돌리고 있었다.

"성냥 상자를 찾아, 루시!" 클로드가 소리쳤다.

그때 뒤에서 누군가가 쿵쾅거리면서 돌진해오는 바람에, 나는 땅에 쾅 부딪혔다. 열쇠지기 스미스 부인이 납작한 얼굴에 온갖 고뇌를 드러낸 채, 물건들을 부수고 있었다. 그녀는 열쇠들을 신경질적으로 만지작거리고 있었다. 어떤 열쇠를 꺼내야 하지? 자물쇠를 구부리고 부러뜨린다면? 피그고트의 세계처럼, 스미스의 세계 역시 점점 무너지고 있었다.

스미스는 곧 열쇠를 포기하고 대신 자신의 넓은 등으로 서랍장을 막으려 했다. 그녀 스스로 자물쇠가 되려 했다. 그러나 그녀의 득의만만한 미소는 얼마 가지 않았다. 피그고트의 방에 있는 커다란 금고가 마구 흔들리더니 천천히 앞으로 기울기 시작했다. 그 커다란 납덩어리에서 쇠붙이의 삐걱대는 소리가 점점 커지자, 스미스의 얼굴은 아예 하얗게 질렸다. 어느 순간 스미스의 얼굴이 전혀 보이지 않았다. 커다란 금고가 완전히 덮쳐버린 것이다. 이젠 힙 하우스의 자물쇠를 열 필요도 없었다. 이로써 마지막으로 영광의 경례를 하듯, 남은 서랍들은 전부 박살 났고, 반항하던 수호물들은 밖으로 뛰쳐나왔다.

"내가 찾았어! 내가 가지고 있어!"

클로드의 손에는 성냥 상자가 들려 있었다.

"이것의 이름은 에이다 크룩스행크스, 널 부르고 있어!"

클로드가 내게 보여주려는 순간, 성냥 상자는 그의 손에서 뛰어내려 아주 빠른 속도로 방을 뛰쳐나갔다. 탈출한 물체들은 두루마리 양피지가 말리듯, 같은 방향을 향해 돌진하고 있었다.

회합이다! 주전자 하나가 수면을 스치듯 구르면서 점점 더 커지다가, 느닷없이 더러운 꽃무늬 원피스차림의 노파가 되어 비명을 질렀다. "메리 스태그스! 메리 스태그스!"

브릭스 씨가 흔들리는 양동이와 스푼을 들고 노파에게 서둘러 가서 스푼에 든 시럽을 마시게 하자, 그녀는 비명을 멈췄다. 자전거 바퀴는 저절로 뱅뱅 돌다가 이빨 빠진 어린 소년으로 변했다. 그 소년은 걷는 방법을 완전히 잊은 것처럼 비척이며 걷다가 고함쳤다. "윌리 윌리스! 우리 엄마는 어딨어!"

신발 매트는 뒤뚱거림을 멈춘 뒤, 잠시 후 밀짚모자를 쓰고 구렛나루를 기른 뚱보 남자로 바뀌었다. 그는 울면서 소리쳤다. "브라이언 페티퍼, 발트해의 카테가트 해협을 항해하는 선장입니다."

아래층에 있는 모든 것이 전투 현장처럼 혼란스러웠다. 수호물들이 각자 사람들로 변하는 동안, 하인 이레몽거들은 꼿꼿한 자세로 변했다가 물건으로 바뀌곤 했다. 객실 하녀는 땅에 쓰러지더니 순식간에 크림 단지가 되었고, 무두장이 이레몽거는 갑자기 사다리로 변신했다. 머리 가운데 가르마를 손질하던 키 큰 시종 이레몽거는 눈 깜짝할 사이에 몸집이 줄어 가죽가방으로 바뀌었다. 스터리지 집사는 자신의 거실에서 땀을 뻘뻘 흘리며 천장을 받치고 있었다. 그는 자기 위에 있는 집의 무게를 버티다가 결국 거대한 원주형 기둥이 되었다.

서로 앞으로, 앞으로 휙휙… 나는 그때 그것을 보았다. 클로드 역시 그것을 보았다.

"루시! 저것 봐!"

회합. 그것은 정말 거대했다. 수백 개의 입과 수천 개의 물건이 모여 있었다. 하인 식당, 부엌, 구둣방, 클립룸, 그리고 그 밖의 온갖 장소에 있었던 물건들. 회합은 저렇게 많은 입과 구멍들을 통해 여전히 배고프고 갈구하면서 모든 사물을 집어삼켰다. 회합은 너무 절박하고, 너무 억울해하고, 무엇보다 이 모든 상황에 화가 나 있었다.

저택 전체가 자비를 구걸하는 듯했다.

"에이다 크룩스헹크스! 저기 간다!" 클로드가 소리쳤다.

성냥 상자가 우리 앞에서 달려가고 있었다. 그것을 뒤쫓으려고 했는데, 갑자기 저택 전체가 무너지는 것 같은 끔찍한 소리가 들렸다.

'스크리이치! 스크리이이이치! 스크라아아아아아아치!'

저 소리는 뭐지? 뭐였을까? 심지어 클로드도 그 소리를 들었고, 심지어 반응했다. 그것은 이레몽거들로부터 터져나온 함성이었다. 고통? 아니, 저건 환호야. 왜? 무엇 때문에?

"오, 안 돼! 루시! 할아버지가 오고 있어!"

기차, 그 기차가 돌아왔다. 터널을 뚫고 돌아왔다.

"다들 버텨요! 그분이 오세요!" 이레몽거들이 함성을 질렀다.

저 위대한 회합도 뭔가 느꼈는지 더 빠르게 회전했다. 드디어 그가, 기차역에서 봤던 그 노인이 나타났다. 그가 빠른 걸음으로 지하실 통로를 내려오자, 회합은 커다란 입을 만들어 그에게 침을 뱉었다. 갖가지 못, 유리 파편, 깨진 조각들, 하지만 날카롭지만 시시한 것들이었다. 노인은 곧장 걸어갔다. 노인은 회합 안으로 걸어 들어가며 무심한 표정으로 그것의 조각들을 꺼내 자신의 뒤로 던졌다. 위대한 노인이 손을 깊숙이 집어넣어 회합의 내부를 더듬었다. 회합의 모든 입이 노인의 주위를 철컥거리며 위협했지만, 그는 벽난로 안을 살펴보는 것처럼 그것의 내부에서 신중하게 뭔가를 고르고 있었다.

　회합이 동작을 멈췄다. 그것은 잠시 그렇게 정지해 있다가, 별안간 모든 사물이 중력을 되찾은 듯 땅으로 쏟아졌다. 한 번 더 죽음을 맞이하는 것처럼. 그런데 그 노인이 꼿꼿하게 서서 뭔가를 들고 있었다. 그의 손에 들려 있는 바로 단 하나의 찻잔. 그것은 도자기 가림막이 있는, 콧수염 찻잔이었다. 플로렌스 발콤비!

　그는 잠시 콧수염 찻잔을 들여다보다가 땅바닥에 던졌다. 하지만 찻잔은 깨지지 않았다. 고양이가 착지하듯 플로렌스는 똑바로 섰다. 잘했어, 플로렌스. 그러나 아주 조금밖에 버티지 못했다. 그 노인은 커다란 검은 부츠로 플로렌스 발콤비를 세게 밟았다. 그녀는 산산이 부서졌다.

　"플로렌스!" 나는 비명을 질렀다.

　"루시! 루시, 그러지 마!" 클로드가 소리쳤다.

　나는 그 노인에게 달려들었다. 그는 고개를 들어 내가 오는 것을 보았다. 차갑고, 차가운 눈.

　그리고 나는…

새로운 가정교사, 에이다 크룩스행크스

제23장

점토 단추

클로드 이레몽거의 이야기를 마무리하면서

결말의 끝

회합이 무너진 다음에는 나는 좀 더 들을 수 있었다. 루시가 "플로렌스!"라고 외치는 소리를.

나는 그녀를 따라 소리쳤다.

그리고 루시는 넘어졌다. 할아버지 쪽으로 달려가다가 땅바닥으로 굴러떨어졌고, 그렇게 굴러가면서 그녀는 점점 더 조그마해졌다. 그리고 더 이상 보이지 않았다.

"루시! 루시!"

'루시 페넌트.'

"들었어! 알아들었어! 하지만 네가 보이지 않아. 어디에 있니?"

'루시 페넌트.'

"루시! 루시! 루시!"

'루시 페넌트.'

그녀가 떨어진 곳에, 정확히는 그녀가 굴러가다가 멈춘 곳에 있었다. 그녀는 점토 단추였다. 그냥 단추, 진흙으로 만든 단추.

"루시, 나의 루시 페넌트! 내가 너를 잡을게."

"내가 잡았다." 할아버지가 말하자, 그녀는 공중으로 튀어 할아버지의 위대한 손아귀에 잡혔다.

"제발, 그녀를 내게 보내주세요."

"클로드, 이것은 우리가 최근 불행해진 원인이고, 쓰레기산이 그토록 불안정해진 이유야. 이레몽거가 아닌 것, 잘못된 피가 우리 저택에 흘러들었기 때문이지. 이것이 오기 전부터 사물들은 불안정했지만, 이것이 온 후부터 사물들이 날뛰고 병이 퍼진 거야. 하녀가 콧수염 찻잔으로 변해서 또 다른 사물들을 불러들였어. 이 점토 단추는 이제 저 깊은 곳으로 돌려보내야 해. 거기서 길을 잃고, 버려지고, 희망도 없이 그리워하고 고통받도록. 거기 있니, 무어커스? 빛나고 강렬한 우리의 혈통!"

무어커스는 약간 멍들고 구깃해졌으나, 무공 메달은 찬란했다.

"저, 여기 있습니다, 각하."

"이 단추를 가능한 한 빨리 쓰레기산 속에 버리고 와라."

"지금 밖에 나가라고요, 각하?"

"지금은 완전히 잠잠해졌어. 폭풍이 점점 더 커지기 전에, 빨리! 저것을 멀리 던져버려 실종시켜야 해."

"안 돼요!" 내가 외쳤다. "무어커스, 멈춰! 할아버지, 제발요!"

"클로드! 너는 가만히 있거라!"

"아니요!"

그리고 나는….

티켓, 제임스 헨리 헤이워드

제24장

하프 소버린 금화

런던 포를리침엄, 베이리프 하우스의 소유물
45247번 티켓에 대한 이야기를 시작한다

내 이름은 제임스 헨리 헤이워드, 지금 런던행 기차 안에 있다. 내 옆에는 한 노인이 있다. 멋지고 위엄 있는 노인이다. 그분이 이따금 내 손을 잡아 준다.

  창문 밖은 아주 어두워 아무것도 보이지 않는다. 내가 걱정해야 할까? 하지만 저 노인을 보면, 걱정할 이유가 없다. 여기 기차 객실 안은 환하고, 노인은 내게 아주 잘해준다. 또 내 가족을 찾을 수 있도록 최선을 다해 돕겠다고 말한다. 사실 가족들이 잘 기억나지 않는다. 어떻게 해서 내가 가족들을 잃었을까? 아니, 어쩌면 그들이 나를 잃었을 수도 있다. 사실 약간 걱정된다. 그들을 기억할 수 없다는 사실이 나를 불안하게 한다. 노인을 올려다보면, 그는 나를 향해 미소 짓는다. 기분이 좀 나아진다. 그 얼굴은 친절하고 낯익은 표정이다. 우리와 조금 떨어진 곳에 한 여자가 있는데, 그녀 혼자 침착하게 똑바로 앉아 있다. 커다란 검은 보닛을 쓰고 베일까지 덮고 있어서 그녀의 얼굴이 잘 보이지 않는다. 그녀의 마른 기침소리가 아주 끔찍하게 머릿속을 파고든다. 나는 노인이 훨씬 더 마음에 들지만, 앞으로 저 엄격한 표정의 여자를 더 자주 봐야 한다. 그녀가 한동안 나의 동반자가 될 것이라서 저 마른 기침 소리를 참아야 한다고, 노인이 말해주었다. 나는 그녀가 마음이 들지는 않는다. 그녀는 에이다 크룩스행크스라고 한다.

제임스 헨리 헤이워드, 그것이 내 이름이다.

새 양복, 새 모자, 새 신발, 그러니까 내가 걸치고 입고 쓰는 것은 모두 새것이다. 나는 부자일까? 적어도 저 노인은 분명히 부자일 것이다. 우리가 방금 전에 떠난, 저 멀리 보이는 거대한 저택이 그의 소유다. 앞으로 그가 나를 돌봐줄 것이고, 그런 보호자가 있다는 것은 마음 든든하고 훈훈한 일이다. 언제가 됐든, 미래에는 나를 입양하지 않을까? 그렇다면 좋을 텐데. 그래, 엄격한 에이다 크룩스행크스 양이 함께 있지만 그래도 기분이 한결 나아졌다. 예전의 기억들은 희미하다.

나는 주머니에 손을 집어넣었다. 주머니 속에는 하프 소버린[26] 금화가 있다. 모두 10실링의 가치를 지닌, 나만의 금화다. 노인이 내게 주었다. 물론 나는 이것을 낭비하지 않을 것이다. 내 금화인데도 왜 쓸 수 없는지 궁금하다. 이걸 쓰면 이런저런 물건들을 살 수 있을 텐데. 하지만 노인은 이 문제에 대해 매우 엄격하다. 금화에 관해서만큼 그는 절대 웃지 않는다.

노인은 내게 이 하프 소버린 금화를 특별히 돌봐야 한다고 신신

● 26 영국 빅토리아 여왕의 치세 초기인 1846년에 만들어진 금화. 1846년 기준 하프 소버린 금화 1닢은 0.5 파운드(10실링)이며 당시 성인 남성 노동자의 3일치 일당 또는 1.8kg짜리 빵 15덩이(1덩이에 평균 7~8펜스)를 살 수 있었다.

당부했다. 그는 몇 번이나 나에게 금화를 잘 보관하는지 물어본다. 심지어 그것을 꺼내 햇빛에 비춰보라고 부탁하기도 한다. 내가 그 요청에 따를 때마다, 그 노인은 매번 잘했다고 칭찬해준다.

"아주 좋아. 잘했어. 제임스 헨리."

그가 그렇게 말해주는 것이 정말 듣기 좋다. 금화를 만지작거리며 약간 따뜻하게 해 줄 때도 있다.

아주 날카로운 호루라기 소리가 들려서 멈칫 놀랐다. 기차가 속도를 줄이면서 역에 도착하고 있다.

"이제 다 왔구나, 제임스 헨리." 노인이 말한다.

나는 웃으면서 노인에게 여쭤본다. "여기가 런던이죠?"

그가 대답한다. "그래, 여기가 런던의 자치구 필칭이란다."

이레몽거 3부작
제1권 힙 하우스

1판 1쇄 2025년 12월 5일
ISBN 979-11-92667-81-2 (03840)

글·그림 에드워드 캐리
옮긴이 이지안
편집 김효진
교정 이수정
디자인 우주상자
펴낸곳 마르코폴로
등록 제2021-000005호
주소 세종시 다솜1로9
이메일 laissez@gmail.com
페이스북 www.facebook.com/marco.polo.livre

책 값은 뒤표지에 있습니다. 잘못된 책은 교환하여 드립니다.